中国政府出版品国际营销平台精选图书·文学书系　　王昕朋 主编

天上的桃树

Peach Trees in the Sky

邱振刚　著

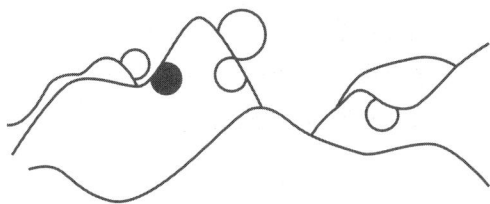

中国言实出版社

图书在版编目（CIP）数据

天上的桃树 / 邱振刚著 . -- 北京：中国言实出版社，2021.1

（中国政府出版品国际营销平台精选图书·文学书系 / 王昕朋主编）

ISBN 978-7-5171-3639-2

Ⅰ . ①天… Ⅱ . ①邱… Ⅲ . ①中篇小说—小说集—中国—当代②短篇小说—小说集—中国—当代 Ⅳ . ① I247.7

中国版本图书馆 CIP 数据核字（2020）第 254380 号

出 版 人 王昕朋
责任编辑 代青霞　李昌鹏
责任校对 张国旗

出版发行 **中国言实出版社**

地　址：北京市朝阳区北苑路 180 号加利大厦 5 号楼 105 室
邮　编：100101
编辑部：北京市海淀区花园路 6 号院 B 座 6 层
邮　编：100088
电　话：64924853（总编室）　64924716（发行部）
网　址：www.zgyscbs.cn
E-mail：zgyscbs@263.net

经　　销 新华书店
印　　刷 阳谷毕升印务有限公司
版　　次 2021 年 1 月第 1 版　　2021 年 1 月第 1 次印刷
规　　格 880 毫米 ×1230 毫米　1/32　9 印张
字　　数 184 千字
定　　价 58.00 元　　ISBN 978-7-5171-3639-2

有风骨讲美学接通全球

——"中国政府出版品国际营销平台精选图书·文学书系"总序

王昕朋

中国言实出版社是国务院研究室主管主办的国家级出版单位，出版定位是：主要出版党和国家重大政策的研究成果以及相关的辅导读物。1995年成立以来，我们一直坚持这一出版定位，围绕党和国家中心工作开展出版活动，因而，国内外读者很少见到由中国言实出版社出版的文学类图书。但是，近几年文学界对中国言实出版社已不陌生。这源于出版理念的一次变革。习近平总书记在文艺工作座谈会上的重要讲话指出："一部小说，一篇散文，一首诗，一幅画，一张照片，一部电影，一部电视剧，一曲音乐，都能给外国人了解中国提供一个独特的视角，都能以各自的魅力去吸引人、感染人、打动人。"这给了我们启示、启迪，文学也是讲好中国故事、传播中国好声音的重要途径。所以，我们也用心、用功、用力打造文学板块，并将它推向世界。2018年8月，由中国言实出版社出版的李春雷报告文学作品《朋友——习近平与贾大山交往纪事》获第七届鲁迅文学奖，同时入选"丝路书香"出版工程在国外出版，于是文学界发现，中国言实出版社在文学出版领域同样有不俗的表现。中国言实出版社的文学图书品种少而精，中国文学的声音在通过中国言实出版社持续传播到海外，承载着文化和文学信息的《温文尔雅》翻译成英文、日文、俄文、德文、法文、意大利文、西班牙文、葡萄牙文、阿拉伯文等多种语言向全球推介，英文版、中文繁体版荣获第十三届"输出版引进版优秀图书"奖，长篇小说《京西胭脂铺》一举登榜"中国图书世界馆藏影响力图书20强"。付秀莹、金仁顺、乔叶、魏微、滕肖澜、叶弥、戴来、阿袁等8位"当代中国最具实力女作家"的作品集同时推出，之所以在名称中冠以"中国"二字，是出于对外推介的考量，其中付秀莹、魏微、戴来等人的小说集后来入选"经典中国"项目在美国出版，产生良好反响。

近年来，中国言实出版社加快国际出版步伐，与英、美、日等多家国外出版单位建立战略合作关系，近百名当代中青年作家的作品陆续推介到美国纽约、日本东京、德国法兰克福等多个国际书展，被多个国家的图书馆收藏，图书受到国外图书界关注，连续6年入选中国图书世界馆藏影响力百强出版单位。2015年经财政部批准立项，中国言实出版社建设并主办中国政府出版品国际营销平台，为推动"文化走出去"提供支持。2020年，有感于体量庞大的中国当代文学无法快捷地被全球关注所带来的传播学遗憾，有感于年度文学选本出版周期较长，有感于众多具有潜力、实力、影响力的青年作家的作品没有很好的对外传播渠道，中国言实出版社整合资源，决定专门为中国政府出版品国际营销平台的文学板块打造出一种比年度选本出版周期短、对当代文学创作反应更为灵敏的季度文学选本。《中国当代文学选本》应运而生，书名由王蒙题写，选稿编委梁鸿鹰、李少君、王干、付秀莹、古耜皆为业内名家行家，所选作品为国内新近发表的文质兼美的力作。作为一种有公信力的季度文学选本，《中国当代文学选本》因"让国外读者快捷阅读当代中国文学精品"的窗口作用，以及"为中国作家走向世界铺筑交流合作桥梁"的桥梁作用，受到作家、汉学家、国内外读者一致好评。《中国当代文学选本》传播中国声音，讲述中国故事，产生良好社会效益。有鉴于此，中国言实出版社决定打造这套"中国政府出版品国际营销平台精选图书·文学书系"。

出版社并不承担培养作家的使命，但是这套"中国政府出版品国际营销平台精选图书·文学书系"的入选作品多是出自青年作家之手，原因在于，我们始终关注着中国当代文学最具活力与实力的鲜活部分，求取风骨与审美的统一，始终在精心遴选极具当代性的中国文学好声音，始终把推动中国当代文学与全球接通作为出版人的责任，这套"中国政府出版品国际营销平台精选图书·文学书系"的入选作家和作品便是如此。有风骨、讲美学，是选取这套丛书的思考维度。"有风骨"是要对民族精神有所反映，要为人民而文学，要关怀民生，帮助读者把无病呻吟、凌空蹈虚的作品以独特筛选眼光来淘汰掉；而"讲美学"是指中国言实出版社遴选书稿时看重作品的文本质量，内容和形式互为表里，是为美。美为作品飞向全世界插上翅膀，中国言实出版社人始终认为，美是全人类可通融的共同语言，有风骨、讲美学才能接通全球，成为文学精品。这些优秀作品里，都跳动着时代的脉搏，展现着当代中国日新月异的面貌，蕴含着深厚的文化自信。出版是文学生产的终端，对于中国言实出版社而言是文学传播的开始。中国言实出版社将始终秉持"好作品主义"，重视名家不薄新人，盘点、整合中国文学资源，积极开展对外译介和推广工作，自觉地将有风骨、讲美学的文学精品作为永不改变的出版追求。

2020 年 12 月

目 录
CONTENTS

晨　祭

　　窗户上还是一片漆黑，但她知道时间已经到了。她微微侧脸，听了一会儿孙子匀净的呼吸，就下炕，穿好衣裳进了厨房。她把馒头馏好，连同炸豆腐一起端出来，又就手拉亮了电灯。灯底下，孙子揉着眼睛醒来，歪过脑袋，迷迷糊糊地喊声奶奶。接着，孙子看到了桌上的饭食，嘴一咧，小脸花一般笑了。

　　不光孙子稀罕她的手艺，炸豆腐这口，儿子从前吃了多少年都爱吃。她做炸豆腐，都是提前一宿，先把豆腐切成半个巴掌大小的薄片，再下油锅炸，炸得金黄透亮了，再出锅，等晾凉了，就放进泡着花椒粒的粗盐水里。过了一宿，盐味儿和花椒味儿都进了豆腐里，这时候掰开热馒头夹进去，吃起来甭提多香。这活儿看着好做，真做起来可不容易。燕儿也朝她学这手艺，学了好多次都学不会。做这个菜，关键是油温、火候，燕儿做了好些回，不是豆腐炸得火候不到，芯子又生又软，就是火候过了，整块豆腐死硬死硬的，泡不进味儿。

燕儿这孩子，心虽然粗，可模样俊，都三十了，一双大眼睛瞅起人来，还跟汪着一瓢水似的。燕儿后来的那个男人，听说是做化肥生意的，后来还把公司开到了省城，家里着实有钱。她还听说，这男人打燕儿十几岁就开始追她。想到这儿，她又有些为儿子骄傲。当初燕儿过门到她家，才三个月，满村的人就说她待燕儿，比亲儿子、亲闺女都亲。她为此还偷摸着红了好几次脸。她知道，自己再怎么心疼燕儿，比儿子还是差些。

孙子洗过手脸，坐在桌前吃饭。孙子吃了几口，回头问她咋不吃，她说上完坟回来再吃。其实，这也是老辈传下来的规矩。清明这天，按着老礼儿，家家户户都得给自家人上过了坟，才能回家开火做饭。她因为是去看晚辈，本来不必守这规矩。孙子倒是正该被这规矩管，可毕竟才是个六岁的孩子，路又不近，所以也得先在肚里垫点食儿。

孙子吃完，她给孙子套上厚衣裳，就一手牵了孙子，一手拎着提篮出了门。这时天还黑着，村里路上一个人都没有。

如今，已经不像头几个月，她心里已经没了那种剜心剜肝似的疼，只觉得儿子出了远门刚要回来，自己这是带了孙子去车站接人。就算孙子冷不丁地问一句"爸爸怎么还不回家啊"，她也不会再吧嗒吧嗒掉眼泪了。她会冷静地搂过孙子，说爸爸去做生意了，等挣了钱，给你买电视上那种变形金刚。她打算好了，再有半年孙子就上小学了，到时她就把他爹的事儿告诉他。

只是有件事，她到现在也不懂，网吧到底是个啥地方，一个县中的高中生，俩家长还都是干部，在网吧里玩上一夜，就能变成鬼？

她和孙子在村路上摸黑走着，几辆三轮摩托车"突、突、突"从跟前跑了过去。每个车后，都装着满满的大白菜筐。她知道，这些菜，都是从各自家菜窖里新取出来的，要送进县城赶早市。驾车的人，因为浑身裹着厚衣服，脸上还捂着帽子戴着口罩，再加上天黑，从后面根本看不出是谁，也看不出这几辆车里，有没有从前自家那辆。

她看见，这些车，车把上都套着半尺长的棉套子，开车的人膝盖上也裹着棉护膝。这套行头，儿子从前也有。儿子开始用的那一套，是自己给儿子缝的，后来燕儿上县城商场买了一副皮的。她心里不服气，偷偷把儿子的皮护膝戴上过。当时她就服了，那真叫暖和！

燕儿干家务不成，可人家上过高中，对县城也熟悉，知道县城里有些大单位的家属院，住在里面的人出手大方，只要菜好就从不还价。燕儿让儿子把车开到这些家属院的门口卖菜，不但省下了菜市场的管理费，菜价也卖得高，回家也早。儿子每天早上四点来钟出门，不到九点就回来了。回来时每回都不空手。县城里的洋快餐，不就是两片薄薄的干面包夹上牛肉、鸡肉吗，可燕儿稀罕，儿子就给她往家里捎带。

其实，她也有稀罕的，城里的各处路口，早上都有卖小笼包子的，她不知道人家那包子，是怎么把面发得那么松软暄腾。那馅儿更绝，竟然是甜丝儿的，吃到嘴里跟含着块水果糖似的。她包了、吃了大半辈子包子，从前可没听说过谁家的包子馅儿是甜的。稀罕归稀罕，她因为想让儿子早点回来，就从不让儿子给自己捎。

虽说已经到了清明，只要没出太阳，村里四处还和腊月里一样冻人。因为冷，她和孙子走得都不快。

"奶奶，怎么还没到啊？"孙子吸溜着鼻涕，小声说着。她转身把孙子背了起来，继续朝前走着。因为天色太黑，村里又没路灯，虽然她知道快到村口了，但除了脚底下的路，眼前还是黑黢黢一片，根本看不见什么。

儿子出事儿的那天早上，差不多也是这个时候，孙子本来好好在被窝里睡着，突然大哭起来，哭声那个大呀，在屋子里四下有了嗡嗡的回音。小手小脚还四处蹬踹着，连被子都给蹬掉到地上了。孙子自打降生，从没这么哭过。她打算把孙子抱起来，可两条胳膊不知为啥，都哆嗦个不停，想平平伸出去都不行。她赶紧侧身倒下，把自己的棉被扯过去盖好孙子，又把孙子紧紧搂进怀里。这时，她心里也莫名其妙地慌起来了，觉得心都快从腔子里跳出来了。渐渐地，孙子不哭闹了，又睡着了，可她还是慌得厉害。她想，儿子怕是出事了。

她正出神，身后又来了一阵三轮摩托车的突突声。她一抬眼，依稀是王胜媳妇正在车挂斗里坐着。这女子浑身上下拿军大衣和围巾裹得严严实实的，正朝她尴尬地笑着。

"别理她！老财迷，还有脸去上坟！"她看见在前面握着方向盘的王胜略一扭头，朝自己媳妇说。

她早学会了不把这种话往心里放。她看着王胜的车开进了黑暗中没影了，就继续想着往事。那天，儿子到了十一点还没见人。她从菜园回来，见儿子还没回家，只燕儿和孙子在看电视，就想给儿子打电话。这时，她一抬头，却瞥见儿子的手机在堂屋里茶几上放着。

到了中午，儿子还没见着人，她和燕儿，还有孙子在院里坐下吃饭。孙子一口都不肯吃，燕儿急了，拧了他一把。孙子大哭起来，燕儿一把拽过孙子，紧紧搂着，嘴里一串串地说着"宝儿别哭，宝儿别哭，妈妈不打宝儿了"。她看着这娘儿俩，心里麻慌麻慌的，一口没吃就撂下筷子，绞着衣角出了院子，一溜快走，到了村角桥上立着。

这时，一辆闪着灯的警车从身边开过去，她也没往心里去，只是朝路上远处看着。看着看着，远处仿佛是自家那辆车开了过来，她打算车一到跟前停下，她就上去把儿子捶一顿。可车临近了，却是王胜两口子。

"大娘！"王胜跳下车，两只牛铃大眼泪汪汪的。她就有些天旋地转了，王胜媳妇赶紧上前扶着她。

她腿脚软软地倚着桥头，面前是王胜那两片厚嘴唇。她伸手抓住王胜胳膊，说："你说，秀山他是不是——"

这时，王胜两口子都在朝她身后看，她也听见后面有一串怪声。她回头一看，是燕儿发疯似的哭叫着跑过来，到了她跟前停都没停，一直朝乡公路上跑着，后面是村支书和两个警察。

她还没顾上寻思燕儿把孙子放哪里了，自己就支持不住了。她眼前一黑，就啥事儿不知道了。

她背着睡沉了的孙子，好容易走到了村南头的石桥。桥外面就是乡公路了，一上了这条马路，就算是出村了。这里是本村的汽车站，从这里往上坐几站，是县城，往下坐上几站，就到了终点站，也就是黄河边的那片盐碱地。那里，还是附近几个村子的坟地。

这时，天麻亮了些，她看见汽车站的亭子里，已经坐了几个女人。她不认得她们，但知道她们都是旁边村子的。她们显然是认得她的，见她来了，马上头碰头地说起了什么。她们说话的声音很低，语速更是飞快，但她还是听到了老财迷、认钱不认人这样的话。她们聊着，时不时有人回头盯她一眼，眼神里净是鄙视。她不去看她们，只把孙子搂得更紧了些。

车来了，众人上了车。车里人个个没精打采，手里脚下都有提篮，提篮里都装着黄纸，还有各种便宜点心。她的提篮里也有黄纸，黄纸下面除了一大包她做的炸豆腐片，还有一个还温热的砂锅。砂锅里，是一只她使小火焖了一宿的蹄子。这两样，都是儿子的稀罕物。

提篮里还有一瓶白酒、一包五香花生、一包猪耳脆，这是她每年都给自己男人带的。

路上没别的车，可因为是上坡，这辆汽车还是开得不怎么快。汽车轰隆隆开着，等转过了几个村子，那片盐碱地就到了。车里人都下了车，一下子就消失在公路两侧的苇子地里。她晃醒了孙子，两人也下了车。他们顺着路基蹚下去，面前是好大一片苇子地，大得简直望不到边。苇子地尽管大，在经冬后也只剩下些稀稀拉拉的苇子。这时，天也大亮了，她看见地上到处都是焦黑色的苇子根茬，四下空气里也飘着烧荒的香味儿。

这里的苇子，和别处不同，苇子秆儿又细又韧，织出来的炕席子凉快耐用，格外好销。男人刚死那几年，家里拉着饥荒，儿子上学也要钱，每晚她就等儿子睡了，走十几里路的夜道来这里，用镰刀割上几十斤苇子，背回家去。她回到家，把苇子撒开铺在堂屋里，也不开灯，就坐在苇子上，按照当年亲娘教她的法儿，开始织席子。头一阵子，她还不习惯摸黑干活，一宿下来，满手都是给苇子秆儿割出来的血口子。后来，她的手艺越来越熟了，半打着盹儿也能织席子。这样每天到了天麻亮，她就能织出来两领席子。这时，她捶着腰站起来，把席子裹好立在门后，就去给儿子馏馒头、下面汤。等儿子吃完早饭上学去了，她就到炕上眯一会儿，然后下地干活。到了乡里三天一次的集，她背了席子去集上，不出个把钟头，她的席子准能卖完。

她这样挣钱，村里有人眼红，也有人把织出来的席子，拿到集上卖。她也不慌，反正苇子地里苇子多得是，谁爱割谁割。到了集上，别人的席子，最多卖三毛，她的却能卖五毛，六领席子卖出去，她也就有三块钱到了手。有时，她在织席子时加一些红高粱秆，席子就更漂亮招人了。那时，钱也经花，她拿这三块钱，能买不少东西。

就是靠着家里那五亩来地和这片苇子，她供着儿子读完了小学，又读完了初中。燕儿过门前的那些年，家里就是自己和儿子这样过日子，自己早死的男人，仿佛成了前生的事儿。

不知从哪年开始，村里人挣钱致富的招儿多了，纷纷看不上织苇席子赚来的钱了。苇子没人割了，"呼啦"一下子长满了整个盐碱滩，长得还又高又密实。不过，住在这附近村子里的人，总会在清明前把苇子地烧一遍，好让上坟的人留出道。

她领着孙子进了苇子地。两人一路避让着地上的尖茬，到了盐碱滩深处的一处平地上。这里，儿子和男人的坟头前后紧挨着，坟前都燃着香，都码着好几只盘盏。她看见盘盏里是各式的水果，还有点心。

刚才在汽车上，她瞅着，对面过去的一辆公共汽车里，有两个人影挺面熟。现在她知道了，自己没看错，是那夫妻俩。她把这些盘盏稍稍挪开些，把自己带来的东西摆上，接着点着了黄纸，就让孙子给两座坟磕头。孙子先在男人那座老坟前磕头，接着问她新坟里是谁，她说是一个亲戚，孙子听话，也跪下了，一板一眼地磕下头去。烧着的黄纸飘出来不少烟，迷了她的眼，一瞬间，迷迷糊糊地，她觉得孙子变成了儿子。

那天，她醒过来时，就看到燕儿那张泪涔涔的脸，孙子则好好地在支书怀里。旁边还立着那两个警察。他们朝她敬了礼，说，儿子本来在好好卖菜，那个高中生从网吧出来，把自行车骑得东倒西歪，不知怎的就撞上了正在卖菜的儿子，连人带车都倒了。周围的人都笑话那个高中生，儿子一句话没说，还弯腰去扶他。高中生却从旁边修车摊上夺了把改锥，捅进了儿子的脖子。

她是那天下午又见着的儿子。那是在县公安局大院的一处平房里。那房子里冷飕飕的，可儿子全身精赤着，连头发都剃光了，干干净净躺在那里。不知道是不是流出来的血太多了，她觉得儿子的脸、胸、腹，手脚都白生生的。脖子上是有个洞，洞也不大，看着也就跟一个蚕豆似的。她不懂，人身上的血，不是有好几脸盆吗，咋就能顺着这么大的眼流干了呢？她和燕儿守着儿子，都是一滴泪也哭不出来。她们觉得他还好好活着，正在这里好好躺着睡觉。

燕儿提出要看看那个高中生。警察把她们带出了这个院子，又带进另一个院子。一间屋子里，有一面墙垒满了小电视，电视跟前还坐着一个年轻水灵的女警察。带她们来的警察指着其中一台小电视，说就是这个人。她和燕儿凑近了，只见电视上有间屋子，屋子里面一边是一排大通铺，另一边是十来个老爷们儿在靠着窗户说话，窗户上焊满了铁条。电视上看不清楚人脸，她犹犹豫豫地看着，燕儿却回头说："警官——"那个警察走过，在电视角上一指，就继续转身回去和那个女警察聊着。

她这才头回见着了那个高中生。他没跟别人凑一堆儿，正自个儿在通铺的角上蹲着，胳膊那儿似乎还在动着。她又走近些，脸几乎贴到电视上才看见，他是在抹眼泪，抹在手背上的眼泪，正在电视上闪着浅浅的光。

她听见警察在后面说，高中生刚知道被他捅了的人抢救无效死亡时，吓得屎尿都流出来了。

"他多大了？"她问。

"我们查过了，十八岁零七个月，够枪毙了。"警察说。

燕儿狠狠地盯着小电视，说："现在他敢拿改锥捅人，再大点就抢银行炸火车，还审什么，早毙了得了。"接着，燕儿还说了很多话。她转脸看着，觉得燕儿的表情凶狠得让她不认识。出了县公安局，两人坐公交车回了村。等她们去支书家接出了孙子，天已经快黑了。她们到了家门口，见到一男一女在那里立着，旁边还停着辆小汽车。两人大概四十岁年纪，穿戴都很整齐干净，面孔也斯文秀气，四只手都提着重重的东西。她有些纳闷儿，自己明明一个城里人都不认识，这俩人咋看着有些面熟？这俩人看到她们过来，一起讪讪地笑起来。

"你们是——"她刚要说话，燕儿却一猫腰，从地上捡起块土坷垃朝那男的砸了过去。那男的也不躲，刚要伸手挡一挡，却被那女的把手腕子拽住了。坷垃在男的衣裳上碎了，燕儿跟着冲上去，狠狠抽了那个男的一个嘴巴，接着从那女的手里抢过一只装得满满的塑料袋，摔在地上，跟着上去连跺了十几脚。

她知道这两人是谁了。

燕儿摔打完东西，脸昂得高高的，拉着她和孙子进了家门，把铁门关得哐哐山响。一开始，门外没动静，过了一会儿，有人轻轻扣着门上的铁环，接着传来一个女人的声音——

"大娘，大妹子，我们不是要你们原谅我家的孩子，我们夫妻俩，就是想来看看你们，给你们赔个不是——"

那女的还说着，燕儿早从厨房拿了擀面杖，站在院里朝外面骂起来。

"滚，你们这帮城里人，当我们乡下人是傻×，想让我们饶了你家那畜生，做梦！"

燕儿骂了一阵，累得张不动嘴时才停下。她见燕儿胸口喘个不停，叹了口气，转身倒了杯凉白开递给她。燕儿接过水却不喝，看着她，说："娘，你别怪我骂得凶，今天要是让他们进了家门，明天他们就敢让我们饶了那个杀人犯。我早朝警察打听好了，秀山卖菜的地方是闹市区，旁边还有个学校，那个杀人犯在这种地方杀人，他这叫主观恶性大，社会影响恶劣。这样的案子，只要受害方家属不吐口，那个杀人犯肯定得偿命。"

她低着头细细听完了，说："要是咱们原谅他了，那小子是不是就死不了了？"

"娘，你可别起这心思，我知道，娘是好人，心肠软，可他杀的可是你的亲儿子，我小宝的亲爹啊。他心那么狠，因为那么点儿事儿就把人捅死，要是放出来，还不知道会祸害多少人呢。"

这时，门外的声音又响了起来，是那个女人的声音。"真的，大娘，我们就是想给您二位鞠个躬道个歉，真没别的想法了。"

燕儿喝了口水，抬手理了理头发，又骂了起来。她有些纳闷儿，燕儿是上过高中的，说起这些磕碜词儿，怎么也跟个没文化的老娘们儿似的，张嘴就来？

　　那天，燕儿就这么滔滔不绝地骂着。直到天完全黑透，她才听见门外汽车发动的声音。夜里，家里冷得像是冰窖。燕儿搂着孙子哭了一宿。她躺在炕上睡不着，抱着膝盖靠着墙，眼泪淌水似的往下流。天亮前，她慢慢躺下，眯了一会儿。迷迷糊糊地，她仿佛看见儿子精赤的身子从那只大铁床上站起来，一下又变回个光腚孩子，在扯着她的裤腿喊她娘。

　　儿子像高中生那么大时，已经辍学在家干活了。那年麦收，家里雇不起短工，她急得什么似的。儿子打了几个电话，第二天就来了一帮同学。看着儿子亲亲热热地给同学们道着谢，把一把把镰刀递过去，她第一次觉得儿子真的成人了。晌午时，她去地里送饭送水，看见一个秀眉俊眼的女同学在给儿子擦汗，儿子则闭着眼，那模样美得呀。周围别的同学，则一副见怪不怪的样子。她半喜半恨地想，儿子从没给自己这个当妈的有过这种好脸色，以后怕是个娶了媳妇忘了娘的货。

　　麦收完了，儿子不肯在家里闲着，到县城里当了送水工。到了年根底下，大年二十三，村里的媒婆刘万媳妇来给儿子说媒。她一听，就猜出说的就是那个女同学。她情知儿子脸皮薄，不肯直说自己已经找了对象，也就装作不知道，凭两人就这样相亲见面了。

　　过完年，两人的亲事就定了。那年，儿子十九，燕儿算来应该是十八。没出正月，儿子就跟着村里的几个爷叔去了南方。

那是儿子头回出远门，他这一走，家里的地种不过来，就转给了别家种，自己只留了二分地，种点儿青菜。

侍弄菜园子花不了多少工夫，她没事儿时就整天想儿子。儿子打电话回来，总是说不上三五句，就说长途话费贵，撂下了话机。儿子的电话越打越短，气得她掉眼泪，可儿子寄回来的钱，却一年比一年多。儿子每次春节回家时，也在家待不到正月十五，就又出了门。到了第五年，她刚估摸着儿子攒下的钱，已经够盖五间大北房，再添置一台三轮摩托车时，就在一个阳光明媚的下午，看到儿子穿着一身新西装，手里拎着几大包东西走进了院子。

回来三个月后，儿子雇人盖好了房子，又过了一个月，就把燕儿娶进了家门。

那天之后，那夫妻两人又来了几回，回回都是在燕儿的骂声里走的。最后一次回来的那天，燕儿不在家，她心一软，就让他们进了院门。

站在院子里，她犹豫了一下，还是让他们进屋坐。他们都不肯进屋，就站在院里，那女人说："大娘，我们再也不敢来了，过几天，我们让律师来，你们对我们有什么要求，尽管对律师提，我们都答应！"

她摇摇头，说："你们别来了，也别让旁人来。"说完，她进了堂屋。她坐在椅子上，隔着帘子看着外面局促站着的那对夫妻。三个人就这样各自待着，谁都不说话。

几只蜜蜂飞进院子，有几只绕着黄瓜蔓子飞，还有一张就在门帘外，连飞带撞，要进屋来似的。那嗡嗡的声音，让人心里更麻乱了。

　　她拿起杯子，刚要喝水，就看见那女人在扯男人的袄袖子。她马上猜到他们想干什么，正想着怎么躲时，他们已经齐齐跪在帘子外头。

　　那女人绝望地大哭起来，她拿两只膝盖往前蹭着，一直到了门槛前，哭喊着说："大娘，求你救救我这个孩子吧，他以后要是能出来，让他认你当干奶奶。这个孩子其实从小听话，成绩也好，总得给他一个机会。"

　　那男人呢，望望自家妻子，似乎叹了口气，也朝着门帘说："大娘，你家孩子的教育，以后我们都包了，我们能让他上县中，还能再供他上大学。"

　　她听着那女人说自己孩子的好，越听越觉得凄凉，心想，要是燕儿在这儿，肯定又是一个大耳光抽过去："冲你们说，你家孩子好，我家老公就该死吗？"

　　她是硬不下心肠说狠话脏话的，只有站起来，隔着门帘说："孩子在里屋睡觉呢，你们别在这儿了，走吧。"话一出口，她就进了里屋，还关上了门，拉上了窗帘。她在炕头倚坐着，看着身边孙子翻身皱了皱眉，又继续睡了。

　　她就这样一直看着孙子，都不知道那夫妻两个啥时候走的。

　　后来，那律师真来了，说夫妻两人已经卖了车，房子也交给了中介，这几天就能兑成现钱，只要——

她无力听下去，摆摆手，说："俺原谅那个学生了。"

律师不敢相信，说："你真的——"

她说："真的，那个学生，俺原谅他了。你要是有啥让我们签字的，就拿出来吧，我这就签。"

那律师喜得慌了，他可没想到这么顺利，好在纸笔倒是都带了，赶紧写了一页纸的字，又让她在纸上签名、按手印。她认字不多，打电话把支书请来。支书看了纸上的字，叹口气，把意思给她讲了。她点点头，也就签了。签完字，律师慌里慌张地谢了她，就出门走了。

支书愣愣站在堂屋中间，不知该说什么，站了一阵子，这才长长叹了口气。

晚上，燕儿回来时已经知道了，板着脸进了屋，一把就把暖瓶拨拉到地上碎了。她赔着笑，说宝儿的晚饭已经喂过了，燕儿没听见似的，一把拽过宝儿继续喂着。宝儿哭闹起来，把嘴里的东西哇哇吐出来，燕儿还拿勺子硬往孙子嘴里填塞着。她急得跺脚，燕儿斜眼白了她一眼，把碗勺往地上一扔，狠狠掐了孙子一把，站直身子，咬牙四处盯着。孙子哭得越来越大声了，燕儿把孙子放在炕上，收拾了自己的东西，不管不顾地出了家门。

自从那天，燕儿再也没回来过。

过了一个月，她就听说燕儿嫁给了那个做化肥生意的同学，还在自己婚礼上疯疯癫癫的，喝了一整瓶白酒。她猜燕儿这是在赌气，担心那男人会因为这个对燕儿有啥不乐意的。可后来又听说那男人带了燕儿出国旅游了，也就放了心。

开庭那天，离儿子走已经有半年多了。她本以为燕儿也会去，可她错了，燕儿没去。她就有些怨燕儿，可再一想，燕儿是有男人的女人了，可能得帮着男人做生意，也可能是怕男人不乐意。这么想着想着，她的怨气也就平了。

她还听支书说，村里这段时间，每隔一阵子就会来一个陌生男人，拿着照相机在宝儿四处玩耍时，匆匆给他拍上几张照片后开了车就走。她知道，这一准儿是燕儿想宝儿了，可不想和她照面，就派人来拍宝儿的照片。

当时是在市里法院开的庭。支书从村里给她派了辆车，让自己媳妇陪着她一大清早就出了门。两个女人到了市里法庭时，时间还早得很，法庭里只有一个打扫卫生的。

后来，公诉人席上来了两个检察官，她没想到其中还有一个女的。这个女娃真年轻啊，不光妆化得仔细，眉眼口鼻，长得那个秀气呀，比燕儿还美不少。她想，看来村里的女人再俊，也及不上城里的姑娘。后来，那夫妻俩也来了。他们见了她，稍一愣，那女人就扑通跪在她跟前，抱住她的腿。这回，这女人倒是没哭，只是噙着泪抬眼看着她。她摇摇头，拨开女人的胳膊，自己寻处座位坐下了。那个男人拉起自己老婆，两人望了她一眼，在旁听席另一侧坐了。

这时，一个穿蓝色西装的圆脸胖子也进了法庭，把一只黑皮包放在那张搁着"刑事附带民事诉讼原告"牌的小桌上，就站在那里东张西望着。这个人，看来就是支书帮她请的律师了。他脸上堆着笑，走过去和那两个检察官说话。男检察官没理他，自顾自打着手机，女检察官只是朝他点了一下头，也埋头看起手里的一沓子材料。那律师也不生气，仍旧笑着，又远远朝自己身旁的支书媳妇招了招手，这才心满意足地坐了回去。

没一会儿，法官进来坐下，也就开了庭，那个高中生被带了上来。他比当初在看守所里可白胖了不少，脸架子都变圆了。她没想到，刚一开庭，就是那个女检察官说案发经过。这姑娘长得美，可一直板着脸，说出来的话一句句进了她耳朵，就跟一根根针扎她的心似的。她想跑，可又想知道儿子在这世界最后的一段时候是怎么过的。她听着听着，支书媳妇见她脸色煞白，浑身哆嗦个不停，吓得朝法官鞠个躬，赶紧连拉带抱地把她弄了出来。两人进了法院的卫生间，她这才扑到洗脸池上，没命地哭了起来。她"儿啊儿啊"地喊着，支书媳妇也跟着不停地抹眼泪。

到了下午，法官就宣判了，把那高中生判了死缓。死缓是啥刑，她不知道，就知道那高中生是死不了了。那天，法官说了"缓期两年执行"这句话后，那女人在旁听席上吱地叫了一声，接着就晕了过去，那个高中生在他那个笼子似的被告席上，拼命"妈呀妈呀"地叫，浑身的手铐脚镣也跟着哗啦啦不停地响。那时候，除了支书媳妇在攥着她的手，法庭里没有人注意她。但她听见了，身边有人在小声说，为什么不是死刑。

打完官司，她带着孙子过起了日子，可她发现村里人都烦上她了。在村里，遇到岁数大的，她朝人家打招呼，人家略点一下下巴，就不再看她。那些年轻些的，从自己面前经过时，就当没自己这个人似的，有的还在背后朝她吐痰，压低声音说脏话。这些，都是她打小看着长大，原本见了她就喊大娘或者婶子的孩子。

她知道，村里人以为自己是为了从那夫妻手里多弄些钱，才放过了那个高中生。有回，赶上个大晴天，王胜媳妇慌慌地跑进来说孙子在河边出事了。她吓得站不起身来，好赖让王胜媳妇拉起来到了村外，却看见王胜的孩子正在给孙子擦洗伤口。原来，孙子和王胜的孩子打架，额角让石子砸破了。她把孙子扯过来，头上脚上细细看着。伤倒是不重，只额头上蹭掉一块皮，可要是再往下一点，就砸着眼睛了。

她定了定神，问孙子缘由。孙子说，王胜家孩子嘲笑他爸爸是死鬼，奶奶是财迷。她一愣，再也忍不住了，抱着孙子哭天喊地起来，捶着胸口说除了法院判下来的，自己一分钱都没多要。

她记得，那天自己签了那个律师给她的那张纸后，支书提醒她，孙子现在没了爹，她年纪也大了，以后孙子的教育、她的养老，都是问题。支书说："甭跟那夫妻两人打官司，还是私底下找他们要钱吧，你饶了那个学生的命，找他们要多少，他们都得给。"

她摇摇头，说："到时候把自家的情况都讲给法官，赔多少听法官的。"她想象不出和那夫妻俩一万两万地讨价还价是什么样子。她又央支书给她找了个律师。后来在判决那天，法官判了那高中生死缓后，就宣布民事赔偿的结果，最后判的数是十五万块钱。那夫妻两人当场就把现钱点给了她。她把钱细细收了，在城里找了家银行存成了折子。她回村后就把折子交给支书管着，说等以后给孙子上学用。

"私底下要的话，能多要好几倍都不止。"支书接过折子，摇头这样说着。她一辈子没打过官司，不懂法律上的词，但她记得，法官管这笔钱叫刑事附带民事赔偿。她算着，有这笔钱，燕儿还每月寄来六百块钱，够用了。

燕儿寄来的钱，她也都拿给支书管着了。

那天，她就这样哭着，慢慢觉出来孙子在拿袖口擦着自己的泪。她不再喊出声来哭了，头抵着孙子的头，眼泪一滴滴地滴下来，落在河边一块块石头上。在河边洗着衣服的几个妇女，抬头看了看她一眼，拿胳膊肘相互捅了捅，就又低头搓洗起衣服来。她的哭，她的喊，好像一阵风似的，在河面上刮了过去，什么也没留下。

甚至，就连支书媳妇在村里给她分辩，村里人对她的态度都没有啥变化。她知道，她的话也好，支书媳妇的话也好，他们根本不信。支书媳妇给她说话，无非是拿了她的好处。村里人嘴里传说着，她从那对县城夫妻手里要的钱，有上百万呢！她挣这么多钱，拿点好处给支书媳妇，有什么可奇怪的呢？

有时，夜里睡不着时，她也想，怨不得人家不信，自己有时都不敢信，真的是自己亲手饶了杀了自己儿子的人吗？

她还记得，那天那个高中生的律师来家里时，自己是咋想的。从前，她也不觉得杀人偿命的老理儿有啥不对。可是，等到事儿真的到了自己身上，真有一个大活人的命攥在手里，自己让他死他就死，自己让他活他就活时，她真的狠不下心，让一个人——哪怕是自己恨着的人，去把命送掉。

孙子给两座坟头都磕完了头，跪在那里，扭脸回来看她。她想，这娃儿懂事。她说："宝儿，起来吧。"孙子站了起来，跟着就打了两个喷嚏。她把孙子搂了过来。隔着孙子瘦瘦的肩膀，她盯着那两座坟定定看着。她还舍不得走，可孙子冻得厉害，也只得走了。

两人穿过苇子地回到大路上。这次没等多久，车就来了。上了车，汽车在下坡路上开得飞快，苇子地一眨眼就在窗外消失了。孙子很快就靠在她怀里又睡着了。她低头看到孙子长长的眼睫毛，又想起听人说过，男人眼睫毛长了，心肠就软，能成个孝顺孩子，可成不了大器。她想不了这么远，只知道眼前这个小小的男人，就是以后自己的依靠了。而自己，也是他的。

天上的桃树

他小心翼翼地看着自己车上的后视镜，细细盯着里面那个笔直跪着的男人。看了不知多久，或许是几十秒，或许是十多分钟，他收回目光，慢慢把头靠在椅背上。

是他，真的是他，他想。

其实，他从未正面见过那个男人。但是，那张脸上的眼、眉、口、鼻，这几年来，他一直记得清清楚楚。其实，他也不想记住这些，但，肩膀上那处裂了的骨头，却总会用钻心钻骨的疼来提醒他。他每次疼得受不了的时候，那个男人的脸，就会在自己眼前跳动，且狞笑着。

他从兜里掏出手机来看时间。他的手机和车一样，都是二手的，车，可能还不止二手。他一看时间是下午四点多了，心想，到了这处夜总会里该上人的时候了，不知道里面的人，容不容他继续这么跪着。他本想把车开到县里小学门口，平常每天这个时间，他都能在那里拉到不少活儿。可现在他的两只手抖得厉害，攥不住方向盘。

他定了定神，知道自己今天肯定是不能好好开车了，索性把车上的那块"营运中"牌子翻过来，变成"停止营运"。毕竟，正规出租车里有的，他的车里都有。翻好了牌子，他觉得心里安稳了些，就把车往城南开去。

城南，在能看见大片麦地的城边，有个名叫"悦民超市"的地方，那里就是他要去的地方。

这辆车他买了几个月了，已经慢慢琢磨出了趴活的规律。早上，他一般会把车停在县城北边那几处最高级的小区门口。住在那里的人，大多是在县城的大单位里上班，从不在车钱上还价。到了晌午，他就在县里的几处酒楼门口等着，自然会有喝过酒的人来坐他的车。到了下午两三点，他就在证券公司门口趴活儿。股市三点休市后，那些赚了钱的人坐起车来，有时连找回的钱都不要。等到了四五点，又是老人接放学的孩子回家，紧接着就是晚上的饭局时间。总之，这一天下来，为了多拉几趟活儿，他路过家门口也不上去。反正早上出门时，他就已经把五伯一天的饭预备好了。

刚才那家夜总会，经常是他每天的最后一站，客人从这里消费完离开，会比那些从酒楼饭店出来的人，还要晚几个钟头。这几天的下午，他每次空车经过夜总会门口时，都看见有个人在那里跪着。起初他没有多想，还以为这是有人在讨薪。可这次，他猛然瞥见这个背影很像他见过的一个人，就降下了车速。他刚摇下车窗玻璃，就看见了那个人的脸。尽管只是侧脸，但他还是很快认出了这个人。

下午四点来钟，还没到下班时间，县城的街上很清静，车很少，路过几个路口时，只有他这一辆车在等红灯。他看着空荡荡的马路，从前的那些事儿，又在眼前飘了出来。

他父母都是县城往南，河堤下面一个村子里的人。他的父母在他四五岁时一个连着一个地病死了，他也就成了孤儿。村子本来就不大，村里人也都沾着亲，他从小东家吃一顿，西家睡一宿的。后来，不知从哪年起，也不知是什么缘故，他就常住在五伯家里。五伯是村里的老光棍，他因为穷，也因为青光眼，一辈子都没娶妻，自然也没儿女。五伯的眼睛虽不好使，可手巧，常常折了柳树枝给男孩子刨弹弓，捡了鸡毛给女孩子缝毽子，走在路上见到谁家院墙漏了破了，随手捡个砖头就垒好了。

当时村里的大队书记，见五伯打算把他就这么带下去，就让五伯承包了村里河堤旁边的那处果园。大队书记只管五伯收一年五块钱的承包费，怕村里人有意见，就挨家挨户去问。大伙儿都说，果园交给五哥——那时五伯还不叫五伯，村里大部分人都叫他五哥，岁数大的人则叫他老五——还收啥钱哪？而且，村里人还合伙在果园里给五伯建了两间砖房。

所以，在他的记忆里，推开家门就是桃树，在屋里一抬头，横在窗外的，也是结满桃子的桃树枝杈。每年秋后，五伯还把桃子切成小块儿，装在捡来的酒瓶里再密封好，搁在床下，这样放上半年都不坏。有五伯这样一鼓捣，这小屋里一年四季，都满是桃花桃果的香味儿。

他还记得，在五伯那台小小的黑白电视上，他从小看过好多次动画片《大闹天宫》。每次看到里面孙悟空在蟠桃园偷吃仙桃，他都会觉得，还仙桃呢，都不如自家桃树上的桃那么大，那么漂亮。

他在乡里中学读了两年，再也读不进书去，就退了学，一门心思和五伯侍弄果树。可果园实在太小了，拢共十来棵果树。两人再怎么精心，每年卖了桃，从果贩子手里接过的票子，也只能凑凑合合维持两人一年的吃喝。五伯早绝了娶妻的念头，他转眼也到了三十岁的年纪了，同样娶不起媳妇。

五年前，不知为什么，河里泛起了一股子怪味儿，河水的颜色也变得一阵青，一阵白的。平时下了河，随手在河泥里一划拉就能捞出一把的螺蛳，也没了踪影。那年秋天，往年每棵能结两三百多斤大桃的树，只结了几十斤桃。这些桃子还又小又皱，灰了吧唧的。到了每年该上树摘桃的时候，这些长癫了的桃还没等摘，就一个个往地上掉。这样的货色，甭说卖钱了，白给人都不要。那个每年来收桃的省城汉子，看着一地的癫桃，一个劲儿摇头。

不光他们的果园，村里旁人的庄稼地、菜地，有好几户也绝了收。省城人临走，说准是河上游新开的那家纸厂把河水污染了，还告诉他们可以去打官司，去告那家纸厂。

打官司的话，钱可少花不了，得给法院交诉讼费，还得找地方出鉴定报告，证明你家桃树减产是河水被污染闹的，找律师也得花钱，那个省城人说，而且打官司这事儿，风餐露宿的，可苦哇。

省城人走后，村里的男人们在一起核计，最后议定还是得打官司。打官司得有材料，他们的材料是村里文化最高的人、已经快七十岁的老大队书记写的。这些年村里倒是也出过两三个大学生，可人家毕了业都在大城市扎了根。他们还在村里的父母打电话给他们，可人家一听明白是什么事儿，就推说自己出来的时间长，对村里的事儿不熟悉，还让自己父母少掺和这件事。

过了几天，他和五伯，还有村里的几个男人，就带着老书记写的材料，一起到了县法院。法院高大的门楼让他们心里发怵，几个人正互相打气，打算一起进去时，有人发现马路对面有不少律师开的门脸。他们马上扭身进去，可连着去了好几家，都很快垂着头出来了。律师给他们掰着手指头算了要花多少钱，他们发现，真的打不起这个官司。

出了最后一家律师门脸，几个人在门口或蹲或立着，不知道下一步该怎么办。这时，有个男人的手机响了，是那个省城人打来的。省城人在电话里说，这阵子他在省城里听说有几个学法律的大学生，不要钱就能帮人打官司。他怕他们记不住，又发短信来说了这几个学生的地址电话什么的，让他们把材料准备齐了，可以直接上省城找这几个学生。

这个电话让他们又喜气洋洋起来。可上省城不是小事，他们回到村里，开始预备上这事儿。不光本村人十块五块地给他们凑路费，这件事连临近几个村都知道了，有人来村里问长问短，说他们这回要是赢了，自己村里也马上和那个纸厂打官司。

后来，他们全村一共去了五个人。

那天他们到了省城，下了长途车，就站在马路牙子上犯愁，不知该怎么往那个学校去。五伯手里攥着写着那几个学生地址的纸条，正准备找人打听，一辆灰色的、大概八成来新的面包车停在了他们跟前。从驾驶室里面跳下了一个瘦瘦的男人，管他们叫老乡。这人说自己在省城工作多年，前几天听老家的亲戚来电话说他们要来省城，特意来见见老乡。他的话里的确带着他们那里的口音，他们问他的亲戚是谁，他两眼转了转，说了邻村一个人的名字。这个人他们都认识，也就放了心，跟着就上了他的车。

他不知道怎么回事，看着这个瘦男人漾着笑的脸，他心里就有些慌乱。磨磨蹭蹭到了车门前，他却不敢抬腿上车。那个瘦男人从驾驶室探出身子，满脸笑着朝他摆手，让他尽快上车，他心里却更犹豫了。这时，他觉出来身后多了一个人，双手往前推着他的腰。上了车的五伯也朝他招手，他只得也上了车。他的脚还没站稳，车门就"呼"的一声，贴着他的后脊梁关上了。他心里不停打鼓，觉得整个人麻慌慌的，浑身不得劲。他瞅瞅五伯，五伯也在四下乱瞅。这时，刚才推他的那个人，绕到车另一边，拉开副驾驶那边的车门，坐了进去。

面包车开得飞快，省城的那些高楼，路上骑着自行车的人，都嗖嗖嗖从眼前飞走了。一转眼，车就到了郊外。五伯看着外面，嘴里一阵含含糊糊地念叨着，说省城的郊外，也和他们那里一样啊，就连田地里种的庄稼都一样。

他一直在看副驾驶座上的那个人。那人一句话不说，脸也没朝后面看过。他从反光镜里，看到这个男人留着寸头，脸圆胖圆胖的，眼泡那儿肿得厉害，眼皮也耷拉着。他正打量着这人，这人忽然微微抬头，从反光镜里盯了他一眼，那道窄窄的眼缝里露出了瘆人的光，吓得他浑身打了个冷战。

怕归怕，他觉得还是要把这人的样貌打扮看清楚。他注意到，这个男人右手握着一根二尺来长的钢筋条，正敲打着左手掌心。开车的那个瘦子似乎看穿了他的心思，笑了笑，说那是撬棍，刚才车陷在泥里，撬棍是用来撬车轮子的。可是，他看到那钢筋条上面不但没有泥，而且被擦得很干净，两头都缠着蓝胶带。尤其是被握在手掌里的那头，胶带缠了好多层，看上去紧实牢靠，挥舞起来一定很合手。

车开了个把钟头，跟前的路到了头。出现在他们车前的，是一栋栋围在院墙里的漂亮房子。这些房子，都是两三层的小楼，带着阳台，还有尖顶，他们从前可是只在电视里见过这样的房子！见了他们的车，保安把门口那根横放的杆子举了起来。

"大兄弟，你在省城混得得意啊，这么好的房子，啧啧，真不赖！"五伯对那瘦瘦的司机说。

那司机不承认也不否认，只是又笑了笑。他们的车从大门进去，在那些一模一样的小楼当中绕了几个圈子后，他们就晕了。他看见每栋楼的楼门都朝南，门上都写着几区几号，可他们的车却绕来绕去，最后从一座楼的后面，开进了车库。

车一开进去，车库门就"哗哗"响着关上了。他们刚下车，就隐约看见车库的四个角上，慢慢站起了四个汉子，踩着很重很沉的脚步，朝他们围了过来。

"大兄弟，有话好好说，咱们都是乡里乡亲的，是谁让你们——"

他们被推搡到了车库的最深处。大概是因为太害怕了，五伯的舌头直打结，喉咙里颠三倒四地往外滚着话。

"就你话多——"他看见刚才那人从副驾驶位置上出来，手里提着那根钢筋条。车库门缝里透出的光，把那个汉子的影子映在地上。这影子漆黑、高大，像一座高得看不到顶的山一样，把他们几个人都牢牢罩住了。他看着影子正朝着五伯移过去，马上跳起来向前一蹿。他刚抱住五伯，就觉得有根东西砸在自己肩上。当时他的肩上就有了感觉，但那感觉起先并不是疼，反而像被烙铁烙上一样，是一串火辣辣的烫，然后才变成一道直钻进骨头缝里的疼。这道疼还没过去，他肩上同样的位置，又挨了重重的一下子。前后两拨疼，像潮水一样在他身体里荡来荡去，他还是咬牙忍着，使劲向前一趴，把五伯压在身子下面，这才放心地昏了过去。

　　他醒来后，发现周围还是一片昏黑，就知道自己还在那车库里。他的脸正趴在五伯的膝盖上，身子则摊在冰凉的地上。他想站起来，可手刚挂在地上，胳膊还没使劲，肩那里就疼得直冒冷汗。他重新俯下身子，用胳膊肘杵着地，抬头看到周围那几个男人还在站着，五伯则盘腿坐在地上，朝他们一遍遍地作揖。同来的几个村里人，都在五伯身旁趴着蹲着，黑乎乎的轮廓就像是一块块沉默的石头。黑暗里他看不清楚他们的脸，但想象得出他们谄媚恐惧的笑。他听见五伯在反复说的一句话是：

　　"我们再也不来省城了，放我们回去吧！"

　　这时，那个开车来的瘦子在驾驶室里扔出来一句，说："我看他们这回肯定是老实了，让他们上车吧。"

　　那几个男人得胜似的，从车库最里面的一道窄门进了别墅。他把他们一个黑影一个黑影看过去，那个肥壮汉子走在最前头。

　　他和五伯几个人又上了面包车，很快回到了长途车站。他们从刚才上车的地方下了车后，相互看着，都有些尴尬。除了五伯被他护着，只是身上不要紧的地方被踢了几脚外，其余几个人都是全身上下都挂满了鞋印。

　　"好小子，有孝心！"有个村里人的眼睛肿成了鸡蛋一般大小，只在中间留下一道窄窄的缝，这人朝他点点头，又在他肩膀上拍了一掌。"啊——"他疼得叫了起来，整个人站不住了，半个身子一歪就蹲在地上。周围的旅客朝他们这边看着，五伯稍一愣神，又伸出胳膊朝马路上大声喊：

"出租车，去医院！"

在医院骨科，医生看了拍出来的片子，说了个新鲜的词儿——骨裂。医生说，他骨头上的这条裂缝挺长，没法动手术，只能平时多注意休息，饮食上也要多吃些排骨啊鱼啊之类营养丰富的食物。只要补充好了营养，骨头上裂了的地方，自己就会慢慢长好。

他们几个人回到村子后，河水又脏臭了两年。这两年里，他和五伯靠着一点儿泥瓦匠手艺，凑合着养活了两张嘴。因为没能像医生说的那样吃好休息好，肩膀里那根骨头上的裂缝一直跟着他。直到现在，他开车时每次打方向盘打得猛一些，左边的肩膀就会有一种要命的疼，好像有一双手把他肩上的皮肉撕扯开一样。

那些时候，若哪天得了闲，除非冬天河里结了冰，每天他都沿着河堤，往上游走。这条河发源于邻县山里，他要一直走出二十多里，要等远离了纸厂，河水才没了那股让人恶心的味道才停下。在这里，河水刚从山里流出来，严格地说，还只是一条宽一些的溪，算不得河。到了这里，他就脱了衣服叠放在岸边，自己跳进河里，在河泥里摸螺蛳。等摸上来的螺蛳有了半水桶，就提到县城去卖。

有时他刚下了河，还会趴下身子，把鼻子凑近河水，去闻河水的味道。这里的水是没有味道的，他站在河里，看着映在水面上的自己的脸，使劲抽动着鼻子，心想真好闻啊，这没有味道的味道！

两年后的某一天，他顺着河边往回走时，觉得河水没那么大的怪味儿了。到了纸厂那根通到河上的管子对面，他远远瞅着，发现里面不往外流泛着白沫子的水了。晚上，他回到屋里时，看见那个两年不见的省城人又来了，正在和五伯脸对脸抽烟。他说了河水的事儿，省城人"嘿嘿"一乐，递给了他一张报纸。报上说，县里新来的领导，把原来那些个污染企业，都给关停了。

那天，省城人临走时给了他们五千块钱，让他从明天开始别再背着泥瓦匠家什到处踅摸事儿了，也甭再下河摸螺蛳了，拿这钱好好侍弄果园，来年自己再来这里收桃。

省城人的话让他半信半疑，后来没多久，他听说原来那家纸厂厂主把厂子盘给了旁人，就担心新老板又会像从前那样。可他很快就看见，那管子虽然重新往河里流水，可那水和河水一样，都是清亮亮的。村里的半大小子们，也能重新下河摸螺蛳逮虾了。他听说，新厂主为了添置净化设备，足足花了上百万。

这一年，他和五伯把攒了两年的气力都花在了果园上。第二年，桃树们又结起了满树的大桃。他和五伯一个都没舍得尝，好容易等省城人来了，他却说，这桃他不收。他和五伯正纳闷儿，省城人说："桃树跟人一样，得排毒，这两年桃树里攒下来的毒太多了，如今都落在今年的果子里。所以，这些桃，不但我不收，你们也不能吃。"

说着，他又拿出五千块钱给他们。话还是去年那句，就是让他们好好侍弄桃树。省城人走了，又有别的果贩子来到村里，要买他们的桃。他和五伯想着桃树得排毒的话，一个桃都没往外卖。再往后，满树熟透的桃开始往下落，五伯在一旁站着，眼泪掉得比桃子多。他安慰五伯，说桃落在地上，等烂了化了，就又成了肥料，成了明年桃树的营养。

话是这么说，可私下里他也哭过好几回。到了下一年，桃树果真前所未有地好。十五棵桃树，一共结了三千多斤水蜜桃。桃子还没长成形，就来了十多户果贩子，还开出了前所未有的价钱。可是，来一个人，他们就摇一回头。

他们要等那个省城人来。

后来，又到了桃子熟透时，省城人终于来了。人家知道前面有不少果贩子来过，就要按比市价高五毛的价钱收，他和五伯死活不同意。三个人争了半天，还是按市价算了价钱。省城人把桃装上车，又给他和五伯留了两筐桃，让他们尝鲜、送人。他们趁着省城人回身进驾驶室的当儿，又把两筐桃搬回了车上。

这年夏天，他和五伯卖桃一共卖了两万四千多，还了省城人的钱后，足足挣到了一万四千多块钱。再往后，县里要建沿河旅游观光带，果园也被划进那张设计图里。县上给村里每人发了十万块钱的补偿，等那一片再盖起了新楼，每户还能按照从前房子的大小，分到一套或者两套新房子。他和五伯，是村里最后走的两个人，他们也和别人一样，在县城赁了一套一居室的小房子住下了，不久还领下了簇新的户口本，真正成了城里人。

他和五伯虽然成了城里人，可两人都除了种桃树啥也不会，连着去了几次县城里的人才招聘会，都没能找到事。于是，他们只能把日子这么一天天挨下去。

砍桃树那天，他给五伯撒谎说有人给他介绍了对象，早早就出了门。那天天气很冷，河里结了薄冰。进了城的村里人，大部分都在通着暖气的新房里待着，来得不多。他和寥寥几个村民，轻声聊了几句，就不再说了，全神贯注地看两个一身工装的小伙子，各自举着一只电锯割树的枝杈。

砍树的程序是先把桃树的枝枝杈杈砍去，再把桃树树身锯断，最后把根刨开，拖上卡车运走。那两个小伙子走到树下，他们手里的电锯"吱吱"尖叫着，锯齿上闪着晃眼的银光。有个小伙子往手里吐了口唾沫，就开始动手了。人家的动作比他想得麻利多了，几乎一眨眼的工夫，一根有他胳膊那么粗的枝杈就被割下来了。

他想，光割这根，树还能活，就是得少收十斤桃。马上又一根树枝被割断了，这根树枝可比刚才那根粗多了，几乎和他的大腿差不多。他想，嗯，割下这根，这还是伤不了树的筋骨，可桃就要少收三十来斤了。

这时，另一个小伙子不耐烦了，扎个马步，稳稳当当地站好，把电锯平着往前一送，锯片就尖叫着从桃树身上钻了进去，接着，又钻了出来。树呢，好像不知道自己已经被锯断了，开始还是一动不动的，可马上就簌簌摇晃起来，没摇晃几下，就带着巨大的风声，一下子倒了。他看见树扑倒在地上，怕旁人见着他眼里噙着的泪，赶紧仰起脸来，望着刚刚出现的那一小片空荡荡的天空——那里原先是树冠的位置，心里悲伤地想，完了，这回树真的活不成了。

桃树被一棵棵伐倒，拖上卡车。他看着那些掉光叶子的干树枝在地上拖动着，觉得就像是在扒拉他的心一样。村里人三三两两散了，他正用袖子揉着眼，忽然看到在运树的卡车旁边，有人跟他一样，在举着胳膊，用袄袖子抹眼泪。

他再仔细一看，才看出这人是五伯。

那天从果园回来后，他和五伯两人闷在屋里，有时一整天都说不上几句话。一天，他正在县人才市场找工作，手机响了起来。电话是一个去串门的村民打来的，说是刚才在他家里，正和五伯聊着天，五伯就顺着椅子出溜下来了。他赶紧回家，把五伯送到了医院。

五伯中风了。给五伯看病时，那钱花得比被大风刮走还快，他们的二十万很快变成了十万，十万又变成了五万。最后，五伯的命保住了，可右边半拉身子，胳膊、腿脚，都不能动了。医生说，按照五伯如今六十来岁的年纪，他这种偏瘫，很难好转，但只要好好将养，就能把病情稳定下来。五伯出了院，每月吃药打针，就要一千多块，再加上房租，剩下的钱不出半年就要花完。

幸亏当初在果园时，他从省城人那里学会了开车。他和五伯一合计，就拿剩下的钱买了辆旧车，在县城做起了黑车生意。他日日起早贪黑地干着，每个月除了五伯的医药费和房租，还能剩下七八百，够两人吃喝了。

他开上出租后，他们两人的生活很有规律，他每天出车前给五伯做好一天的饭食，五伯则攥个遥控器，一直在电视前守着。这个小区里还有村里不少人住着，他们有时也来送个热菜，扶着五伯下楼遛遛腿儿。

刚住进县城时，还有人给他介绍过女人。有的女人，是在见到了他开辆车满县城到处跑的样子后，或者是知道了他以后会分得一套新楼房后，主动央人介绍的。可后来五伯的病情传开后，这些女人也就陆续没了消息。再后来，在一个大雪天，他从县烟酒公司路过，看见有个女人脚边放着两个落满了雪的纸箱子，朝他的车招手。他在女人身旁停下车，认出这个女人他从前在相亲时见过。女人也同时认出了他，脸微微红了红。

这女人比他大三岁，丈夫因为在邻村喝夜酒喝大了，跌进村口水塘淹死了。她有个儿子，本来在上初中，去年辍学去省城学汽修了。她自己在县里开了家棋牌室，还附带卖些杂货。那间杂货店的名字，就叫作"悦民超市"。

那天，他刚把女人和她的两个纸箱子送到杂货店门口，远远就看见窗户上的玻璃被砸破了几块，还有几个人正你挤我挤你地站在窗下，伸手去里面拿够得着的东西。女人没等车停稳，就跳下车去，结果在雪地上摔了个跟头。她爬起身跑过去，那几个人哄笑着散开了。他们有人手里攥着一把糖，还有人撕开方便面的塑料袋，一边跑着，一边还掰下干面块，塞到嘴里。女人不知道该追哪个，跺了跺脚，急急忙忙开锁进了店。他在车里看着，犹豫一下，也跟着进去了。

女人的房子是里外两间，里面是卧室，外屋中间搁着两张麻将桌，靠窗的地方则立着两只货架，窗台和货架上都摆了些食品烟酒。这时，风正卷了雪，从窗户里刮进来。女人站在店中间，看着一地的碎砖头和玻璃碴，先是蒙了一下，接着就哭号起来。

他顾不上劝她，先回车里拿雨披挡住窗户，打扫了地面，接着开车去了五金城。他割了玻璃，买了油泥回来，三两下就粘好了玻璃。这些手艺都是他从五伯那里学来的。可等他从窗台上跳下来时，肩膀上早就疼得要命，额头上冒出一片片大颗的汗珠子。结果，他双脚落地时没能站住，"哎哟"一声，坐在地上，手扶住了自己的左肩。

"兄弟，你咋不得劲，是累着了？"女人在身后小声问他。他嗫嚅着说，肩膀上有处旧伤。话音没落，他整个人已经被女人从后面跪着抱住了。

外面的雪越下越大，女人的被窝里却暖和得很。他活了三十多年，头回知道，女人竟然是这么温柔美好的一种动物。女人告诉他，砸她家玻璃的是丈夫从前的赌友，丈夫死了后，这人自称她丈夫欠了他八千多块钱，要她还这笔账。她不肯，那人就经常来捣乱。

等他从女人家里出来，雪下得没那么密了，天色也早就漆黑了。他觉得有些对不住五伯。他回家进了屋，就看见五伯还没睡，正侧躺着，咧着嘴朝他直乐。他觉得自己的心事被看穿了，红着脸去烧水。水开了，他正给五伯洗着脚，五伯忽然朝他说：

"小子，今天得了好事了吧？"

自己进门前，明明在身上四处嗅过了，一点儿女人的味道都没了，五伯不是没娶过老婆吗，咋这么精，还能看出来，他纳闷儿地想。

从那之后，他就常开车帮着女人拉货。女人呢，也经常炒几个荤菜，让他晚上从她这里离开时，带回去给五伯。回到家里，五伯一边吃菜，一边朝他说："你小子，真他妈傻人有傻福。"

刚开春时有一天，女人让他开车带她出城散心。他想了想，带着女人来到原先是果园的那个地方。那里已经建成了观光文化带，但离城太远，这天也不是周末，所以并没有几个游客。堤上还种了一排排的树苗，已经长出了细细的嫩叶子。堤下的河滩上，四下种着他从没见过的各种植物。大堤再远处，还有一片正拔地而起的楼群。

这种叫菖蒲，这种叫水芹，那种叫萍蓬草——河滩上这些植物，女人倒是都认识，她飞快地指着，一种种地把名目告诉他。他望着比从前扩大了好多的河面，和岸边排得整整齐齐的几十只小艇，心想等天气再暖和些，这些花草都开了，还要带着五伯再来看看。五伯好热闹，到时看着一只只小艇在河面上飞一般地开着，还不知道会乐成啥样。

堤上的风还挺凉的，等他们回到车上，女人坐在副驾驶位置，眼里含着笑瞅他。他知道她的意思，她是想说这里比从前好看多了，但自己心里怎么还净想着那个果园。他不太好意思了，脸上红了红，朝女人"嘿嘿"一笑，又挠挠头，挂上挡开车离开了。

这天，他从夜总会门口，开车到了女人那里。刚一进门，看见几个人坐着打麻将，就一愣神儿，靠在门框上。那几个人见了他和女人的神态，嘴里起着哄走了。女人关了门，回过头来并没有问他为什么来得这么早，只是极有情致地盯着他。他让过女人的眼神，慢慢坐下，把从前的事儿、刚才在夜总会门口看到的事儿都告诉了女人。女人幽幽地叹口气，凑过来，站在他身旁，手指甲在他有伤的那处肩膀轻轻划着，慢慢流下了泪。

女人说，这几天有人在牌桌上说过，前一阵子，那个正跪着的男人从前是夜总会里的保安队长。有一回，有个客人在里面喝多了，临走时非要自己开车。他为了拍人家马屁，就去指挥倒车，结果被撞成了跛子。跛子当然当不了保安队长，他就被辞退了，医药费营养费啥的，一个子儿都没拿到。他当然不肯吃这个亏，可他知道自己老板的厉害，不敢大闹，就只有在夜总会门口跪着。

听到这里，他恍惚着想起来，自己曾经听说那个纸厂厂主，把厂子盘出去后，又在县城里开了别的买卖，想不到就是这个夜总会。

这天他从女人家离开后，回到家里，一宿都没睡踏实，一直在做各种各样的噩梦。第二天，他一整天心里都糟乱得很。到了天色黑下来，他索性翻过车上"停止营业"的牌子，到夜总会不远处停下。

果然，那人还在那里跪着。

天彻底黑透了，陆续有汽车一辆辆开来，开进夜总会门口的停车场。从车里下来的客人，有的好像还和那人很熟，在经过他身边时，会回头看他一眼，然后才匆匆走进夜总会。他冲着人家的后脊梁和人家打招呼，但没人停下和他说上一两句。

一个穿着崭新制服的保安从夜总会里面出来，站在他面前，用下巴指了指他，说："喂，快滚吧。"他仰起脸，冲这个保安说："老二，你……"这个保安一巴掌抽在他脸上，接着一脚踹倒了他，朝他匍匐在地上的身子，瞪着眼喊："你叫谁老二？从前老板用你的时候，你是队长我是老二，现在你被老板踹了，我是队长了，你还敢叫我老二？"

他撑起自己的上半截身子，仰起脸冷笑了一阵，说："你告诉老板，要不把钱给我，我就找谁谁谁要……是他把我撞成这样的！"

"你敢！"那个保安队长骂着抬起脚，刚要继续踹，腰间对讲机响了起来。他拿起对讲机点头哈腰说了几句，就转身进了夜总会。过了一会儿，他又和几个保安一起出来，把趴在地上的男人半围了起来。那人就有些慌了，刚挣扎着站起来，身子一歪一歪地要走，那个接替了他的保安队长，却让人架起了他，不由分说地，把他一直架进了夜总会。

这男人要挨揍了，他坐在车里想着，伸手摸了摸自己的肩，心里就有了些报仇的痛快。这时有人敲着他的车窗玻璃，他见有人用车，就把牌子翻回到"营业中"，发动了汽车，载客上路了。

可是，他在载第二个客人时，心里又烦躁起来，他想着，不知道那人会被打成什么样。他在心里警告自己别惹事，提醒自己这个男人是自己的仇家，自己身上的伤，就是被他打出来的。这么想了很多遍，他心里好受了一些，车也开得稳多了。这个客人刚一下车，马上又有人上车。新上车的客人要去的地方，是三十公里外的市里。

这趟活儿能挣八十，送完这个客人就回家，到时要记得给五伯买些猪耳脆，五伯今天早上一起身，就开始念叨想吃这口儿。他这样想着，把车子开出了县城。

过了前面那个路口，就是通往市里的高速公路了。他望着越来越近的高速公路入口，脚下的油门渐渐松了，车子的速度也慢了下来。那客人在后面"咦"了一声，他一咬牙刹住了车，扭头告诉客人自己家里有急事，不收他的车钱了。那个客人一愣，板起脸骂骂咧咧下了车。他把车掉了头，越开越快，飞一般地扎进了县城。

他找到那个男人时，那男人正靠着泔水桶，歪歪扭扭半躺着，胸口的衣服大敞着，刺着一条大黑龙的皮肤上，印着好几处不一样的鞋印。他整张脸都是青肿的，眼睛只剩下一条渺细的缝。

他回到县城后，先是到了夜总会正门。那里只有几个保安在嘻嘻哈哈地玩闹着，那一张张年轻的娃娃脸上，都挂着满足得意的笑。他们伸胳膊踢腿，做出很多奇奇怪怪的动作。他看了一阵子，才看出他们是在模仿打人和被打。被打的人，还装模作样地惨叫着。他赶紧绕到了夜总会后门的那条巷子。结果，他没有猜错，那个男人真的在那里。

他下车走了过去，站在男人面前一两米的地方。"喂。"他说。

"嗯，嗯嗯"，男人嘴里胡乱哼着。他欠身蹲下，把男人胸口的衣服合上，刚把他扶起来，他却又一下子坐倒了。

"腿不行，使不上劲儿。"男人蜷着腿，抱着自己的两个膝盖说。

他想了想，就弯下腰，用没伤的那侧肩膀扛着男人，又慢慢站起来，把他扛上了车，平平地放在后排座上。他在扶男人的时候，男人的胳膊松软地搭上了他的左肩，随着他的脚步，那只胳膊还在他受过伤的那个地方无力地蹭过来，蹭过去。

到了医院，医生撩起男人的衣服，草草看了伤势，就说全身多处骨折，又皱眉问怎么回事。男人含含糊糊地说："自己在路边好好走着，就让几个不认识的小混混胡乱打了一顿。"医生显然不信，但还是开了单子，让男人去照片子。

　　他给男人交了费，又和一个护士扶着男人进了放射室。那男人从头到脚要拍好多张片子，要花不少时间，他就坐在外面的躺椅上等。他心里身上都累得很，也困极了，很快就往后一仰，头靠在硬邦邦的椅背上，睡着了。

　　在梦里，他和五伯到了一处果园里，这个园子大得无边无际，四下望去，到处都是结满了桃的桃树。这里的桃树还和《大闹天宫》里一样，树干树枝都有云彩缭绕着，每片树叶都绿灿灿的，每只桃子都鲜红，硕大。他和五伯，就像孙悟空一样，仿佛也会了仙术，每人都踩着朵云彩，在桃树和桃树之间，得意地飘啊，飘啊……

　　在医院走廊里来来往往的人，看了他都觉得很奇怪，不知道这个睡着了的人，为什么脸上都流满了泪水，却还在咧着嘴，"嘿嘿"笑着。

涉　江

涉江采芙蓉，兰泽多芳草。

采之欲遗谁，所思在远道。

还顾望旧乡，长路漫浩浩。

同心而离居，忧伤以终老。

——《古诗十九首》

　　"这首诗描写的是爱情，你看，采了荷花之后打算送人，这不明明就是说要给女孩子送花吗？"她说。

　　"不对，是写思乡之情的，'还顾望旧乡，长路漫浩浩'，这句多明显。"他摇摇头说。

　　她咬着嘴唇，回头看了一眼，不满地哼了一声，把课本扯过来塞进了书包，站起来就把书包一甩，拉灭灯绳，小跑着出了教室。他坐在一团突如其来的黑暗里，耳边尽是自己乱糟糟的呼吸。愣了几秒钟，他赶紧把书本哗啦拨进书包，也跟着她出来了。

这座乡中学，是建在半山坡上的，这个县所有乡里的中学都是这样。中学没有围墙，他们一前一后从教室出来，再下一个土坡，就到了黑黝黝的山路上。她在前面沿着那条窄细的溪边小路走着，手电筒的光没有照向小路，而是在初春稀稀落落的草里胡乱晃动着。有虫子不停地从光里跳出去。有的跳进了溪水里，在他们看不见的暗处荡起了波纹。

他在她后面，攥着手电筒，远远地照着她面前的路。她就要走到两座山之间的那个岔路口了，从那里往左是他的村，往右则是大山更深处的她的村。她猛地站定，回头说："谁要你装好心。"说着，又转过身去，脸朝着山黑暗的轮廓。她就这么站着，并没有朝着回去的方向迈出步去。他心里快活得有些不敢相信，舔着嘴唇一步步向前挨过去。终于到了她身后，他小心伸手去勾住了她的手指。她不作声，继续站着，留给他一个瘦瘦的脊背。

他索性把她整只手都攥着了。她嘴里低低哼了一声，转到他面前。他伸出胳膊，刚抱住她，就像想起什么似的，捧起她的脸来，慌乱地衔住了那两片软凉的唇。

她闭上眼睛，双手绕过去，把他的腰扣住了。

他们不是乡中学的学生，是县中去年的高考落榜生，正准备再参加这年的高考。他们交不起县中的复读费，就只在县中挂了名，平时白天在家帮着干些农活，只在晚上来乡中学温书。他们从前在不同的班，并不认识，直到成了"高四"的同学，这才熟悉起来。

只一眨眼，这都是十年前的事儿了。

车早过了自家从前那座村子，他把脑袋从椅背上抬起，瞅着窗外。他揉搓着酸直的后脖颈，觉得四周的山头都是模模糊糊的。他晕乎乎地想起昨晚的那顿酒席，神经质地把手捂住嘴，哈口气闻了闻，似乎真的闻到了一股腐臭的酒气。他早知道自己所在的那个部，甭管是哪一级，到了地方上都是很高的待遇。他没想到的是，自己一个普通科员，竟然也有这样的待遇。

他是前天下午进的家门。晚上，二舅来家里串门，才知道他回来了。二舅有串门的习惯，他娘，他所有的亲戚也都有。本来嘛，同一个村子的人，都被安置住在县城同一个小区里。进城不到一年，山民们还没习惯打电话。要和亲戚说啥事，还和在山里一样，都是迈迈腿，直接进了亲戚家的客厅。

二舅走后，只一个晚上，他回家这事儿整个县城就都知道了。昨天一早，家里电话响个不停，县里很多人都要宴请他。他知道自己应该"低调"，不该去，可架不住大伯二伯，大舅二舅那样求他。于是，中午是爹和大伯、二伯陪他进"富丽都"，晚上是爹和大舅、二舅陪他进了"金山城"。每顿饭的饭桌上，都是一张张圆胖的脸，笑眯眯地在自己面前转来转去。他记不住这些长得几乎一模一样的脸。

他不记得最后怎么回的家，只知道早上自己醒来后，就在客厅里看到了正斜坐在沙发上的昨晚宴会上见过的一位司机。他胡乱吃了早饭，上了车，才吞吞吐吐地说了自己要去的地方。

她家的村子，是山里最偏的一个。这是个山区县，除了县城在巴掌大的一块平地上，别的十五个乡镇，都散落在大大小小的山坳里。至于那百十个行政村，就更偏僻难寻了。

"哥，那个村就在前面，嘿嘿，除了打去年来打山货，我还没来过这个村。"司机说着，从方向盘上腾出一只手，指着对面山崖，"哥，你看到那根红油漆线了吗？那就是以后的水位线。"

他仰脸看过去，只见路边灰白色的山崖上，高高地划着一根粗大的油漆线。他心里盘算着线的高度，估摸着在这根线画完后，有多少个村子从山里搬了出来。

"哥，你多久没回村了？"司机说。早上还没出家门时，司机叫他领导。他不让司机这么叫，就和司机论了年纪。一论比他大八岁，就当了哥。

多久了？他想，总有六年了吧。自从他大学毕业考公务员到了部里，评先进哪年都有他，这也是部里破天荒的事儿了。他要是年年春节回来过年，可就做不到这个了。要知道，每年春节放假前，部里安排假期值班表，他都是第一个报名。

这几天，其实非年非节，他回来是有特殊原因的。前一阵子，处长如愿以偿当上副局级巡视员，退了，两个副处长都想拉他。他一个小科员，索性请了年假。他盘算着，等五天的年假结束回到北京，一切也就见分晓了。

昨天，中午的酒劲儿还没过去，晚上就又上了桌。三钱一杯的酒，谁来敬他他都干。他从未这样喝过，直到现在，山风灌进车来，他才清醒过来。这样也好，路上颠得最厉害那段，就在迷糊中过去了。省道十年前就只从县城修到乡里，现在也还是只修到乡里，到各个村还是没个正儿八经的路。

这时，车绕过最后一道山崖，进了她家那村子。司机说，村里现在没人了，年前，还有人回来翻腾些东西拿进城里，现在，各家各户都空得只剩下墙了。

他没说话，这些，娘前天晚上都说过。当时娘说完了这些，他说，他还得来看看。"你这娃儿啊"，当时娘一甩门帘，走了。过了几分钟，娘进来把一只提篮塞给他。里面有一把香，一叠黄纸。娘说："你俩好歹同学过，想去就去吧，既然去，就有个去的样儿。"

他佝偻着坐在床边，瞅着提篮不作声。

娘说着在他对面坐了，拿起衣角来擦擦眼角，说："这女娃子命苦啊，打小爹娘挖药跌下山崖，连尸首都找不到，后来一直跟着那个姑过。再后来嫁到村支书家，别人都说，她可算是进了福窝了，可还是——唉，她也是，都读罢高中了，心还这么傻，让男人蒙得这个惨啊，钱没了，命也没了。"

越野车进了村，七拐八拐一番后停下了。"哥，到了。"司机指着路边一处院子说。他下车，站在路边，打量着这院子。

这就是她家，她嫁给这里村支书的儿子时，这儿可是附近几个村唯一的三层楼房。他想起了大三时收到的那封信，她说自己有了一间带阳台的书房，上学时的书，打工这两年买下的书，都有地方放了。信里那张照片，就是她在阳台上拍的。

院门早卸走了，他进了院子。院子里到处是砖头。司机跟了进来，把提篮递给他，笑着说："农村都这么干，当时听说哪怕是拿破砖烂草席子搭间房，就能在县城里按个比例换楼房，于是家家户户就赶紧在自家宅基地上建了房。"

这话，娘从前在电话里也给他说过。娘说："水位线以下要搬迁的几个村子，大半都假离婚了，为的是多分一份宅基地，等有了宅基地，只要突击多盖上房子，到时也就能多分房子。"说到这里，娘的语气也含糊起来，试探着说："娃儿，咱家的院子空着也是空着，不如——"

他马上冲着话筒说："娘，可别听这些馊主意，咱家不能干这种私搭乱建的违法事儿。"娘听他说得坚决，只好悻悻地答应着，万分遗憾地说村里好多人家都这么干。反正山里石头多，树多，村里人一分钱不花，就能把自己家院子盖满。就在娘挂断电话前，他听见爹在朝娘幽幽地说："咱娃儿在惦着前程哩，咱可不能给娃儿拖后腿——"他的脸，立时就通红了。

此时，他抬起头，看了看三楼那个有阳台的房间，回头对司机说："村里人的坟地是在哪儿？"司机似乎看出了他的来意，脸上的笑又多堆了一层，说："这个村的坟地，就在咱刚路过的那道山崖底下，前一阵子搞截流蓄水试验时已经淹了。这家从前的那个年轻媳妇，本来她离了婚，按农村里的老规矩，就不算这家的人了。可她火化的事儿，还是从前的男人出钱出力办的，人家还在村里墓地给她起了坟，立了碑。毕竟是支书家的小子，要说为人处世，还真不是平头老百姓比得了的。"

他站在院子当中，用脚尖拨拉着地上的砖头、木片，默默听着。

"仁义，真是个仁义孩子，提起这事儿，村里人都这么说。"司机还想继续说，他摇摇头表示不想再听了，就拎着提篮上了楼。

那时，他们白天各自在家温书，吃罢了晚饭，就到乡里中学上夜自习。当初是他先来的。入冬后，没了农活，加之电视信号不好，山里各家男人的娱乐就只剩了打麻将和打老婆。他受不了那声响，索性每晚走个把钟头山路，到乡里中学来，央看门人给了教室钥匙，就进去温书了。

他来了没几天，她也来了。那天他进了惯常在的那间教室，她早稳笃笃地坐在里面。他愣了愣，也就寻处桌凳坐下，铺开了书本。

乡里中学条件差，晚上没炉子。他倒没什么，可她坐了没多久，就开始打喷嚏。第二天，他把自家的一个漏底搪瓷盆带了来，柴火也是他一路上捡拾来的。进了教室，他蹲着拿出火柴，脑子里拼命回忆着爹和娘生火的动作，小心擦着了火，好容易点着了最薄的木片。木片渐渐变得黑黄了，可火苗还没出来，烟已经灌满了教室。

他直起身子来咳嗽起来，眼瞅着已经有几株小火苗在盆里微微露出头。这时她一路咳嗽着跑过来，"啪啪啪"几脚踩灭了火苗，接着抱起搪瓷盘，跑了出去。

"你想把教室烧了啊？"她拎着空了的搪瓷盆回来了，脸上是一道道的灰，脸旁边的几根头发被燎得卷了。

她说："你啊，是爹妈惯大的吧，在家啥活儿都没干过吧？"

他点点头。"哼，书呆子，明天看我的。"她说着，从书包里抽出手帕，擦过头脸，又拿出小圆镜子，左右照了好一阵子，才又看起书来。

第二天，他到了教室，她已经在里面了。教室里热了很多，她在搪瓷盆里放了木炭，木炭发出的，是那种柔柔淡淡的暖，不像柴火，是让人心里发慌的燥。她把搪瓷盆放在过道中间，过道一侧是他惯常的位置，她则坐到过道另一侧。

后来，过完年，又出了正月，冬天最冷的那一阵子过去了，山里向阳的那一面山崖，渐渐有了毛茸茸的绿。一天，她一进教室，就摘了绒线帽子，露出了一头的披肩发。他记得县中的规矩，是不让女生留披肩发的。高一时，有次他在学校澡堂门口见过几个女生说笑着出来。他站在她们走过的空气里，洗发精的味道不由分说地钻进他的鼻孔。他看到她们的披肩发潮潮的，软软的，仿佛没有任何重量一样，在晚风里轻轻垂拂在各自的肩膀上。他记得就是在那晚，他迎来了生平的第一次梦遗。这天，她骄傲地甩了甩头发后才坐下，那发梢险险蹭着他的额头。一整个晚上，他都觉得炭烧得格外热，烤得他半边身子热乎乎的。

过了一阵子，真正暖和起来了，她就不再带炭了，他也把搪瓷盆拿回了家，但两人还是隔着过道坐着。温书累了，就说上一小阵子话。又过了没多久，发生了两人在河边亲嘴的事儿。那天，他回了家，一晚上没睡，始终睁着眼睛望着泥屋顶。黑暗当中，泥屋顶上放起了电影——爹背着装满板栗的口袋，为了省下两块钱车钱，弓着脊背走在通往县城收购站的路上；天刚蒙蒙亮，娘在河边砍猪草，一个趔趄，装猪草的筐子倒了，她在水里扑腾着去够越漂越远的筐子，全身湿得净透；高考分数公布后，自己落了榜，捂着头蹲在县中门口痛哭……

第二天，他没去乡中学温书。

第三天，他也没去。

一直到了第七天，他才去。进了教室，就看见她正在老位置坐着。她扬脸朝他笑着，他不敢看她，慌里慌张地到了最后一排坐下，背靠着冰凉的土墙。

她"嗖"的一声转过身子，瞪着他。他脸色惨白，把书一本本掏出来。

"你什么意思？"她喊他的名字。

他几乎哭出来，把头抵在桌板上，喊："俺得上大学，俺爹俺娘让我上大学！"他嗡嗡的声音在教室里回响着，她慢慢转过身，坐了下来。

他记不清多久后，两人才重新说起话来。"这道题怎么解？"

她拿着一册习题集，腾腾几步过来，把书按在他面前。

他看完了题目，放心了。这题，他会。

"你打算报哪儿？"解完了题，她问。他说了北京的一所重点大学。"你呢？"他问。

"能到省城上个师大，我就满意了。"她说。他估摸着她的学习成绩，觉得她就属于老师嘴里"有希望，没把握"的那种情况。

三个月后，两人再次参加高考。后来，成绩公布，他考取了第一志愿，她则又一次落榜。就在他接到录取通知书的那天，她被姑姑带着进了县城，当上了服务员。

大一大二那两年，因为不舍得把钱花在路费上，暑假他都留在北京打工，寒假才回来。回到村里，他虽然没有去刻意打听，但总会有零零碎碎的消息传进他的耳朵。他知道，她先是和姑姑当了两年服务员，后来有人在青海给姑姑介绍了一个男人。姑姑正犯愁要不要把她带去时，她们那个村里的支书，遣了人给自家小子做媒，她答应了，就回了山里。

大三时，他能挣稿费了，也寻了一个女朋友。这时，他意外地收到她的信，信里说她要参加自学考试，央他寄书。信里还有一张照片，是她站在阳台上，摆出一个《泰坦尼克》里女主角的姿势。

他真的给她寄过不少书，可没多久，她来信说，她公公去南方考察时染了病回来，婆婆就住了她这间书房。再后来，她就不让他再寄书了。可他还是又寄了几本。这几书却都被退了回来，他就不再寄了。进了大四后，他参加了国家公务员考试，成绩很好。于是在毕业后进了部里，当上了公务员。

参加工作三年后，他分得一套二手的一居室。消息传回山里，点燃了亲戚们来北京旅游观光的热情。亲戚们来了之后，因为影影绰绰知道他和她的事儿，也都会影影绰绰说起她。那时，说的都是好消息。

——她命好哩，早上村里卖豆腐脑的，卖炸油条的，都给她家送。山里兴"农家乐"了，老有县城里的人，开车来山里，哪个村子偏，离着城里远，这些人就爱往哪个村子去。她那个支书公公，把那个村委会后面那一排平房改成客房了，每间房里都有彩电席梦思啥的，可客人还不满意，说得上网。支书嘛，啥事干不成？马上说村里要搞信息化办公，给村支部通上了网线，顺便也给那些"农家乐"也通上了。

后来，他又听说，支书嫌"农家乐"来钱慢，就带了人去南方考察。那个刨花板厂，就是支书从南方考察回来后盖的。后来，刨花板厂把山里的溪水弄污染了。这溪水流出了山，流到县城就成了河水，溪水有污染就是河水有污染，这下县城里的人不答应了，县里环保局派人来查，查完说厂里污染排放超标，强行把厂子关了。

因为水给污染了，城里也没人来"农家乐"了。她本来当着"农家乐"和刨花板厂两处的会计，如今也闲了下来，就开始专心致志准备生孩子。她一连在家待了三年，都没怀上。两口子去县里检查，啥毛病都没查出来，后来又去市里大医院查，一连查了好多天，最后说是她的问题。医生说，因为长期饮用受污染的水，她已经不能生育了。

就像得到提醒似的，那几年，村里的人才明白过来，自打建了刨花板厂，村里的确没有哪个年轻媳妇怀上孩子。

水库的事儿，也是这个时候传开的。

开始，亲戚们都很不安，一到北京，进了他家门就开始谈搬迁的事儿，语气里就满是惊慌。去年，大伯两口子送刚考上大学的堂弟来北京，他在小区里的饭店定了位置，还要了烤鸭。大伯说，山下的几个村子已经开始征地了，有人要现钱，说自己是农民，就会种地，要拿了钱到山里别的村子去赁地种，大部分人要的是县里的房子。

"凡是要房的，都假离婚了哩。"大伯说。

"假离婚？"

"离婚了，就是两家人了，就能多要宅基地，多要房了。"

他问："你家是怎么打算的？要钱，还是要房子？"

大伯看了看他，刚想说些什么，却又赶紧低下头。他看到了大伯眼里的羞怯。

"还用说啊，当然是要县里的房子。"堂弟从手机上抬起头，不满地横了他爹一眼，从他娘手里接过了刚卷好的鸭饼。

"就是，我跟你大半辈子了，也种了大半辈子地，可不想再种了，得到城里住楼房享福了。"大婶说。

"能住在县里，好是好，可一家人吃啥？"大伯说。

"干点啥买卖不比种地强？再说城里有低保，饿不死你。"堂弟说。

第二天，他找同事借了车，带着大伯一家三口人去看长城。大婶忙着给堂弟照相，他和大伯走在前面。到了一处城楼，他拐弯问起她的事儿，大伯说，她和老公也学旁人离婚了。那一阵子，她家的门还整天关着。别人想去向她公公打听些搬迁政策的事儿，都是她或者她婆婆从门口出来，和来人聊上几句，再把装着炖山鸡的提篮接过去，不让来人进门。村里人慢慢就起了疑，直到有一天村里有人到对面山上采蕨子，看到她家院子里满满当当盖满了房，这才恍然大悟。只一夜间，村里家家户户都这么干了。

前天晚上，他进了家门，爹娘给他包饺子，爹擀皮，娘包馅。娘叹着气说，大伯大婶自打上次从北京回来后，就决定要房子了。他们本来也打算离婚，后来到了乡里，大婶忽然哭天抢地，死活不肯进乡政府的门。大伯悻悻地骂着，两人买了些农药化肥，就回村了。

听完大伯大婶的家事，他就想打听打听那桩关于她的新闻。他才提了她的名儿，爹就把擀面杖往桌上一拍，说："天杀的那一家人，骗人家姑娘骗得真狠。当初她家一口气在县城里得了三套三居室、一套两居室，填的都是她公公和她男人的名。从山里搬进县城的十来个村，就她家得的房子多。"

娘说："分房子的大红榜，在村头贴出时，她没事儿就在跟前站着，就等着别人给她说一句：你的命真好，马上就要进城住大房子哩。只要听到这话，她的那眉眼神情，可美气呢。"

他皱眉说："她离了婚，分给自己的房，咋还填别人的名？"

娘说："分房子时，她男人靠她的宅基地多分了房。可到了打房本时，那男人一家人都故意不提离婚的事儿，硬是在房本上填了男人的名儿。"

这时，二舅和二舅妈来串门了。爹出门去买下酒菜，二舅妈进了厨房接了爹的活儿，二舅和他坐在客厅里，白嘴喝着酒等饺子上桌。只喝了两盅酒，二舅的耳根就全红了，说话时舌头也大了不少。他模模糊糊提到她，一听她的名字，二舅就直摇头，说："她那男人也不是人，自打住进了县城，天天晚上日弄她。她也得意，叫得整个小区都听得见。"

后来，等四套房子的房本都到了手，她男人就开始不着调了，整天张罗着和一些县城里的女人见面。有人给她说了，她开始不信，可县城有多大，她到底还是看见了好几回。有一回她男人实在过分，就在她打工超市对面的"肯德基"和女人见面。晚上下班回了家，她问她男人。她男人说："咱俩早离婚了，你还想管我？"

她说，离婚行，除了她那套房子，还得再给她十万块钱。她男人当场笑得没背过气，说，啥叫"除了她那套房子"，这四套房子是补给自己家的，和她一点儿关系没有。她说，房子是按照宅基地补的，她的宅基地就在那个村子里，凭啥没她的份？她男人说，这四套房子是离婚后才有的，是他离婚后的个人财产，她想上哪儿告，随便！

她当时就开始在家里连摔带砸的，刚买的平板电视都给她砸了。那男人恼了就揍她，她被揍得跑出门，在楼底下又是哭，又是叫，哭得都晕过去了。幸亏住她家那个楼的，都是当初一个村的，有人看不过了，就给她出主意，让她上县里拆迁办要个说法。她去了，可人家说，搬迁补偿方案早就公示过，要有意见的话，得在异议期提，这时候早过了。这闺女气性真大，出了拆迁办，她就找超市老板辞工，说这口气咽不下去，要和那一家人打官司，让超市把工钱给她结清了。

他问："她拿着钱了吗？"

二舅"滋"的一声，把盅里的酒喝完，这才说那个超市老板告诉她，因为她总是算错账，所以要扣工资。就这么七扣八扣的，她干了三个多月，拿到手的才一千多块钱。这点钱当然没法打官司。后来，有那么几个月，谁也没见过她。有人说她去了青海找她姑。可她那个姑父，说是个农场主，其实是个刑满释放的。那人对她起了歪心，老想着占她的便宜，她姑也怪她，她在青海待不下去，就回了县城。还有人说她去了省城，想打工挣钱，好和那一家人打官司。可她找不到工作，手头的钱又花完了，就只好去当"鸡"。后来倒是挣了一两万块钱，刚想回县城打官司，就又赶上省城扫黄，她挣下的钱，全都交了罚款。

总之，在大概半年的时间里，她在县城消失了。她再次在县城出现时，是在她从前的男人结婚那天。那天中午，那个男人包了"富丽都"办婚宴，正和新老婆敬酒时，她不知道打哪儿冲了出来，抓起一盘子菜摔在那男人脸上，又扑上去在他脸上抓啊，挠啊。她从前的公公叫保安把她赶出去，她不等保安动手，就自己跑了。这一跑，人又不见了。又过了一个礼拜，人们才在县城边上的河里发现了她。有人说她是直接从县城跳的河，有人说她是从山里跳的，后来给冲到了县城。

二舅刚说到这里，爹拎着一塑料兜子猪耳脆进了家门，娘接了拿进厨房去切，二舅妈把刚出锅的饺子端上了桌。二舅也就住了嘴，慌忙吃起冒着热气的饺子来。

在阳台的角落，香和黄纸都烧得差不多了，他望着正徐徐熄灭的火堆，把那张照片也扔了进去。照片迅速卷了起来，从中间冒出了细细的火苗。他又看了一会儿，就抬起头，朝村子对面的一排排大山望去。那道水位线就画在对面的山崖上，比刚才在路上看到的又近多了，清楚多了。这道油漆血红血红的，霸道地横在大片石灰岩上，把一些长在石缝里的荒草都压住了，像一根肿胀的舌头。山崖后面，太阳正摇摇欲坠地挂在那里。他知道山里太阳落得快，天黑得早，也就把双手揣进裤兜，慢慢走下了楼梯。

司机见他出来，赶紧打开了车门。车开动起来，距离村子渐渐远了。山崖的阴影把车和路都罩住了，他坐在车里，也觉得有些凉了。他想，不能把年假都扔在这里，还是得早些回去，打听明白是谁当了处长。山里，自己终究不会再回来了。

吸烟区

掌声渐渐歇了，那个姓丁的公共汽车司机清清嗓子，开始讲他是怎么协助警方，抓住了通缉犯的事儿。他早算过时间，离他坐到台上去，讲他的事儿，还有一个小时。这十来天，他已经把省里的十五个地级市跑遍了，他颇有些庆幸，省城是最后一站，要是第一站就在省城讲，他不知道得紧张成什么样。如今，他有了经验，只消紧盯着主席台沿上摆着的那一排花盆，一眼都不往观众席上看，看不到观众们各式的眼神，心里就会很踏实，圆圆满满地念完他的稿子。

他们这个团的发言次序，是按姓氏笔画排的，他因为姓穆，笔画多，就排在了这个五人报告团里的最后一个。领队说了，今天讲完，明天一早大伙儿就可以回家了。这阵子全省各处作报告，一直吃酒店里的自助餐，开始时还觉得新鲜，后来发现无论哪个市，哪个酒店，都是这几十样热菜凉菜，他早就吃得够够的。老婆做的腊肉蒸冬瓜、炒苕尖，想想嘴里便是一阵发潮。

这就是香烟的好处，嘴馋了，缺觉了，气不顺了，它统统能解决。他摸了摸西服上衣的左右两个内兜，一个里面是稿子，一个是半盒烟。这时，台上的丁司机讲到了他发现车上有个人，大夏天的也戴着帽子，还一直低头背着人，就假装车坏了，停下车，走到车尾看清了那人的相貌。观众席里一片安静，大家都在聚精会神地听着。他一看是时候了，就一猫腰，踮着脚下了主席台，快步从最近的门走了出去。

吸烟这件事，上课时他也是这样，上午还好，到了下午，头一节四十五分钟的课上完，他趁着孩子们休息，总得抽根烟。那时，他出了教室，在旗杆下的水泥台子上坐了，燃上一颗烟，一边望着对面成片成片望不到头的山，一边还要把下面一堂课的内容在脑袋里过一遍。等抽到烟蒂了，他这才伸脚踩灭了烟，慢慢踱回教室。教室的门上贴着张课程表，教数学、语文、音乐的，是他，教美术、英语、体育的，还是他。

乍一听，英语是那些山里的学生娃娃最用不着的课了，再说，这两年也有了政策，英语不再是必须要上的课，但他知道，自己的英语发音，是当初上大学时，从外教那里学来的，是很标准的美式发音，学生们只要跟着自己学好了，等日后到了县中，就不会被发音没那么标准的老师带偏了。

他从前到县中上过观摩课，各科都上过。他知道，自己的语文和英语都比县中的老师讲得好，反倒是数学，虽然是自己的本行，但因为没那么齐全的新式教具，课上得不够生动。

出了这间多功能厅，他沿着走廊远远一望，就望见了大堂，他脚底下就渐渐快了，脸上不由得漾起了笑。这一阵子，因为在省里到处走，住惯了酒店，他有了经验，知道这样的酒店，一定会在大堂里有块吸烟区。

穿过走廊到了吸烟区，他安心坐下，掏出火机点燃了香烟，深深吸了一口，这才透过烟雾，朝周围打量着。这个吸烟区不小，有三四张沙发，有单人的，也有三人的，已经零零散散坐着两个男人，每个人都在仰着脸吞云吐雾。他又吸了一口，接着把烟盒摆着茶几上。吸烟的人嘛，总免不了瞄一瞄别人的烟。对于自己的烟，他是有自信的。他不用还房贷车贷，花钱的地方少，再说这几年工资也涨得不低了，学生们呢，家里也靠着开农家乐、买卖山货，收入多了，不用他帮着垫书本费，他这才有钱买些好些的烟了。

面前的烟雾越来越浓，他的，旁人的，混在了一起。他扭头看着窗户外面的马路上，已经过了九点，省城的早高峰还没过去，公共汽车，私家车，送外卖的摩托车、电动车挤满了路面，一道道黑灰色的尾气搅和在一起，人行道上的行人，都在捂着鼻子快步走着。他又开始想念山上蓝汪汪的天了。

他把客人一直送到酒店门口，看他们上了出租车，却不愿马上就回到房间里。那所大学给他订住的是套间，还是那种三间的，最外间是会客室，有真皮沙发、高级茶具，墙上挂着五十英寸的电视；中间那间呢，算是书房，给预备着最新款的电脑；卧室在最里面，床大得像篮球场，地毯足有一寸多厚。这样的房间，住起来已经够舒服了，可他因为讲座被临时取消了，尽管讲课费一分钱不少，但心里仍然很不痛快。最近这几年，他每逢暑假就会回国，美国大学的暑假又足足有三个月，国内的省会，他早就已经都跑遍了，重要的地级市也去得差不多了。这次呢，这所大学想请他来做次讲座，本来他都答应了别处，想到这是家乡的学校，也就答应了。可这大学呢，两天前有个副校长被查出有经济问题，校内一切非教学的活动都被暂停，他的讲座也就没法再开了。刚才，就是校办主任带着会计来给他送讲课费。毕竟，他是国际知名学者，受过不少领导接见，学校方面不敢怠慢。当然，讲座取消的原因，人家是不会给他这个外人说的，只是笼统地编了个说辞。

他回到大堂，抬起手腕看看表，琢磨着这突然多出来的半天空闲怎么打发。他瞥见有服务员正给吸烟区的报刊架上换了一批新刊，就信步走过去，坐下，拈起了一份杂志。

"陈黎？"

他刚打开杂志封面，对面传来一个声音。他没想到这里有人认得他，抬头一看，只见对面是个穿西装的中年男人，指间夹着支烟，正朝自己笑着。这人西装的垫肩早撑离了肩膀，领带也打得有些歪斜古怪，正拿一张干瘦黝黑的笑脸冲着自己。

但这和气的笑、瘦窄的脸，他却是熟悉的。

"你是，穆秉堂？"陈黎说。

穆秉堂点点头，拿起烟盒，抽出根烟递给他，说道："刚才你一出电梯，我就认出你来了。知道你忙，正犹豫要不要过去和你打个招呼，你就过来了。"

他们是县中同学，从高一到高三，整整三年的同窗。高考那年，陈黎考进了北京的一所重点大学，穆秉堂却只上了本市的师专，学得是数学教育。两年后毕了业，穆秉堂却没去当老师，而是顶替突发脑溢血死在一大沓账本上的父亲，进了县供销社当会计。九十年代初的那些年月里，人人都想当大款，个个都在开公司，满大街都是拎着公文包的人在公共汽车上挤上挤下，看大门的大爷都知道螺纹钢多少钱一吨。他心思也不在公事上了，和一个同事合伙做起了生意。没多久，他就闯了祸，从外地买来的一批化肥卖给本地农民后，被农民举报是假冒伪劣产品。他被供销社开除了。他也没当回事，还觉得自己终于自由了，当天就买了卧铺票去了深圳。在深圳，他前后待了五年，曾经和很多人一样赚到过钱，可很快又失去了，还被债主雇人打断了肋骨。消息传回老家，母亲急得住进医院，他只得回来照料母亲，就是这个时候，他从老同学那里听说，陈黎有了大出息，大学毕业后考进社科院读经济学研究生，去年毕业了，又公费去了美国念博士。

母亲病得不轻，在进手术室前扯着他的手，求他别去旁处折腾了，好好在县城找个事。那时，他在深圳还欠着别人一万多块钱，反正也不敢回去，就答应了母亲。当时，县城的边上有一所小学招老师，虽然是民办的，但他没别处可去，只得去应聘了。当了几年孩子王，才把当初的欠债还完，这时候，学校里竟有了转为公办的指标，要求是先进。先进不是那么好得的，要有工作表现。他想到了一招，就是去那些家境差、住得偏远的孩子家里家访。正好他班上有个孩子，住在离县城三十里的山里。越远越好，知道了这个消息，他心里还挺高兴，就找了个周六去了。他先坐着长途车到了山下，接着又等了三个小时，才等到回山的老乡，坐着他们的三轮车进了山。

他没能实现当天返校的计划，到了周日深夜才回来。他把自己关在宿舍里关了两天，该上的课也都请了假。两天后，校长正要去找他，他走进了校长的办公室，说要辞职，进山当老师。那校长当时就蒙了，停了半晌才叹口气，走过去轻轻拍了拍他的肩膀。

如今，二十二年过去了。那学校，由一间土坯房变成了三大间砖房，有了正儿八经的操场，水、电，也早通了，但教师还是只有他一个。这么多年，学生最少时有三个，最多时是十一个。这些年里，这所学校所有的课，都是他一个人教的。

陈黎问："你来省城，是出差？"

他"嗯"了一声，把这个先进事迹报告团的事儿简单说了说，又问："你一直在美国？"

陈黎点点头。

他说："我一直山里当老师，你们都奇怪我怎么会去山里当老师，又怎么会一待就是这么多年吧？"

陈黎说："你去山里时，是我去美国的第二年，后来，有别的同学去美国，我们的确说起过你，都挺纳闷儿。我还记得你刚大学毕业时，去的单位挺不错的。"

他说："不光你们没想到，我自己都没想到。其实，当初刚上山，就是觉得那些孩子没法上学，太可怜了，我也没想到会在山里待上二十多年。"

他还记得当年上山家访时，那学生家的门上却挂着锁，他不甘心白跑一趟，在门口坐下等。可他等了两个多钟头，抽掉了一整包烟，仍然没人回家。他悻悻地，正要下山赶最后一班车，山路远处出现了一支手电筒的亮光，一个五十出头的矮瘦汉子牵着他那学生过来了。他有些纳闷儿，这汉子从年纪上看，在学生的父辈和爷辈之间，相貌却毫不相似。原来，他是本村的支书，算起来也是学生的表叔。他说，学生的父母都去了外地打工，平时衣食都托付给自己照料。支书见他是老师，马上一阵长吁短叹地诉苦，说这村子里，一共六个该上学的娃子，可只有这个田宝，年纪大到能自己去县城上学，旁的娃子，就只能在山里混日子。山里本来也有个学校，可连来几位老师都没留下，最长的待了仨月，最短的一个，站在教室外撇撇嘴，直接就下山了，学校也就这么荒废了。他这晚在支书家睡了，第二天就去另外那几个娃子家里看了看。等看到第三家，还没去看那学校，他就知道，自己下半辈子，指定就交付给这里了。

他说，刚上山头十年左右的时间，山里的确艰苦。说是有个学校，实际上就一间漏风透雨的土坯房教室和一间兼做厨房的宿舍。就连黑板，都是他从山下修路的工地上，找工人要来废沥青在墙上刷的。

陈黎扬脸看着他，说："我上网查过，关于你的新闻真多，有的新闻里说，你有不少学生，各种费用都是你给交的。"

他"嘿嘿"笑了，说，啥各种费用啊，无非书本钱而已，那也没多少钱，反正在山里过日子，自己的工资，想花也花不出去，就给学生买课本，买书包了。他说，自己其实一点儿不亏，学校没院墙，教室墙根下就是菜地，各种蔬菜都有，他想吃什么随便摘，老乡也不肯和他算钱。至于工资，村会计每回都是到了日子就把那一沓薄薄的纸票子给他送来。他呢，基本上左手进，右手就又还给了会计，因为村会计三天两晌地要下山进城，他要托村会计给学校带粉笔、练习簿之类。后来，山里的条件慢慢好了，家家户户都开了"农家乐"，一到假期，每家住满了城里来的客人，也就能供得起自己家孩子读书了。从那时起，他的工资也就慢慢攒下了。他也靠着学生家长帮忙，在自己宿舍旁边建了几间房子，开了"农家乐"，到了节假日，就陪着天南地北来的客人往山沟里钻。

他就是因为这个机缘，才出了名。

当时有个客人，离开后没几天就带着一个助手回来了，两人一人一只摄像机，硬是跟着他，拍了他两个月。拍出来的那个片子，后来在国际上得了纪录片奖。他看片子时简直惭愧得要死，恨不得把头往旗杆上撞，片子里面把他开"农家乐"、带着学生在操场上晾晒山里红和葛藤干的事儿都被拍了进去。他这一出名，很快，记者从全国各地都来了，都要采访他。他越发惭愧了，他知道，这片山的更深处，还有两个比这里条件更差的学校，那两个老师，在山里的时间比他更长。他嗫嚅着，把这事儿给记者们说了。他本以为，记者会马上扔下他，去采访那些老师，想不到，记者还是围着他团团转。再往后，他得了各种各样的奖，评上了各种级别的先进，还参加了如今这个报告团。前不久，县教委派人上了山，递给他一沓材料让他填。填完表，他就成了公办教师，终于，在二十八年后，他重新成了公家人。

县里还给他补发了工资，竟有八万多块钱。

他说："省城还有好几个同学，田海勇、马婷、朱晓荣、宋爽，都在。"

陈黎知道他的意思，摇摇头说："我下午三点就要飞去香港，否则，可以和他们见个面。"

他指了指茶几上的手机，说："上山之后，这些年我一个同学没见过，但同学们的情况，我倒是基本都知道。"陈黎笑了，说："微信里有咱们班的同学群？"

他点点头，说："我拉你进来？"说罢他拿起手机，看陈黎脸上有些犹豫，就停了手，把手机放回茶几上。

陈黎知道自己有必要解释一下，就说："自己本来也在大学同学的群和研究生同学的群里，后来都退出来了。因为老有人让他帮忙写申请留学要用到的经济担保信，还有找工作的推荐信。在美国，这些信虽然没直接的法律效力，但是，美国是个信用社会，如果被推荐人和推荐信里的情况不相符，自己是要受影响的。等到真正想推荐自己看好的年轻人时，对方就会怀疑。"

他点点头表示理解，又说："我也有个儿子，不过学习不行，凑合着读完了初中，无论如何不肯再上高中了，现在正在外省一个技校学汽修，看来是没机会请你写担保信了。"

陈黎说："你结婚的事儿，到美国去的同学，倒是没怎么提起过。你的是儿子？我的也是。"

他说："这孩子不是我亲生的，是孩子他妈带来的。"

当初，他每逢周末就下山回县城看望母亲，在山下等长途车时，常在路边一个面铺子里吃碗面。那面铺子，是个单身母亲带着一个小男孩操持着，他不赶时间的话，就帮着干点摊煤饼、收拾炉灰的事儿。后来，他母亲去世了，他周末懒得回城，就都在山上过了。有个周六下午，他去一个学生家里帮着修房顶，天黑透了才回到住处，发现四下里都收拾得干净整齐，灶台上还摆着冷透了的饭菜。他还以为闹了鬼，后来听山里人说，见到过山下那个开面铺子的女人去了他那里，里外忙了一整天。那人还没说完，他就偷偷乐了，到了下个周末，他带着一口袋山货下了山，两个月后，就和那女人领了证。

他说："前段时间微信群里好像有哪个同学说过，你儿子挺有出息。"

陈黎说："凯文——我儿子叫凯文——去年拿了牛津大学的一个奖学金，去那里读书了。这个奖学金项目还可以，每年全世界才有十来个人入选。"

他说："你儿子去那么远的地方，夫人放心吗？"

陈黎淡淡一笑，说："夫人嘛，早就分居了，只是赡养费一直谈不拢，谁又都不舍得花钱雇律师打官司，也就一直这么样过。"

他觉得有些尴尬，后悔问这个问题。陈黎也想换个话题，就说："你知道秦老师现在在哪里吗？"

陈黎说的，是他们当时的语文老师。他想了想，说："当初咱们那一届刚毕业，秦老师不就从学校调到县委了吗？我好像听说过，他也来了省城。"

陈黎说："秦老师到了县委后，开始是写材料，后来就变成县委书记的秘书，县委书记官当得越来越大，一路升到省里，秦老师也一直跟着，拖家带口搬进了省城，这些年一直在机关里待着。三年前，秦老师也退休了，去了美国投奔儿子。"

他问："秦老师也去了美国？你们住的离得远吗？"

陈黎说："远得很。秦老师的儿子在硅谷的电脑公司里搞研发，一家人都住在湾区，自己任教的那所大学呢，在新英格兰。"陈黎看他的神情似懂非懂，赶紧说："这两个地方，一个在美国东海岸，一个在西海岸，在中国就跟从上海去新疆那么远。秦老师的儿子是极限运动爱好者，秦老师在美国适应得很快，也喜欢上了攀岩、狩猎什么的。"

说到这里，陈黎拿出手机，划拉了一阵子后找出张照片给他看。只见照片上有两人站在一条河边，河水流得很急，远处是一大片雪山。两人都穿着橙红色的登山服，都被墨镜挡住了半张脸，脸上也都被晒得黑黝黝的。照片上最醒目的，是两人每人提着一只硕大的鱼。

他看了好一会儿才看出个眉目来，笑着说："你和秦老师的衣服一样。"

陈黎说："所有的颜色里，橙红色是最醒目的。凡是玩儿户外的，都穿这颜色，为的是万一失踪迷路，便于救援者发现。"

"这两条鱼，真大。"他说。

"一个四十磅，一个三十七磅。怀俄明州是全美鲑鱼垂钓的圣地，这种分量，在那儿算是普通的了。"

"怀俄明州？"这个地名，对他是完全陌生的。

陈黎又笑了，说："怀俄明州，是美国人口最少的州，地广人稀得很。黄石公园，你知道吧，中国人去美国旅游必去的景点，就在这个州。他说，前几年有一次年度体检时，他查出患有重度脂肪肝、神经衰弱、颈椎关节炎等一大堆毛病，医生看了体检报告，说他不用吃任何药物，换个生活方式，别整天坐在电脑前写论文就行。正好他也有这个心思，就找了个地产经纪人在怀俄明租了一块地皮，盖了间木屋。那个地方，没自来水，没电，没公路，更没网络，就靠一部卫星电话和外界联系。当初自己就带了一根钓鱼竿、一小袋盐、一箱子野外压缩干粮，开着自己那架小飞机就进山了。那地方最热闹的时候是半夜，因为到处是狼叫。白天反而什么声音都没有，方圆几十里都没个人影。"在那里住的第一天早上，我推开房门后往外一看，哎哟妈呀，吓了一跳，外面到处是狼粪、熊粪。我在那里住了一个月，每天就干两件事，白天钓鱼，晚上睡觉。回到城里后再检查身体，体重竟然增加了，尤其是体脂率，比进山前还高了一大截，医生脸色难看得要死。后来我才明白，是因为河里的冷水鱼脂肪含量极高，哈哈哈。"

"你都有飞机了？多好，想去哪儿就去哪儿。"他说，语气里满是羡慕。

陈黎在烟灰缸里按熄了烟蒂，又摆手拒绝了他递来的另一支烟，说："只不过一架单引擎小飞机而已，只能装两个人，行李舱比汽车后备厢还小，是很普通的交通工具，在美国就连工薪族也买得起。倒是因为考飞行执照必须上够足够的课时，耽误了不少时间。"

他琢磨着陈黎刚才的话，心里有些纳闷儿，美国还有那么偏僻的地方？他想了想，从手机找出张照片，拿给陈黎看。陈黎盯着屏幕上那一片被云海包围缭绕的峰峦，眼睛也亮了，赞叹说："风景真美，拍得也好，不亚于专业水平。我在老家也生活了将近二十年，真不知道还有这么漂亮的地方。"

"你真有眼力，这就是专业人士拍的。"他说。去年有个电影摄制组派了个副导演来山里取景，那副导演吃住都和他在一起，每天早上天还没亮，就背着相机出去拍晨雾。后来，副导演下山前告诉他，已经把照片发给了导演，导演很满意，过段时间整个剧组就会上山来拍电影。他等了半年，也没等到人，最后，副导演给他来了邮件，说有个邻省的森林公园出了赞助，电影就在那里拍了。

他说："你在美国，算中产阶级了吧。"

陈黎点点头："算吧，但比秦老师的儿子差远了。"

他有点不明白，说："他不也是给老板打工啊，难道比大学教授还有钱？"

陈黎说："秦老师儿子有那个公司的原始股，现在市值上千万美金呢。按说他都实现财务自由了，手里股份换成钱的话，几辈子都花不完，可如今还在设计芯片，完全是出于兴趣。他去年卖了点股权，在佛罗里达和法国戛纳都买了海边别墅，就是给秦老师养老用的。"

他说："秦老师真有福。"陈黎沉默了几秒，又接着说："过几年，自己可能要搬去香港长住。"

"你要从美国去香港？"他问。

陈黎说："不是移民，光是去担任教职。我下午去香港，就是和对方谈具体待遇的。这几年，从美国去香港教书的，挺多的。香港的大学，给教授的薪水比美国还高。在美国，哪种水平的教授能拿多少薪水，基本上都是明码标价的。香港给这些从英美国家来的教授，薪水会比原来高很多。更关键的是，香港和内地的联系也更紧密。中国是现在全世界机会最多的地方，尤其是这几年，有不少大型国企，还有一些民企都在积极并购海外企业，这种时候就格外需要我们这样有海外背景的经济学家提供意见。

"机会"，这样的词儿，前几年还能让他心里动一动，如今，他早没了这心思。现在，他最大的心思，就是把大山深处那两个学校"并购"过来。要不然，那两个学校的老师年纪都大了，学生随时可能失学。那个近点的学校还好办，可那个远一些的，因为和自己的学校分属不同的地级市，事情还不好办。

其实，他不光操心哪个学校办不下去，要是有学生自己不想上学了，他也是惦记着的。每年刚过完春节，从初五开始，他就在山下长途汽车站转悠，看有没有他的学生坐长途车去外地打工。有一次，有个学生铁了心不再读书了，索性从另一条更远的山路下山，绕道进了县城。他得了消息，跑去县城的火车站去找人。他万万没想到，在候车室里找到的，竟然是他最看好的学生，其实，这学生两年前就从他手底下毕了业，如今县中上到了初三，凭他的成绩，半年后考上县中的高中部，肯定没问题的。当时，那学生正蹲在候车室暖气片跟前吃桶面，一看见他，"吧嗒"一声，桶面连汤带水都摔在地上。他看着那学生，责备的话，劝告的话，都噎在嗓子那儿，还没说话，就哭了起来。那学生就和他一块儿哭，眼泪一滴滴落在地上那堆面里。后来，那学生还是走了，过了几年，这学生给他发邮件说了在外地上了自考，就快要拿到专科文凭了，他这才觉得心里安生了很多。

陈黎看他有点走神，轻声说："等你做完报告，咱们一起吃个午饭？酒店顶楼就是个旋转式自助餐厅，我住得是套房，能拿房卡带个人进去吃饭。"

他回过神，摇摇头，说："中午会有省教育厅的人请我吃饭，我本来最怕和不熟悉的人吃饭，可他们说我是这个报告团里唯一一个教育口的人，再说我也想趁着这个机会问问，能不能让旁边那两个学校的学生，来我这个学校上学。"

陈黎听他把山里另外那两个学校的事儿说了，琢磨了一会儿说："你们不是不在一个市吗？这恐怕不容易。"

他说："是啊，按照现在的政策，学生的学籍是跟着户籍走的，不鼓励他们离开户籍所在地去上学，即使最后能有个上学的地方，到了升学时也不好办。"

陈黎说："你现在这么有名，你的话，对那些管教育的人应该管些用。要是我的话，就聘你当那个学校的校长，公章也交给你，这样一来，那几个孩子，虽然实际上在你这里上学，学籍还在原来的学校，真正的问题不就解决了？"

他越听，眼瞪得越圆了，说："这么好的主意，我怎么没想到！你对国内的事儿，还真熟悉。"

陈黎见他激动得脸上泛红，也有些得意，说："我常关注国内的情况，再说，也常听秦老师说国内的事儿。"

他的手机响了起来。他低头看了看屏幕上的闹钟图案，说：

"哎呀，该我去讲了。"陈黎拿出张名片，塞进他西装上衣口袋，说："多联系啊，说不定我哪天还要去你那里住几天呢。"

"有空回去看看吧，县城和乡下，变化都挺大的，咱们学校，变化最大，以前就一个楼，现在一大片！"他说着，挥了挥手，快步沿着走廊往多功能厅走去。

陈黎望着他的背影，见他脑后的头发已经相当稀疏，想起这些年，有过几个当初的同学到去美国出差时和他见面，每次都聊起过穆秉堂，对于他在山里一待就是这么多年，都说没想到。他自己当时也说过，"老穆说不定早后悔了"。这几个同学，都发展得不错——否则也不会有去美国的机会，但是，他们都有后悔的事儿，比如当初应该跟那个而不是这个领导之类。现在，陈黎知道了，和他们不一样，穆秉堂从来没有对自己的哪一步后悔过。想到这里，他心里有些嘲笑自己那时的多虑了。

穆秉堂在走廊尽头消失了，他把心思转回到自己身上，打算回到房间收拾好行李，简单吃个午饭，就去机场，搭乘那班飞往香港的飞机了。

微居客

"又有新房子住啦？"苏丽晴把包往后排座上一扔，边系安全带边说。

夏人龙没说话，按下启动键，转动方向盘，然后交出刚在"湘王府"前台领的停车券，把"皇冠"驶出停车场。等"皇冠"汇入了北京南四环路的车流，才说："什么新房子，那是别人的房子，我看少说也是五手房、六手房了。"

"管它几手房，对咱们来说是全新的。"苏丽晴头一直靠着头枕上，得意地说。

夏人龙眼直盯着前面那辆车的尾灯，说："我还是觉得这事儿太玄乎，自己好好的房子，装修完还不到一年，就让别人住，自己又住到别人家去，别人家的房子不但旧，还小。"

"怕什么？又不是把房子给别人，他们的房子总比快捷酒店好吧，咱们每天上下班能省四个钟头呢。哎，对了，油价不是又涨了吗？咱们两辆车，每天光油钱就能省一百多块钱，多好。"

"咱们缺这一百多块钱啊？我看，你就是图个新鲜。"

"先住着，看看再说，反正协议里不是写了吗，随时可以解约。"副驾驶位上的苏丽晴，嘴里说着，又把手机里即将入住的那套两居室的照片打开，兴奋地看着。

"就怕住着住着惹出什么麻烦。"夏人龙仍然皱着眉头。

夏人龙和苏丽晴，无论从哪个角度来看，都算是完美的一对中年夫妻了。他们二十年前读大学时，分别是电子工程系和法学院的学生会主席。在校学生会里，两人对彼此的相貌、才干都很欣赏，惺惺相惜，也就顺理成章谈起了恋爱。毕业后，夏人龙进了一家部级单位当公务员，苏丽晴则当上了律师。两人在婚后第五年有了儿子，如今儿子作为交换生，在韩国读中学。两年前，两人正打算换套大房子时，风传本市要开发建设西南部的丽泽桥商圈，两人供职的单位都有可能搬过去。两人一商量，就在南四环外一处名为"御景台"的楼盘买了套房子。可终究人算不如天算，一年前新房的钥匙顺利拿到，两人的单位也都搬了，但一个搬进了花家地，一个搬进了望京。这两个地方虽然近在咫尺，但都位于北京北四环东段以外，结果就是两人每天上班要花两个多小时，下班还要再花两个多小时。

一个月前的一个下午，苏丽晴的一个同事兼闺密告诉她，市面上新出现了一款手机应用程序，她或许用得上。

"你看这款新出的APP，名叫'微居客'，专门给那些上班路途远，花时间特别多的人开发的。"当时，苏丽晴正在查看写字楼物业公司送来的物业费明细表，这闺密神秘兮兮地把手机屏幕伸到她面前。她上班路途遥远，是整个律所里尽人皆知的。

"微居客，啥意思啊？"

"你看，你因为家离公司远，每天路上就要花四五个小时，但肯定存在这样的情况，就是有人的公司在你家附近，但住处在咱们律所周围。这个APP的作用，就是帮你找到这样的人。你只要在注册时，填写好自己的住址、户型什么的，就能查到有没有人愿意和自己换房子。有好几种换法，可灵活了，有的是中午换，就是互相到对方家里睡午觉。还有工作日换，就是周一到周四不用千里迢迢地赶回自己家，可以就近住到对方家里，等周五下了班再回自己家。也有从周一到周日都换的。"

苏丽晴半信半疑："不会换来换去，把自己的房子换成别人的吧？"

"你一个知名大律师，谁敢在你这太岁头上动土啊？再说了，这个'微居客'是实名制的，要想完成注册，还必须上传身份证照片呢。"

"知名大律师，嘿嘿，我不当大律师很多年了——"

话虽这么说，苏丽晴还是下载了这款APP。这天晚上她回到"御景台"，给自己冲了杯咖啡，就在"微居客"上注册了。注册成功后，屏幕上显示她是第78569个用户。她马上开始搜索有没有可供选择的房源。开始几天，查到的房源都不太靠谱。后来，她发现"微居客"还有一个功能，就是可以预设条件，这样一来，即使当时没有合适的房源，等有人满足了这些条件，她可以马上接到通知。

两周前的一天，她正在开会，手机忽然发出一阵奇特的音乐。她手机的各种提示音都彼此不同，所以开始她并没有想到是自己的手机。接着她看到手机屏幕上，"微居客"的首页突然打开了，这才醒过神来，拿起手机跑到会议室外看了起来。她点开"微居客"的页面后，看到有一对名叫马水浩和简怡的夫妻，他们房子的各项情况，都满足自己的要求。而自己家房子的情况，也恰到好处地满足了他们的要求。她一张张翻看了他们上传的照片，觉得他们的房子虽然面积不大，但看起来整洁清爽，渐渐就动心了。这时，她才想起来还没在夏人龙面前提起过"微居客"。

这天晚上，回到家里，她把此事给夏人龙详细说了。果然不出她所料，夏人龙听完她的介绍连连摇头，说自己家的房子一百四十平方米，对方的房子才六十五个平方，自己家是精装修，各种电器、家具不但都是新的，还全是名牌。更重要的是，换房子不是去菜市场买菜，兹事体大，价值六百多万的房子万一被人给卖了或者抵押了，自己岂不损失惨重？

苏丽晴"扑哧"一笑，说："房屋过户必须要产权人本人到场办理，更何况房本还在咱们手里，他们想卖也卖不了。不过既然你这么不情愿，这事儿就算了。"

夏人龙点点头，把注意力放回到眼前的笔记本电脑屏幕上。他是一个局级事业单位的二把手，负责本单位日常工作，时近年底，有大量的年终总结、述职报告之类的材料要提前准备。苏丽晴则蜷缩回沙发，继续在手机上点点戳戳着。

大客厅里重新陷入了安静。过了几分钟，苏丽晴幽幽叹口气，说："这个简怡说，他们房子最大的优点是安静，唉，也不知道是怎么个安静法。"

"安静？"果然不出苏丽晴所料，夏人龙从笔记本电脑上抬起头。苏丽晴把手机递给他，他接过来一看，只见在上面的微信对话框里，一个名叫"简单并快乐着"的人在说，自己家的房子那个小区有部队背景，住的基本都是军属，社会关系简单，以老年人居多，他们大多数都是看过《新闻联播》就睡觉了。小区里绿化又好，树木枝繁叶茂，所以一到晚上异常安静。

"她说的，是灯泡厂的家属院吧？"夏人龙把手机还给她，眼神里闪动着一丝喜悦。

苏丽晴早就猜到夏人龙会对这一点动心。他向来有失眠的毛病，而且好不容易睡着了，有一点点响动都会醒。只要一醒，就再也睡不着了。这个灯泡厂，就在两人供职的商务区不远，从前是专门生产各种灯泡的军工企业。后来，灯泡厂转制为地方企业，但住在里面的住户并未搬走，而且有的居民级别不低，所以这里的物业管理一直颇为严格，秩序井然环境幽静，不像普通的新建小区那样，随时可见一些身份暧昧可疑的人在小区各处穿梭出入，各种环境噪音整日不绝于耳。

苏丽晴点点头，说："那我和他们约好，咱们明天晚上下了班，到他们那里看看？"

"行，先看看再说。"

第二天，两人到了灯泡厂家属楼，仔细看了房子。那栋楼的历史比他们估计得还长，但因为一直是部队的产业，维护得法，丝毫不显破旧，周围的道路、花坛相当整洁。房子内部也比他们想象得好，客厅虽然小些，但两个卧室面积适中，家具也是新的。

尤其让夏人龙满意的是，这里的确安静极了，站在房间里，听不到外面有任何动静。两人悄声交流了一两句，也就把满意的态度直接告诉对方，约他们再到自己的房子去看看。对方夫妻是到了周末才去。他们把三个卧室、两个卫生间一一看了，虽然他们出于自尊，并未把惊喜直接表现出来，但夏人龙和苏丽晴从他们眼神里兴奋的神采就能看出来，他们对房子很满意。

既然彼此都满意，也就没有必要再藏着掖着。夏人龙和苏丽晴把自己姓名、工作、职务一一说了，对方夫妻也把自己的情况说了。他们中的男人名叫马水浩，是一家发行量不大的刊物的编辑部副主任，女方简怡是中学语文老师。夏人龙、苏丽晴和马水浩交换了名片，简怡没名片，但也把自己的电话号码写了出来。后来，苏丽晴从"微居客"上下载了格式合同，自己先细细看了，又请自家律所里专打房地产官司的律师给把了关，这才打印成一式两份。到了晚上，两对夫妻约在"湘王府"

聚餐。

在剁椒鱼头上桌前，夏人龙和马水浩代表各自家庭在合同上签了名，互相留了房产证、身份证复印件，这才交换了钥匙，完成换房的最后一步。

简怡当初在"微居客"注册，纯粹是不堪忍受他们广告攻势的结果。在如今这个一切可以被"大数据"掌握的时代，简怡因为曾经在网上浏览过一些楼盘项目，就被"大数据"列入房地产相关广告的目标人群。于是，无论是电脑上网还是手机上网，简怡打开任何一个页面，必然伴随着"微居客"的广告。当时简怡的新房已经买妥，自然对这类信息不屑一顾，每次都是看都不看直接关掉。直到某一天，"微居客"的广告不再是让人看着就觉得不安全的注册邀请，变成了一段几乎是声泪俱下的文案——

> 我，据说生活在北京，过着精彩纷呈的都市生活，实际上，我生活在北京的地铁上，公交上，出租车上——那些日复一日年复一年的漫长通勤，耗费了生命中最美好的青春——

这段文字不长，旁边还有一个眼泪汪汪的卡通形象的女白领。简怡看了又看，觉得文字、图像简直是为自己量身定制的。于是，她点开这个页面，在"微居客"注册了。

注册之后，就开始填写自己所要求的各项条件。简怡想了想，把换房的标准定得很高，高到了脱离群众的程度，比如她要求房子的地址在自己供职的学校半公里内，房龄不超过三年，家电、家具必须一应俱全，面积不能低于一百四十平方米，等等。

简怡把要求定得很高，原因是她想通过住进好房子，对好房子有一个直观感性的认识，所谓不比不知道，一比吓一跳，这样自己和老公马水浩就有更大动力和更明确的目标去努力赚钱了。

出了"湘王府"，在驾驶自家那辆"捷达"返回灯泡厂的路上，简怡和马水浩的心情都很复杂，基本没怎么说话。两人是经朋友介绍，相亲认识的，结婚已经八年了。从结婚到现在，两人在家中的经济地位已经有了一百八十度的变化。马水浩出身贫寒农家，简怡来自一个南方小县城的工薪家庭，母亲已经下岗多年，都没法指望家里赞助婚房。幸好，马水浩依靠工作几年来的积蓄，在南六环外买了一套一居室。两人第一次过夜后的第一个周末，马水浩得意之情溢于言表地说要带她去自驾游。结果马水浩开着租来的车，到了六环外很快就迷路了，两人上午出门，天擦黑时才找到那个房地产项目。简怡见了房子眉开眼笑，问他房子的事儿为什么不早告诉她，他说，怕她是会为了房子才和他在一起。简怡哑然失笑，心想这房子怎么也不可能成为本姑娘决定终身大事的砝码啊，他竟然还奇货可居了！两人结婚后，简怡每天早上六点起床，到小区外去赶九打头的京郊线路公共汽车。她虽然是硕士研究生，但每年想留在北京的应届毕业生实在太多。她从研二就开始到处实习，期望值一降再降，最后还是只能到中学里去当孩子王。就这么千辛万苦攒了几年钱，两人攒下的积蓄终于接近一套市内小户型的首付了。三年前的一个暑假，简怡突然接到一个多年未联系的大学同学的电话，问她有没有兴趣在暑假里兼职挣点外快。这个同学当初大学毕业时，起初也是当了中学老师，可早早就下海从事教育产业。他在暑假里办了国学兴趣班，请简怡去上一个月的课。她那家中学，对于老师在外兼职是严厉禁止的。她琢磨着，这个兴趣班是国学夏令营的一部分，整个夏令营是借本市一个北部山区县的小型度假村办的，自己学校不太可能听到风声，一咬牙就答应了，赚到了一万块钱的兼职费。可是，万万没想到的是，到了九月一号开学头一天，自己就被叫进主管教学的副校长办公室，问她有没有在外兼职这回事。她是从不会撒谎的，被副校长这么一问，当今面红过耳，支支吾吾承认了。副校长倒是没多说，轻描淡写说了句"简老师还年轻，别因为这些事耽误前途，校领导还是很看好你的"，也就让她离开了。她以为此事由此作罢，想不到一小时后的全校职工大会上，校长声色俱厉地批评了暑假里在外兼职的老师。她是唯一被点名的。她当时就呆住了，接下来的会议内容她一句没听进去。等散了会，她呆呆地回到办公室，直接扑到办公桌上号啕大哭。同事们劝也劝不住，她哭了一中午，到了下午，她洗了把脸，直接进了校长办公室，哑着嗓子说了句"我辞职"。说完，她转身就走。晚上，她回到家里，写了份简历，就找了家招聘网站发了出去。马水浩回到家，见家里一片漆黑，只有简怡那张没有任何表情的脸，笼罩在电脑显示器的荧光中。马水浩走过去，一看是招聘网站的页面，心里就是"咯噔"一下。他正愣着，简怡关了电脑，转过身来，刚说了一句"马水浩，你以后要养我了"，就泣不成声。马水浩不明所以，只得把她搂紧了轻声安慰。哭声渐歇，简怡怕他跑去学校闹事，甚至打伤了人，就说是自己忍受不了这所中学的漫漫上班路，更忍受不了太低的薪水就辞职了，反正自己户口已经落下，打算另外找个工作。马水浩虽然心里不以为然，嘴上倒是没多说什么。

　　两人万万没想到的是，中学语文教师竟然如此稀缺。简怡一晚上投出三十二份简历，前三十份都是投给报社、出版社之类，只是到了最后，才勉强投给两家中学。结果第二天早上八点，简怡还在被窝里抹眼泪，想着要不要回学校给正副校长认个错，手机就响了起来，就是眼下她正供职的国际学校约她去面试。她简单洗漱就去了，想不到面试结束后，她还在公共汽车站等车，就又接到电话，通知她两天后上班。这两天里，她委托同学多方打听这所学校的情况，得到的反馈完全一致，就是这所学校的孩子家长基本已经在国外定居，但担心孩子一时不能适应国外的教育环境，需要在这里过渡一下。这里的课程完全是按照美国中小学的模式来的，教师的工作的确很忙很累，但收入相当丰厚。更妙的是，这家国际学校位于南四环外，和自己那套房相距不过五站地，上下班相当方便。

简怡在这家国际学校工作到了第三年，她的工资、加班费、交通费等加起来，正式超过马水浩的两倍。两人卖掉了小产权房，直接拿积蓄和房款当了灯泡厂这处房子的首付。之所以买这套房子，是因为房主是马水浩一个远房老表姑父。老表姑父有闺女在美国定居，自己也要过去给女儿看孩子，所以要把房子脱手。当时马水浩和简怡来看房子，进门只待了一秒就没了兴致。因为这里常年住的是单身男性老年人，房里四处弥漫着一阵古怪陈腐的气味，各种管道上都蒙着一层厚厚的污垢，客厅、厨房的地面上还有不少蟑螂在大摇大摆地穿行。两人并未表现出不满，敷衍了几分钟后才双双告辞。他们出得门来，在等公交车时，竟然听到旁边有人说，这片厂区即将拆迁，到时拆迁补贴大大的有。言者无意听者有心，两人马上就开始打听此事，还弄了张北京地图翻来覆去地深入研究。最后得出结论，拆迁的消息很可能是真的。马水浩还利用工作中结下的人脉，辗转请教到几位北京楼市方面的专家。专家们众口一词，都说这块地的确潜力巨大，一旦拆迁，补偿款绝不是小数目。两人夜以继日地讨论了三天，最终决定买下老表姑父的房子。后来，两人在这里住了半年，每天都在盼星星盼月亮地盼拆迁。可拆迁的消息从此绝迹。两人陆续结识了不少老居民，转弯抹角问何时拆迁，对方微微一笑，说灯泡厂虽然转为了民企，但短期内搬迁绝无可能。两人大失所望，但也只得在这里住着。

他们所住的灯泡厂家属楼，是栋八十年代中期的建筑，户型在今天看来简直可笑，两个卧室面积尚可，一个十五平方，一个十三平方，但中间的客厅被卧室、厨房、卫生间紧紧包围着，终年不见阳光，而且狭窄逼仄，放了鞋柜后转身都费劲。但是，老房子的施工质量远非如今可比。两间卧室的房门关上后，互相听不到动静。这样两人在家里都有了各自的独立空间，马水浩写稿、看校样，简怡备课，待睡觉时再并做一处。

本来，简怡供职的这家迈迪国际学校是不参加国内高考的，学生的升学压力当然就谈不上了。但是，这几年国内的国学热传到了大洋彼岸，学生家长们的爱国热情陡然升温，纷纷要求增加国学内容。学校方面从谏如流，马上调整课程，增加了国学晨读。于是，每天早上六点五十分开始，一群即将远赴并最终定居于美国、加拿大的中学生，一起摇头晃脑地背诵《论语》《孟子》。孩子们要一直读上一小时，才能有十分钟的休息，因为到了八点，正式的课程就开始了。

这也意味着，简怡和马水浩每天不到五点就得起床，这样才能保证简怡在诵读课前走进教室。简怡多年来始终无暇学车领驾照，需要马水浩驾车送她上班。马水浩供职的杂志社，严格说不必坐班，只是每周一、周四都要开例会，周一的内容是总结上一期内容的得失，分析各种反馈，周四的内容是杂志社的中高层干部针对本期校样内容，发表各自的意见。所以，这次换房完全就是为了简怡。

转眼到了周一，这天下午四点，简怡走出迈迪国际学校校门，坐上了早就等在这里的"捷达"。她一坐下就看到，马水浩已经把"御景台"出入证放在前挡风玻璃下面。五分钟后，车子驶进了"御景台"，找到苏丽晴家的停车位，只见四周都是奔驰宝马之类。两人下了车，每人拖着一只行李箱，进电梯到了夏人龙他们家门口。马水浩握着钥匙，皱了皱眉，小声说，要不，还是先敲敲门吧。简怡点点头，马水浩伸出手敲了三下，房内没有任何动静，他又敲了三下，声音大了不少。房内还是没声音，他微笑着拿钥匙开了门。

房间里和一周前几乎没任何变化，家具电器都在原来的位置，只是在榆木茶几上，摆着一束百合，一只装满水果的玻璃果盘。简怡走过去，只见果盘下还压着一张卡片，上面写着"欢迎入住，祝你们生活愉快"，落款是夏人龙、苏丽晴。

"你看人家——"

简怡把卡片朝马水浩扬了扬。马水浩猜出卡片上的内容，脸色有些发红。简怡也不好意思地笑了，他们完全没想到这一层。

两人收拾完行李，本打算外出吃晚饭。可简怡一看到厨房里的全套德国厨具，马上决定自己动手，丰衣足食。她不打算动冰箱里的食物，下楼去小超市买了些食物材料，回来快速炒了个茄汁虾仁和干煸豆角。简怡边炒边赞厨具的品质。两人吃罢就外出散步。简怡平时工作就在这一带，对周围的环境已经很熟了，可在不同的时间，眼前一切看起来都不大一样了。初冬的北京，不到六点天色就全黑了。两人走到过街天桥上，脚下的四环路上已经挤满了车，那些密密麻麻的车辆几乎凝固着趴在路面上。两人低头看了一阵子，又互相看了看，都笑了。

如果不是换了房子，现在被堵在路上的，就是自己了。

此时，夏人龙正站在他们那小小的客厅中间，嘴角含着笑意朝四周打量着。他的皮质手套仍然捏在手里，仿佛不愿意让自己的一切和这里发生联系。和他相反，苏丽晴的兴致倒是很高，她打开行李箱，拿出拖鞋递给他，说："穿上。"

"行——啊"，夏人龙拉着戏谑的长音，把手套放在鞋柜上，换好了鞋。两人先进两间卧室，又一一看过厨房和卫生间。一切当然还是那么简陋，但他们已经做好心理准备，觉得这里的条件虽然和自己的房子没得比，但打理得颇为整洁，应该能住得挺舒服。他们换过衣服，洗漱后就出去就餐。简怡给他们说过，可以在灯泡厂的职工食堂二层吃小炒，那里各地风味都有。

他们没想到的是，他们每人都在小炒餐厅吃到了地道的家乡菜。而且，这顿晚饭不但吃得可口顺心，菜价更是便宜得惊人。他们虽然对此不敏感，但在小黑板上看到菜价时，也相视而笑。等他们顶着寒风回到房里，更是感到春意融融，暖气片摸上去是滚烫的。这样的老厂区宿舍，向来都是自备锅炉房取暖，效果自然远胜集中供暖或者自采暖。简怡始终没给他们提过此事，眼下自然觉得是意外之喜。他们自己的那套房子，和众多新式公寓楼一样，都是自采暖。但是一只小小的壁挂式燃气炉，即使把火力打到最高，烧出的温度也有限。装修时他们见过那根埋在墙壁里的暖水管，不过拇指粗细，看着就让人信心不足。这年入冬后，两人每天回到家，都要穿上厚厚的棉睡衣。饶是如此，两人今年都已经感冒过两三次了。眼下在这套房子里，两人即使脱得只剩下一身薄内衣，也觉得足够了。等两人打开两只行李箱，把衣物、日用品一一摆放妥当，竟然都出了一身薄汗。此时，苏丽晴站在衣柜前，凝神把两人的一件件名牌套装挂好。只见她胸脯起伏，腰部臀部被塑形内衣收束得格外紧致，鼻翼上满是细密汗珠，脸色潮红，几乎与玫瑰红色的塑形内衣同色了。夏人龙很久没这样细看过自己老婆了，他微笑一下，伸出脚跟，慢慢关上了房门。

夏人龙是半夜里醒过来的。他觉得口干舌燥，轻手轻脚穿好睡衣，到厨房坐下，倒了杯热水慢慢喝了起来。他关了灯，坐在一片黑暗中，觉得这里果然安静得很，而且没有光污染。自己在南四环的那套房子，哪怕到了凌晨两三点，也有四环路上的汽车行驶声隐隐传来，时常还会夹杂着几声尖利的刹车声、喇叭声，以及小区内部的吵嚷声。四环路两侧颇有几家大型的洗浴中心和KTV，那些霓虹灯流光溢彩，彻夜不休，都会映射到房间的窗帘上。自己失眠时本来就心绪难平，看着窗帘上花花绿绿变换不停的色块，就更加烦躁了。想到这里，他对换房更觉得庆幸了，轻轻放下水杯，回到卧室平躺下来，准备好好享受一个安逸的夜晚，一次久违的深度睡眠。

在同一时刻，在五十公里外的"御景台"，马水浩也写完了一篇通讯的最后一行，通过电邮发给了自己供职的刊物《财富大观》下期值班编辑，这才合上了笔记本电脑，回到卧室钻进了被窝。"冷"，简怡半梦半醒地嘟哝着，朝他怀里拱了拱。他看到映在天花板上的霓虹灯色块，知道简怡是故意不拉窗帘的。简怡刚刚看到窗外的夜景后，曾经发出了一声惊喜的尖叫，大喊这些灯好漂亮。此时，马水浩看到天花板上那些色块是模糊的，流动的，相互交错咬啮着，仿佛一串串不成形的梦，他看了一会儿，也渐渐睡着了。

第二天，简怡睡到六点一刻才醒，比换房前要多睡一个多小时。她简单梳洗了，就到学校去上国学晨读课。八点钟下课后，她看看课程表，再次确认自己下堂课是下午两点，就安安心心地回到了住处。果然，马水浩还躺在被窝里。她弄早饭时，马水浩也起床了。他说今天上午下午都有会，站在餐桌边灌下一杯牛奶就匆匆出门了。

简怡慢慢吃完早餐，把碗筷往厨房水池中一堆，就走到了书房。苏丽晴家的这间书房面积虽大，但装修风格并不是她喜欢的。而且整个书房过于整洁了，也不符合她对书房的想象。她所设想的书房，一定要有些凌乱，书房里的书，固然大部分要放在书柜里，可也一定要有一些书是随意摆放的。尤其是在书桌上，书、笔记本电脑、咖啡杯、零食之类一定要参差不齐地摆着，所有的东西都要在自己一伸手就能够到的范围。但这里的书桌是异常光洁的，连一枚书签都没有。这个书房，她第一次来时就很不喜欢，觉得太商务了。而且，书柜里的书，虽不像很多领导、老板的书柜那样摆满了硬壳精装书，但也都是案例汇编和政治家、企业家的传记，基本上都不是她感兴趣的。

她踮着脚满书架找了一圈，拎着一本乔布斯的传记出了书房，给自己冲了杯咖啡，然后蜷缩在客厅沙发上看起书来。可这是本枪手攒出来的传记，错字病句不断，简怡越看越无聊，没多久就昏昏欲睡了。

其实，这天早上，她竟然险些迟到。从前她住得远时，都没出现过今天这样的险情。原因很简单，从这里步行到迈迪学校固然只需八分钟，但那是从楼下算起。这可是一栋二十五层高的公寓楼！而她住在十八层！每天早上，满楼的白领都要乘坐电梯，导致电梯几乎每层都停，运行的速度自然慢得如蜗牛。这天早上，她等电梯就足足等了十三分钟。好容易等下了楼出了小区，她摆动双臂一路快跑，终于在铃声前进了教室。要知道，迈迪学校的每个教室都安装了监控摄像头，任何一个教室里的情况，校长都看得清清楚楚。

入睡前，她想起他们刚刚搬进灯泡厂宿舍的情景。那里的地段的确好，紧邻全北京，大概也是全中国都著名的艺术区。两人搬进去时正值盛夏，有次晚上他们进了艺术区散步，那简直是一次噩梦般的经历。当时在艺术区中行走穿梭的大多是青春年少的俊男靓女，每个人都是穿着入时气质高雅，当然也有人的发型、衣着都很另类，几近褴褛，但那也另有一番洒脱不羁的艺术气质。当时他们两口子低头看看自己的短裤拖鞋，那叫一个自惭形秽，觉得自己活脱脱就是一对庸俗小市民。想到这里，她的嘴角笑出一个弯来，然后才带着这个弯，真正地沉入了梦乡。

参加新闻发布会，拿个交通费，是《财富大观》杂志编辑部副主任马水浩一个相当重要的财源。交通费数目不等，少到二百，多到三千元，马水浩都拿到过。他最喜欢的，是那种三五百元的，因为一旦上千元，往往意味着难以用一个二三百字的消息打发，必须有篇像样的通讯。这样的文章在版面上是相当扎眼的。

结婚后，马水浩和简怡多次讨论要孩子的事，但住房的问题迟迟解决不了，孩子也就免谈了。他们搬进灯泡厂的房子后，满心想着日后拿了天价的拆迁补偿款，可以买上一套大房子，届时就可以安心养育下一代了。但拆迁既然遥遥无期，就要考虑如何解决养孩子的问题了。可眼下只有两居室，自己父母都是农民，他们的生活习惯，比如每筷子的菜吃完都要吮一下筷子尖，看电视看到欢喜处会习惯性地蹲上沙发，自己都已经无法适应。让他们来看孩子的话，莫说没地方住，即使有，十有八九也和简怡相处不好。自己更不想和简怡的父母同处一处屋檐下。所以，要孩子唯一的指望，就是简怡辞职，在家当上几年的全职主妇。但眼下简怡的薪水已经大幅度领先于他，他鼓动简怡辞职的想法，也就免开尊口了。

这天下午，他开着"捷达"，抵达长安街上的新闻大厦。他进会议室比请柬上的时间晚了十五分钟，但就像他预计的一样，请柬上的时间比正式开始的时间要早半小时。他找到媒体席坐下，给自己拿了瓶矿泉水，开始等待开会。此时，媒体席上还是只有寥寥五个记者。

"老师，怎么人这么少，今天的会是不是换地方了？"

他正在闭目养神，身边传来一句低声询问。他不用看就知道，这肯定是个年轻女记者。

记者来得少的原因他当然清楚，但他有些拿不准是不是要对陌生人说。他一侧脸，看女孩一副急切的神情，朝她低声说："你看请柬上，承办单位里有一家捷威广告公司，这说明，是这家公司把媒体宣传这块给包下来了。一般这种外包了的新闻发布会，给记者的交通费都不多，因为广告公司要从主办方的全部宣传经费里，留下自己的利润。而且，广告公司对于宣传效果，肯定是对主办方是有承诺的，这也就意味着记者在领了他们的交通费后，会不停地接到他们催着发稿的电话。哪个记者愿意拿得少，还整天被人催呢？"

"想不到新闻发布会里有这么多学问，谢谢老师。"女记者聚精会神听完，又朝他甜甜一笑。

马水浩看到，女记者面前的座签上写着李思琪。这时，主席台上陆续有人落座，女记者低下头，打开笔记本电脑准备记录。马水浩说："这是个新闻发布会，不是研讨会座谈会，所有人的发言，都是有讲稿的，开完会找他们要就行。就算是研讨会座谈会，现在一般也都会请速记。"

女记者脸色有点红，好像在为自己对这个行当的陌生不好意思。马水浩说："你是叫李思琪吧，我对这个名字有印象，好像在一起开过几次会。"她马上摆摆手说："不是，李老师今天还有个别的会，我是李老师带的实习生，我叫魏心璐，在东北上大学，读财经新闻专业，大四了，以后请老师多关照。"说着，她从包里拿出名片递给他。

"哦，《金融世界》。"马水浩盯着名片看了几秒，就收了起来。他知道，这家刊物和自己那家《财富大观》一样，是二十世纪九十年代中期市场经济进入快车道时兴办的，当时是挂靠在某个事业单位或者社会团体下面，后来主办方对办刊物没兴趣了，虽然没有注销刊号，但已经不再进行任何拨款，刊物要给员工发薪水，基本完全依赖广告赞助。

又过了一会儿，主席台渐渐坐满，会议正式开始。这次新闻发布会的主要内容是一家基金公司研发了一款手机应用程序，专门用来买卖基金，用户下载了这套程序后，三个月内手续费只有网上交易的一半，还可以及时收到各种金融类资讯、理财经验等内容。

马水浩听到这里，知道可以撤了，就收拾好东西出来了。他本想直接离开，在会议室门外想了想，还是回去坐到魏心璐身边的空位上，压低嗓音说："有些话，照道理我不该说，可你从东北来这里实习，很不容易，所以你最好弄清楚《金融世界》明年还有没有进京指标。据我所知他们每年只有一个，但每年的指标都会竞争激烈。"他说完就留下一脸愕然的魏心璐，快速转身出了会议室，准备乘电梯到地下二层的停车场，可他一不留神，上了直达一层的电梯。

他站在一层的大堂里，朝四周打量了一番，确认自己已经几年没到这里了，索性穿过大堂，走到新闻大厦前门。此时，他面前就是著名的长安街，对面不远处是一座和这条街同名的戏院。十五年前，这座戏院刚建成时，看起来还异常巍峨。如今它的气场已经完全淹没在周围林立的高楼大厦里了。此时，在马水浩面前，上百辆汽车正飞驰而过，奔向东边不远处简称CBD的中央商务区。他记得，这栋新闻大厦里最多同时举行过三十多场新闻发布会。这些会议的主办方，就是为了便于记者赶场才选择这里的。那些年，真是纸媒的黄金时代啊。当时，资历稍深人脉稍广的记者，经常一天要赶几个会，每月仅交通费就能上万。如今，这样的好时候已经一去不复返了。现在，自己杂志社里包括几个部门的正副主任在内，大概所有的记者都有写点书、为著名公众号写点稿子之类的私活。这也难怪，仅凭杂志社每月两千多块的收入，的确没法在这个城市生存。

惆怅间，他看到魏心璐从身边打着手机走过。从她行走的方向来看，她的目标是前面不远的公交车站。他隐约听到，她说的是自己工作马上就能落实，让父母放心。

这天早上，夏人龙驾驶着"皇冠"，到了灯泡厂外的第一个也是上班路上唯一一个大型路口时，着实被横亘在对面京密路上的车流惊着了。他这个方向当然也挤满了车，他是在信号灯第三次变绿时，才通过了路口。但是，他看得很清楚，在这三次变灯，加起来大概八分钟的时间里，对面等待的车流几乎一动不动。这条路是从北京北部一个常住人口多达八十万的居住片区赶赴城里的主干道之一，很多从机场出来的车也走这条路，这两股车流汇合起来，车流量自然惊人。

他被调到部里这家下属事业单位，是两年前的事了。当时，他在部里科技司技术处当调研员。处长、副处长都和他年纪差不多，眼见是仕途无望了。平时司里交给处里的工作，处长分配完工作，自己也得和那些年纪比自己小了二十岁的大学生们一起干。一个百无聊赖的下午，他接到了部里新成立的信息中心负责人卢主任的电话，约他第二天下班后找间茶楼一叙。他不明所以地去了，那天卢主任说得很直接，说信息中心的领导班子一直没配齐，眼下还缺个副主任。自己盘算来盘算去，由于中心的业务属性很强，不是所有人来了就能适应的，他就索性从处级干部里选。在他眼里，夏人龙是个比较纯粹的业务干部，是靠能力一步步升上来的，所以，让夏人龙来当这个副主任，把夏人龙提到副局级，虽然公务员身份没了，他应该也能接受。

当时卢主任还强调，自己三年后退休，届时一定会推荐业务能力强的同志接替自己。这差不多算是一份正式承诺了。夏人龙想到自己终于有机会感受一下独当一面的滋味，再想想自己在部机关里的尴尬处境，马上就答应了。眼下，卢主任还有一年退休，自己没听说部里有什么人对这个位置感兴趣，看来这个主任的位置是自己的囊中之物了。想到这里，他脚下的油门又踩得深了些。

　　苏丽晴在十字路口因为堵车从夏人龙的"皇冠"上下来时，真有一种如释重负的感觉。按照她最初的想法，是沿着艺术区里的林荫大道，一路散步去上班的。她知道，自己从事的是最理性的法律工作，可骨子里还满是文艺腔。如今，她从法学院毕业二十年了，已经换了七家律所。这在这个行当里算是个比较中庸的数字，因为对于有能力的女律师，跳槽完全就是家常便饭。但问题是，她在这第七家律所已经待了八年了。原因是有一次在庭审中，她正在慷慨陈词，忽然一阵头昏目眩，竟然在原告代理人席上昏厥过去。救护车把她送进医院，诊断结果是先天性贫血加低血糖，这病她早就有，但这次医生郑重提醒她，她的血小板数量比正常值低太多，平时一定要注意调节情绪，减轻心理压力。从那之后，她就告别了出庭律师生涯，走上了行政岗。按照职务，苏丽晴是高级合伙人、主任律师助理，可这家律师事务所的主任律师，是美国耶鲁大学民商法博士，比她还年轻五岁，用得了她助？无非是让她提前进入半退休状态而已。她如果愿意跳槽当然好，不跳也没关系，反正主任律师给律所赚到的钱，足够把一百个苏丽晴这样的律师一直养到退休。更何况凭苏丽晴的经验，可以带一带刚入行的年轻律师，仅凭这一点，就对得起她那份薪水了。

　　至于苏丽晴本人，也不觉得有任何遗憾，反正除了律所的薪水，自己还有客户秘密赠送的股份，每年光分红就二十多万，索性安心退居二线，享受生活。这两年参加同学聚会时，当年的女同学看起来个个比自己苍老，男同学的目光在自己脸上、胸前、腰臀间流连忘返，更让她觉得自己转做行政的决定是对的。这次下车前她已经看到，在艺术区里一个小小的岔路口，路旁有一个麻辣烫店。店门口扔着几个麻袋，露出白菜、土豆、红薯之类的粗菜，还有几个看起来精致一些的网袋，里面装着似乎是莜麦菜、茼蒿之类的细菜。一个头顶秃了一半的中年男人，正背着手站在门口，听两个伙计报告采买的情况。

青菜看起来还新鲜，伙计的四川话也地道，这家店的麻辣烫一定够正宗，午饭就通过手机里的订餐APP，点这里的饭菜了，她当时坐在车里快活地想。

一周的时间很快过去了。这天是周五，他们将各自回到自己真正的家。马水浩午饭后就早早离开了办公室，开着"捷达"返回灯泡厂。这次他没在鞋柜上或者家里任何地方发现卡片之类，不过家里的确比自己和简怡刚刚离开时还要整洁，肯定是夏人龙、苏丽晴专门请了保洁员来清理。简怡这天中午也把"御景台"那套房仔细打扫了一番，还买了一束大大的百合，连同一盒在超市进口食品专柜上买的巧克力，放在茶几上。当然还放了一张卡片，卡片上应该写什么，周四晚上她和马水浩讨论了好一阵子，最后的结论是只写四个字：周末愉快。

从前周六的早上，马水浩和简怡都是到了十点才意犹未尽地从被窝里爬起来，懒洋洋地穿衣做饭。可这次，他们到了八点半，就不想再睡了。简怡说肯定是因为这一周来都不必早起，每天休息得很充分，所以对周末早上这顿懒觉的依赖就降低了。马水浩心不在焉地答应着，眼睛始终没离开手机屏幕。他关注的一个财经类公众号，刚刚推送了一篇很重头的文章。简怡见他看得入神，咻咻笑着钻进被窝研究他的身体，马水浩开始还能集中精神看微信，但很快被她弄得来了兴致，把被子一掀盖住了两人。

这个周末，他们都没出离开过灯泡厂，只在吃饭时才下楼。周末转眼过完，到了周日晚上，两人把房间又打扫了一番，还郑重其事地在鞋柜上摆了鲜花、巧克力。周日临睡前，简怡有一次打开了"微居客"，上面的注册用户数量，已经到了359874人。她吐了吐舌头，没想到只过了两周多的时间，注册数比她注册时的十一万多人翻了两倍。

周五晚上，夏人龙和苏丽晴回到自己的大宅后，也回顾了一周来的感受，都觉得这次换房的效果，比预期的还要好。夏人龙虽然不睡懒觉，但毕竟不用每天早上承受堵车两小时之苦，到了办公室后觉得精神比从前好得多，几个部里安排下来的项目都有了很清晰的思路。苏丽晴更是如此，她万万没想到这个艺术区竟然如此多姿多彩。在她原本的想象中，这个在军工厂旧址上兴起的艺术区里，房屋庞大丑陋，留着肮脏长发、穿着破烂牛仔裤的画家们整天在脏兮兮的路面上抽烟、晃荡，墙角、草丛里扔满了啤酒瓶。但实际上，在这个艺术区里，酒吧、画廊星罗棋布，各式雕塑随处可见，路面也是打扫得清爽干净。至于画廊里面，透过玻璃门可以看出，里面也是装修得都很精致，艺术气息浓郁。后来，她也选了几家人多的画廊进去参观了一番，感觉这些真画，比画册上的哪怕世界名画都有一种浓郁的真实的气息。在律所里，她只受主任律师一个人的管束，而主任律师每天都要外出开庭，出差更是家常便饭，所以，她就可以经常溜出写字楼，逛逛艺术区里的那些店铺。

既然双方都满意，到了周日下午，简怡和苏丽晴在微信上又沟通了一番，约定双方的换房计划继续进行。

又一个周二下午，马水浩没有任何会议需要参加，就坐在办公室里看下一期刊物的校样。这时，他的手机响了一下，低头一看，微信上显示有人要添加他为联系人，这人名叫"岸芷汀兰"，头像则是用美图软件修整过的少女头像，着实美艳妩媚。他扫了一眼就判断出这是什么来路，冷笑一声，毫不犹豫地拒绝了。可过了几分钟，添加申请再次出现，这次多了一句话——

"马老师，您好，您大概已经不记得我了，我能尽快和您见一面吗？"

他心想，看来各行各业都够拼的。为了拉到个客人，也真够下功夫的。他因为自己的微信名就是马水浩，所以也就没多想对方怎么知道他姓马。

他再次拒绝，可这次不到一分钟，对方的要求又来了，备注里写的是：

"我是前几天在新闻发布会上和您认识的魏心璐。"

"魏心璐？"马水浩想起了那个眉眼清秀神情羞涩的实习记者。他心里一颤，点下了同意键，接着抄起手机，走出办公室到了写字楼的楼梯间。可是，他在楼梯间等了五分钟，手机始终没有任何动静。他这时才想起忘了把手机由"Wi-Fi"调到"数据流量"了，于是赶紧改过来。果然，他改完不到十秒钟，一条微信语音发了过来。魏心璐说，关于进京指标，她问了《金融世界》总编辑，对方已经告诉她，如果她愿意毕业后来这里工作没问题，但没法解决她的北京户口，而且基本工资只有每月一千五百元，她拉来广告的话可以拿百分之三十的提成。

"幸亏您提醒我了，否则我还得在这里浪费时间。马老师，我能请您吃饭吗？"在微信语音里，魏心璐带着哭腔说。

"请我吃饭——"马水浩笑了，他看看手表，说，"好，那就今晚吧。"

魏心璐选的饭店，名叫"木房烧烤"。这是个连锁品牌，全城各处都有分店。魏心璐定的这家分店，距离马水浩那家杂志社大概两站路的距离。马水浩心想，这女孩还挺懂事，这个距离的确比较合适，他过去很方便，但又不至于近得会被杂志社别的同事注意到。

他四点多就出了办公室，找了家发廊打理了头发，才开着"捷达"赶到"木房烧烤"。魏心璐比他晚到十多分钟，她这晚薄施粉黛，眉眼间少了些学生味，但多了一层白领女性的妩媚气质。她进门时马水浩一愣，不由得多盯了她两眼。两人点了一桌的羊肉串、牛心串、烤生蚝之类，聊了一会儿，马水浩渐渐看出，魏心璐的心思始终没有完全在这里。他把啤酒瓶放下，擦擦嘴，说："小魏，你有什么需要我帮忙的，尽管说。我不一定准能给你帮上忙，但起码能帮你出点主意。"

魏心璐手里攥着纸巾，一脸期待地说："马老师，我在《金融世界》的实习期，就快结束了，我倒是不指望留在这里，反正这里也没进京指标。但是，我总不能一点像样的报道都没有。我在这里实习了两个月，就发了一大堆消息，我要是没有真正的实习成果，以后怎么找工作啊？反正我现在也想通了，落不了户口，我就在北京打工，就算当'京漂'，也比回东北老家那个小县城挣得多。但就算这样，我也要有篇够分量的深度报道才行，这样我才能找到工作。马老师，您经验这么丰富，能告诉我怎么写出一篇有分量的报道吗？"

这简直是马水浩最喜欢回答的问题了。他心里一笑，但脸上继续维持着沉思的神情："想写出一篇有影响的深度报道，其实也不难，基本上就是个三部曲。第一步，你要先找到个好话题；第二步，就是找到愿意接受你采访的合适的人——"马水浩这么说着，渐渐发现她的眼神有些奇怪。很明显，她对自己说的内容并不感兴趣。马水浩的语速慢了下来。

这时，魏心璐眼睛定定地看着他，试探着说："马老师，听说上次新闻发布会前，年钢教授在贵宾室里讲了讲自己对于国家环保产业政策的想法？"

"是啊，他说——"说到这里，马水浩停下了，他紧紧盯着魏心璐，一言不发地盯着，猜到了魏心璐想要自己如何帮助她了。果然，她迟疑了几秒又说："马老师，我正在写的深度报道，是关于新能源车的补贴政策的。这一个月，我已经联系过年教授好几次了，都是他助理接的电话，都说年教授很忙，不能接受采访。其实，上次的那个新闻发布会，也是我主动要求参加的，就是因为我听说年教授会去开那个会。但是，那天他上台讲完就直接离开了，我一直追到停车场，他都没答应接受采访，只是说他忙，还要赶去参加别的会，说完就让司机开车走了——"

著名经济学家年钢当然有理由说自己忙。上级有关部门对全国环保产业，对各个大型环保企业进行的调研，他是首席专家，送交决策层的调研报告，也是他带着几个博士研究生写的，总之，在环保产业研究领域，他是当仁不让的头号专家。所以，一篇关于环保产业的深度报道，有没有采访到他，分量是完全不一样的。

马水浩这时已经明白了她的意思。"好，我找找手机里的内容，看看当时我是不是录音了。"

"您录音了？那太好了，您真不愧是新闻界的前辈，太有经验了！"

魏心璐说的年钢曾经在贵宾休息室"谈了谈自己的想法"，是一种轻描淡写的说法，那完全就是一次不折不扣的发飙。那天，新闻发布会即将开始时，马水浩的手机响了。电话是他的大学同学许志鹏打来的。许志鹏说，自己公司就是这个新闻发布会的承办方之一，在看媒体名单时看到马水浩了，就请他到贵宾室坐坐。马水浩进了半个篮球场大小的贵宾室，只见里面的沙发上大部分都坐了人，相互间正说笑着。他和许志鹏找了个安静的屋角坐下，刚开始叙旧，贵宾室的大门被猛地推开，来人就是经济学家年钢。这位年教授大概中午喝了点酒，此时脸色酡红，嗓门洪亮，进门就嚷出一嗓子"你们在座的这些，都是在经济界混的，你们知道在三天前那个环保产业研究会的所谓年会上，他马庆国说了些什么吗？他也算个经济学家，也算个知识分子，他到底拿了车企多少好处，才昧着良心给它们说话？你们别怪我说话直。"接着，他扯下领带，滔滔不绝说了一番对整个环保产业的意见。许志鹏听了他嚷了几句，脸色就有些发白，马上起身把房门关上了。马水浩一见许志鹏的这个动作，心里一动，马上掏出手机，悄悄摁下了录音键。

马水浩一共录下了三分钟十八秒的内容，都是实实在在的干货。当然，到了稍后的新闻发布会上，年钢倒是没有多说什么。

眼下这部手机，马水浩用了没多久。录完的文件存在什么位置，他还不清楚。他在手机里找了几分钟都没找到录音，脸色就有些发红。魏心璐在一旁看着他在手机存储目录里翻来翻去，也渐渐咬住了嘴唇。

"马老师您不急，慢慢找。要不，我们到旁边的青旅大厦找个房间休息一下，我给您揉揉肩？"

听到魏心璐这话，马水浩惊愕地抬起头。他不知道该做出什么样的表情，只是含含糊糊说声"不用"，又低下了头。终于，他找到了那段语音文件。

"你写稿子时注意点措辞，别太偏激，他的观点已经够抢眼了。"他把录音通过微信转给了魏心璐。

魏心璐点点头。

一周后的一个早上，马水浩看到了魏心璐的报道。当时，他正匆匆走进地铁站，一瞥之间，看到书报摊上有《金融世界》，封面就是"年钢：新能源车完全就是一场骗局"。他买了一份，进了地铁后看了起来。他想魏心璐这篇报道一定反响巨大。果然不出他所料，《金融世界》公众号把魏心璐这篇报道进行了推广后，不到上午十点，这篇文章已经在微信上呈现连续刷屏之势。他微信里三百多个财经界的联系人，至少有两百人转发了这篇文章。

他刚刚走进办公室坐下，他的手机上又接到一条微信。是魏心璐发来的，内容是"下午两点，青旅大厦酒店，B座，1622号房"。

这天晚上，马水浩回到家时已经过了吃饭时间。他把一只装着二十张百元大钞的信封递给了简怡。这笔钱是他从自己私房钱里取出的，仿佛这样可以弥补一下心里的罪恶感。

"会开了一天？"简怡擦着手从厨房走出来，把信封随手放在一边。

"是，本想中午吃完自助餐就回来，再一看《企业家》杂志的记者还在，怕他们抢到什么独家，就一直待在会场了。"

"你晚上要赶着写稿吗？"

"今天这个会，主编说要做个大选题，我不用急着写，到了选题会上大家碰一碰，看看怎么处理，反正会议上几个重要人物的发言材料我都拿到了，没稿子的，会上也有速记，明天速记稿就会发给我——"

他还没说完，简怡就转过身，从卫生间的洗衣机里，把甩干了的衣服一件件晾在暖气片上方，"他们家这儿的燃气炉，火力真不行，哪像咱们那儿，衣服在暖气旁边挂一晚上，准干"。

看样子简怡没有任何怀疑。马水浩有些后悔，想应该只往信封里放一千元。

简怡没有注意到马水浩的异常，是因为这阵子她正因为迈迪学校里的事忙得心烦意乱。自从学校里开了国学诵读课，教务处把所有的语文课都安排到了下午。这倒也没错，学生需要换换脑子，老师也得喘口气。可人一旦起床太早，下午就容易犯困。学校的锅炉烧得又旺，暖气把教室里烤得热乎乎的，更容易让人没精神。有的语文老师就在课上一边讲唐诗宋词、鲁迅巴金，一边就忍不住打起了哈欠。有一次有个老师，干脆让学生默写课文，自己趴在桌上睡着了。有学生拿手机拍后，直接发到了网上，结果很快发酵成了热门事件。网民分成正反双方，跟辩论大赛似的，互不相让。一方说让学生默写课文，是很正常的教学方法；另一方就反驳说让学生默写课文很正常，可老师在课堂上睡觉就不正常了。

被拍下的老师名叫方华梅，五十二岁，是连续很多年的市级区级优秀教师，是迈迪学校许诺以高额年薪从一家本市重点中学挖来的。拍视频的学生名叫吴激泓，十二岁，父母都在国外。

简怡也看到了网上视频，只见一缕涎水从方老师嘴角流出，浸湿了大一片套袖，她既同情方老师，心里也一阵庆幸。她心想，如果不是换了房，自己每天早上能多睡会儿，诵读课后还能回去休息，视频里的，可能就是自己了。

这事儿虽然还在网上热议，但按说和她没太大关系，可没想到，视频事件后的第五天，教务处长把她叫到办公室，"方华梅老师的情绪最近很差，要请一段时间的假，这样吧，初二九班的国学课、语文课，就先由你代吧，班主任也是你当。据方老师的儿女讲，她一家人已经全乱了套了，轮流请假在家看着方老师，菜刀水果刀什么的，也都藏起来了，怕她会想不开。但这么防着，恐怕也不是办法，方老师一个大活人，想死总能找到办法。心病还得心药治，所以吴激泓那段微博，要让她尽快删掉，而且是完全自愿的情况下删，否则更麻烦"。

简怡无可奈何，只得答应。要说在迈迪学校当班主任，是个苦差事，可也是个肥差事。这个学校的功能是让学生按照北美的中小学课程进行学习，无论家长何时安排他们进美国、加拿大的学校，他们都能无缝对接。因为不用参加国内的高考，这里的教师教学压力不大。但是，这些孩子的家庭背景普遍不简单，个个非富即贵，管理起来很费劲。

简怡新官上任，她第一把火烧得如何，就看她对视频事件处理得如何。她回到办公室，心想如今这个时代，各种社交软件让每个人都没了隐私，一个人的兴趣、爱好、个性、经历，都会在社交软件上留下痕迹，所以，可以先从这方面入手，了解一下当事人吴激泓。于是，她想了想，打开电脑，上网找到吴激泓的微博，一条条看了起来。

与此同时，苏丽晴走出了律所所在的写字楼，穿过路口进了艺术区。她看了看腕上的那块"欧米伽"，只有四点五十分。这个时候，大部分人都在从艺术区里往外走，有的汽车后排还放了巨大的画框。她见时间尚早，想起了那家自己这几天一直在关注的画廊，就走了进去。

这家画廊不用说，是以画家的名字来命名的。她当初第一次走进去时，画廊里一个参观者都没有，就一个穿着旧夹克和迷彩军裤、头发半秃的中年男人坐在门口的电镀折叠椅上玩着手机里的游戏。她进去时这个男人抬头看了她一眼，但也没说什么，视线重新回到手机上。她在画廊里懒懒散散地边走边看着，觉得这里的画都非常另类，几乎所有的画面，都是一些凌乱的线条，她完全看不出画家想表达些什么。只有一幅画没那么抽象，画面是一片正被满天乌云笼罩的海洋，还有几十道闪着寒光的锁链从墨汁一般的乌黑海水中飞出，在半空中飞舞纠缠。后来有一天早上，她刚走出家门时，迎面被风吹掉了帽子，吹乱了头发。她在路过这家画廊时灵机一动，就进去对着画面下方的黑色块整理了一下头发。

这天，她进了画廊后发现，这里还是空无一人，只有那个秃顶男人在门口闲坐着。她继续去看自己最感兴趣的那幅画。她刚站在画前，就从画面的反光区里看到，画廊的门被推开了，似乎有个高个子的年轻男人走了进来。那个玩手机的男人马上走过去，朝他低语着什么。

她知道，他们一定在说自己。她有一种奇特的预感，进来的男人就是画这幅画的画家，自然也就是这家画廊的主人郁洋。这时，她隐约看到，那个中年男人从桌子后面的衣帽架上拿下自己的背包和羽绒服就离开了。那个年轻男人则脱下藏青色的大衣，朝她走了过来。

"你喜欢这一幅？"

苏丽晴回头一看，这个画家大概三十五六岁，穿着白色高领针织毛衣，身材高挑挺拔，正朝她和蔼地笑着。

"是，这幅画我虽然看不太懂，但这种梦境一样的感觉，我很喜欢，但可惜，我买不起。"她早就注意到了贴在画框上的价格标签，上面的数字是人民币三十万元。她知道这个价格肯定可以降低一些，但最低也不会低于二十万。她的收入水平在这个城市的工薪族中算不错了，但要她拿出二十万元来买一幅画，仍然有些超出她的消费水平。

"没关系，你可以继续天天来这里看。"

"你怎么知道我天天来看？我从来没在这里见过你。"

"我每天回来后，都会看一遍监控录像。"

苏丽晴有些脸红了。他一定看到了自己对着黑色的色块涂脂抹粉那次。她赶紧说了一句："你平时不在这里画画？"仿佛这种客套话能把她从尴尬中解救出来。

"在这儿画？现在这里和从前不一样了，到处都飘荡着钞票的味道，不像最早的时候，画家来到这里，就是为了找个安静的画画的地方，那时整个厂区里除了画家，别的人一概没有。现在呢，你看外面的路上，随时都是人来人往，中国人、日本人、美国人、欧洲人，哪里的人都有。但有几个人真正对艺术感兴趣？现在这里和小商品市场已经没有任何区别了，只有生意，没有艺术。"

"那你现在是在哪里画？"

"东堡。"

这个地名对于苏丽晴是完全陌生的。

"你能不能告诉我，你从这幅画里看到了什么吗？"他指了指墙上那幅画说。

她有些脸红了："其实，我没怎么仔细看过这幅画，我也不太懂油画——"

"不懂最好，我就是想知道别人看到这幅画后的第一感觉。我希望你能告诉我，你从画里看出些什么。来到这家画廊的人，很少人会在意这幅画。他们觉得这幅画里的海水、天空，还有从海水里飞出的这些锁链，都太写实了，和流行的画风并不一致。"

"我觉得这幅画看起来挺吓人的。海上到处是惊涛骇浪，还有那几根锁链在飞舞，但是，我觉得，画面里真正的危险其实是在大海深处，在画面上看不到的地方。"

"哦——"郁洋意味深长地看着她，"你说得很对"。

后来，苏丽晴每天在这家"郁洋画廊"门口路过时，都忍不住朝里面打量一番。但是，她不但没有看到过郁洋，就连那个中年秃头男人都见不到了，每天在里面值班的，换成了一个比郁洋更年轻的男人。这人看起来不过二十出头，眉毛浓黑，气质斯文，整天坐在沙发上看书。偶然有人进去看画，他就放下书，陪着客人四下逛逛。

直到两周后，苏丽晴才再次看到郁洋。

那天下午下了班，她在画廊外走过时，看到里面仍然是那个年轻男人在安安静静地看书。她遗憾地叹口气，继续向前走。她刚要走出艺术区拐进家属院时，随着一阵尖厉的刹车声，一部古铜色的保时捷跑车停在她身旁。透过缓缓降下的车窗玻璃，她看到郁洋那张英俊的脸。她的第一感觉是，郁洋刚才就在画廊里，他是在看到自己后马上开车追了过来。

她弯腰朝郁洋打着招呼："最近没怎么见到你，哎呀，你好像瘦了。"郁洋很放松地靠在椅背上，说："我把东堡画室旁边那个画室也买下来了，这样整间厂房就能打通了。这几天，我一直忙着装修的事儿，这里没时间来。"

苏丽晴想说些祝贺的话，但她平时打交道的，大多是些公司老板之类，一时只能想到恭喜发财之类的话，她知道肯定不能对郁洋说这些，舌头就有些打结，不知该说些什么。

郁洋下了车，走到她这一侧，斜着靠在车门上说："明天去我的画室看看吧。"

"去看你的画室——"苏丽晴心里一阵惊喜，她答应了，两人约好，明天午后一点在艺术区大门见。

第二天，两人在约定时间见了面，保时捷一路向东，很快开出市区，上了高速。十多公里后车子出了高速，又沿着一片农田又开了几分钟，面前出现了一个村子，村头是一个土里土气的仿古城楼，城门上面是两个隶书大字：东堡。

保时捷穿过城楼，开进一片类似灯泡厂的厂区中。这里面星罗棋布着十多栋又像厂房又像仓库的建筑，这些建筑比灯泡厂那些厂房还要高大。但是，这个厂区里不像灯泡厂艺术区里那么有艺术气息，雕塑、电影海报随处可见，这里的厂房、道路还很粗犷简陋，看样子是工厂停产后就一直维持着原貌。厂区地上还东一片西一片地长着荒草，在寒风中发出一阵阵呜咽。郁洋把车子停在一处厂房门口，苏丽晴跟着他下车走了进去。

她一进厂房就惊呆了。这间厂房高大空旷，不但四周墙角都堆满了画，地上还摆着几只大型的画架，每只画架上都有一幅未完成的油画，画架旁则散落着颜料盘、画笔之类，让人觉得好像刚刚有好几个人同时在这里作画一样。

"哇，这是我第一次来到画家画画的地方。这么多的画架，你要同时画几幅画吗？"

"我画画的习惯是，这幅画画累了，没有感觉了，就暂时放下，去画另外一幅，这样的话，就可以同时画几幅画。"

"你看那儿——"郁洋朝上指了指。苏丽晴朝他指的方向看过去，立刻又惊叫起来。只见一只似乎是床垫的白色物件正由四根铁链悬挂在半空中。

"那是什么？"苏丽晴问。郁洋没回答，从身旁画架上拿起一只类似电视遥控器的东西，朝半空中按了一下。随着一阵哗啦啦的巨响，那个半空中的物件开始缓慢下坠，直到降落在苏丽晴面前。她看清楚了，这的确是一个床垫，上面枕头、被褥俱全，枕头旁边还放着书和笔记本，四周围着一圈一尺多高的护栏。

她惊讶地问："你在这上面睡觉？"郁洋点点头，说："每次我没有灵感了，就会躺到上面睡一觉，在摇摇晃晃中，灵感就出现了。"他说完，脱掉鞋踏上床垫，回头朝她伸出手，说："上去试试？"苏丽晴笑着摇摇头，往后退了一步。郁洋摇头说真遗憾，接着他突然跳出来，把她拽了上来。苏丽晴还挣扎着要出去，他抓起遥控器又是一按，在哗啦啦的巨响中，床垫又缓缓上升了。这下，苏丽晴不敢动了，也不敢朝四周看，低头把脸蒙在郁洋肩上。

铁链滑动的响声终于停止了，郁洋声音很轻地说："睁开眼看看吧。"苏丽晴摇头说不敢，郁洋只得用力扳起她的头。苏丽晴壮着胆子睁开眼，却发现床垫还好好在地面上。她挥起拳头去捶郁洋，却被他再次搂紧，接着被他放倒在床垫上。

苏丽晴昏沉沉地睡了过去。等她睡醒，发现时间已经不早了，傍晚的光线从仓库高处的玻璃里洒进来，自己身上是郁洋的皮夹克，但郁洋并不在她身边。她半坐起来，只见他正站在墙角的画架旁，在画布上飞快地涂抹着。她走到郁洋身边，凝视着画布。苏丽晴看到，画布的四个角密密麻麻地堆满了各式各样的线条，在画面中央有一个深灰色的菱形色块，似乎是一道正在蹒跚前行的女人背影。

"这幅画是我最满意的作品，灵感是你给我的。"郁洋在她耳边轻声说着。

这天晚上，夏人龙睡熟后，苏丽晴轻轻起床进了卫生间。除了照明灯，她把浴霸也打开了，卫生间里亮极了。她全身赤裸站在镜子前，仔细地欣赏着里面的自己。她发现自己眼角的鱼尾纹就像被熨平一样，面部皮肤也是异常润泽，整张脸几乎散发着淡淡的光晕。

从这天开始，即使是中午，她也会接到郁洋的微信，文字内容很简短，无非就是寥寥几个字：十分钟后见。因为她那家律师事务所所在的写字楼，正远远俯瞰着整个灯泡厂艺术区，所以她从不从正门进，而是通过画廊后面的小巷，从后门进入画廊。每次郁洋完成了释放，就马上跑到画廊一角的一只画架前，还在剧烈地喘息着，就飞快地在画布上涂抹起来。

"这幅画卖出去后，可要分一半钱给我啊。"她走到他身后。她本来想说句玩笑话，可她从侧面看到他脸上有些狰狞的表情，还有那些不断在画布上生长出来的如刀戟般坚硬的线条，想说的话又咽了下去。

这段时间，简怡一有空就研究吴潋泓的微博，发现因为那段老师上课睡觉流口水的视频，她如今已经有上万粉丝了。简怡又翻看她从前的微博，发现她最近一年每天都要上传大量内容，大部分是照片，也有小视频。在给吴潋泓她们班上语文课时，简怡对她也格外留心，渐渐发现她的个性其实很温和，叫她回答问题时，她的各项反应都彬彬有礼，并非那种个性叛逆的问题少女。

过了两周，简怡感觉自己已经把吴潋泓了解得差不多了，对于如何处理那起视频事件，她心里有了主意。

这天下午，简怡本想把吴潋泓叫来办公室，又想了想，还是给她发了条短信，约她去校门外的"必胜客"。她到了没几分钟，吴潋泓也到了。她的样子倒有点让简怡意外，一身衣饰虽然都是名牌，但颜色都是铅灰深蓝之类，远不像同龄人那样鲜艳。她的表情更是沉静忧郁，完全没有国内同龄孩子常见的躁动。

两人各点了杯果汁，都低头默默喝着。吴潋泓一直不说话。过了一会儿，简怡说："吴潋泓，方老师其实一直对你们非常好，你还记不记得，你刚从国外回来，插班到了班里时，

'的''地''得'怎么也分不清，方老师给你开小灶，告诉你该怎么区分。"

"简老师，我知道您的意思，刚才来这里的路上，我已经把微博删了。"说完，吴潋泓把手机微博页面摆在简怡面前。简怡心里一愣，心想我的好几套方案都用不上了？她克制着没去看手机，朝吴潋泓说："谢谢你，方老师的病一定会很快好起来的。"

吴潋泓淡淡地说："我一开始都不知道为什么方老师会生病，后来我才知道，原来她生病和我发的微博有关。其实，在加拿大，学生们把看到的有意思的事情发上网，是很普通的事情。即使涉及老师，老师看到了也会和学生一起大笑。这大概就是文化的差异吧。只不过我在加拿大上的是脸书、推特，到了这里才开始用微博。"

简怡听说过，吴潋泓和迈迪学校绝大多数学生都不一样。她是从小在国外长大，今年初才回国。"来，我们加个微信吧，我扫你。"简怡朝她伸出手机。

"老师，我没微信。"

"你没开微信吗？微信比微博好玩，现在很多人只用微信不再用微博了。"

吴潋泓摇摇头，告诉简怡，她在国内的朋友实在太少了，微信朋友圈里根本没几个人，每次她在朋友圈里发了内容，根本没几个人点赞。反而是微博里，可以因为同样的话题，比如喜欢哪个明星，刚看了哪部电影等，很快和有着同样兴趣的人聚在一起。和他们彼此互"粉"一下后，关注自己的人就迅速多了起来。至于父母，因为有时差，平时很少打电话，也很少视频聊天。

"你为什么要回国上学呢？"简怡试探着问。吴激泓脸上还是挂着那种礼节性的平淡笑容，同时轻轻摇着头，表示不愿回答这个问题。

方老师流口水的视频问题解决了，但吴激泓本人的问题又出现了。整个谈话看起来很成功，但这个女孩眉宇间始终没有舒展过，简怡凭着多年经验，一看就知道她有着很重的心事。迈迪学校给每个学生都建有学生档案，简怡送吴激泓回到学校后，就来到学校档案室，找到了吴激泓的学籍卡。她发现，上面写着吴激泓的联系人名叫夏人龙，旁边还留有联系电话。简怡一愣，翻开手机通讯录一看，果然，和自己认识的夏人龙是同一个号码。她觉得自己无意中触碰到了某些秘密，接着她又看了看吴激泓一些同班同学的资料，他们留的联系人都是父母里尚未出国的那一方。这也和她预想的一样。

简怡冷笑起来。

几天后的一个下午，简怡坐在办公室里，看着手机通讯录里夏人龙的号码，琢磨着该怎么把他损上一顿。"要不要把这事儿告诉苏丽晴呢？"她反复思考着。这时，她的手机忽然铃声大作，吓得她险些把手机扔出去。她定定神再一看，屏幕上闪动的来电人竟然就是夏人龙。简怡再次冷笑了，她按下了接听键。

"简老师，激泓把她的事儿告诉我了，你看，我们能见面谈谈激泓的事儿吗？"简怡一口答应了，约好一小时后见。

"简老师，我不想让激泓知道我来过学校，咱们在校外见行吗？"夏人龙在电话里说。简怡答应了，和他说好在校门东侧两百米的公交站见面。

一小时后，简怡站在公交站牌旁，冷冷地看着夏人龙把"皇冠"停好，下车站在自己面前。她冷笑着打量了他一番后，才嘲讽地说："你在'微居客'里留的资料里，你们家不是只有一个儿子吗，现在怎么又多出一个女儿？夏主任，请问这事儿我那位苏姐知道吗？"

夏人龙先是一愣，马上反应过来她在想什么。他说，吴激泓是自己老司长的孙女。"老司长的儿子一家本来早就移民到加拿大了，只有老司长一个人在国内。一年前，老司长查出得了膀胱癌，想孙女想得厉害，他儿子就暂时把她送回国内。你们这家学校在加拿大华人里名气很大，教学质量有保证，老司长就让激泓在这里上学了。"

"哦，原来如此——我知道你是个挺大的干部，就以为她是你和什么人生的，你还把她送到了国外——网上说的这种事儿挺多的，抱歉啊。"简怡的脸"腾"地烧红了，不好意思地低下头。

夏人龙摇摇头表示不在意，接着又说："上完这个学期，激泓就要回加拿大了。"

"上完这个学期就回加拿大？"简怡猛地抬起头。

"老司长上个月去世了，所以，激泓也要回到父母身边了。

老司长去世前，说这个学期让我当激泓的联系人。"

"啊，怪不得这段时间吴激泓的情绪那么差。"

"我当初毕业后来到部里，是老司长手把手教我怎么在部里开展工作，后来还破格提拔我当副处长。我那时不懂事，还多次顶撞他——"

说起吴激泓的爷爷，的确是夏人龙的恩人。这位老司长当初在一百多个来部里面试的应届毕业生中，很快发现夏人龙是可造之才。他亲手把他招录进来，又安排他在自己身边工作。夏人龙也的确争气，成长得很快。这会儿，他想起老司长对自己的提携关照，禁不住热泪滚滚起来。

"夏老师，你别这样，还是节哀顺变。"简怡最见不得男人哭，她一见夏人龙这架势，马上手足无措了，往前迈了一步，险些伸手去擦他脸上的眼泪。她愣了几秒，又从包里取出一包纸巾递了过去。她没想到的是，夏人龙没有去接纸巾，而是一把把她拽进了怀里。

已经一周了，苏丽晴没有再接到郁洋的电话、微信，在路过郁洋画廊时也没有看到他，每次只有那个长着两道浓黑剑眉的英俊少年在里面值守。拨他的电话，也只能听到"您所拨打的电话未能接通"的提示音。她索性一有空就打，每次都只能听到同样的内容。

起初，她心里是愤怒的，她想不到竟然会被一个比自己小五六岁的男人先玩弄，再抛弃。但很快，她的愤怒变成了担心。

她上网查找郁洋的近况，后来在新加坡的一个网站上，看到一条关于郁洋很简短的消息，说他似乎和别的几个画家在那里联合办画展。看到这里她有些放心了，看来郁洋没有遭遇意外。但令她感到惊讶的是，这则消息的最后，还配发了一张照片，但照片上的人物并不是郁洋，而是郁洋画廊里的那个秃头保安。

到底是国外的媒体，连郁洋长什么样都不知道，她在心里冷笑着。后来，她又开车去了一次东堡，大概因为距离春节已经不远了，整个厂区里一个人影、一辆车都没有，荒草丛里还趴着几只冻僵了的流浪猫尸体。东堡的气温至少比市区低七八度，苏丽晴把自己紧紧裹在长及踝部的羽绒服里，壮着胆子到了当初那个厂房门口。大门上挂着一只巨大的锁，还杂七杂八地贴着小广告和物业的通知。她透过门缝看进去，里面也是空无一人，只有那只床垫，在诡异地悬挂在半空，一动不动。

他不在画室，也不在画廊，说明他也许还在国外办画展，苏丽晴这样想着，觉得心里安定了一些。但她的安定只维持了一个晚上。第二天上午，她端着咖啡，倚着茶水间的窗户往下俯瞰时，隐约看到艺术区里距离大门不远的一处地方，停着几辆白底蓝字的警车，四周还围了一大圈人。从位置上看，那就是郁洋的画廊。她心里又慌了起来。她本想午休时过去看看，可时近年底，律所的报税材料需要她处理，她始终没腾出时间。这天，她下班比平时晚了一个多小时，等她来到郁洋画廊门前时，只见整个画廊被一圈黄色胶带围着，玻璃门门口还有两个穿着厚实深蓝色棉服的警察在聊天。她不敢多看，赶紧快步走开了。

她心慌意乱地回到家后，夏人龙已经在家里了，见她回来，第一句话就说："我看还是和那小两口商量一下吧，给这里装个防盗护栏。"她脱着高跟鞋，控制住语气，力求平稳地说："装护栏？这里多安全啊，没必要吧。"夏人龙说："你没听说吗，艺术区里有家画廊被盗了，听说损失了一百多万呢。我看，这几栋楼里，明天就有人给自己家装护栏。唉，每到春节前，都是犯罪高发期。"苏丽晴听到这里心里一跳，她不再问了，转而问起夏人龙晚餐的安排。

接下来的几天，她反复上网查找这起失窃案的信息，可是，能查到的只是郁洋一共有七幅画作失窃，案值超过一百万。她庆幸的是，始终没查到郁洋本人受伤之类的消息。后来，她在路过郁洋画廊时看到，隔离带虽然撤了，但里面始终空无一人，墙上的画也不见了。直至有一天，她看到"郁洋画廊"的铭牌被换成了"金色树叶摄影艺术馆"，心里一阵失落，觉得以后再也见不到郁洋了。

这天，她到了办公室，发现已经有两名刑警在等她了。她这家律所，向来只接民事官司，所以刑警在这里出现算是件新鲜事。幸好这天主任律师不在，她装出公事公办的架势，把两名刑警带进了会议室。一名刑警拿出张照片让她辨认，她只看了一眼，马上从椅子上站起来，捂住了自己的嘴。

照片上身穿一身囚服的青年男子，正是郁洋。苏丽晴一脸难以置信的神情，说："我认识他，他叫郁洋，是个画家，很有名的画家！他不是被盗了吗，他是受害者，怎么会——"

"他不是郁洋，他本名叫蒋一书，正式的身份是郁洋的助手兼模特。"

苏丽晴震惊了。

"郁洋画廊有七幅油画失窃，就是他干的，他已经向警方承认了盗窃行为。另外，他有封信要交给你。希望你把你所知道的关于蒋一书的情况都告诉我们。"

这名刑警递给她几页写满字的信纸。她接过信，心惊胆战地看了起来。

"苏女士，对不起，这么多天来，我一直在骗你，我不是郁洋，我真名叫蒋一书。我也不是画家，只不过是郁洋的助手、模特兼性伙伴。我从十八岁开始，就在美术学院当人体模特。后来，当时在美院当老师的郁洋让我给他当了私人模特。他还帮我报了补习班，帮我考上了美院。毕业后，我也顺理成章到他的工作室工作，成了他的助手。有一天晚上在他的画室里，他因为刚高价卖出一批画，心情非常好，足足喝了一整瓶人头马。喝完酒，他醉醺醺地说，他算是把女人看明白了，她们只是想利用他，对他根本没有真感情。他还说：'小蒋，你都跟了我十多年了，没哪个女人能做到。我一定要好好地奖赏你。'接下来，他就凌辱了我。我恨他，但我又离不开他。我希望有朝一日也像他那么有名。我也经历过正规的美术学习，我也曾经拼命地画，绞尽脑汁地搞创新，但我没他那么有才气，始终没有出名。郁洋嘲笑我，说我的画不但没人买，甚至不会有人看。

我不相信，就把我最满意的一幅画挂了出来，和郁洋的画挂在一起。一开始，真的像他说的那样，到画廊参观的人，在我那幅画前都是一闪而过，没有人会多看两眼。那时我真的绝望了，简直想把自己的画撕个粉碎。终于，有一天我在看视频记录的时候，看到一个女人在非常仔细地看我那幅画。那个人就是你。更让我震惊的是，我在和你搭讪时，发现你竟然不知道郁洋长什么样，还把我当成郁洋！为了自己那点可怜的虚荣心，我开始在你面前冒充郁洋。你是世界上第一个用崇拜的眼光看我的人，是你让我对自己充满了自信。自从和你交往后，我画画的水平飞快提高。后来，我担心你上网时查到郁洋究竟长什么样，就联系了删帖公司，把所有带有郁洋照片的网页都删除了。郁洋是名人，删掉关于他的帖子，要花费比普通人更多的钱。渐渐地，我的积蓄花完了，只得打起郁洋那些画的主意。我开始偷郁洋的画去卖。我知道，暴露是迟早的事。但我控制不住自己，因为我无法离开你，不想让你知道我不是郁洋。"

"天哪——"苏丽晴看完了，手指一松，纸张滑落下来，她双手捂住脸，不住地摇头，泪水很快从指缝间流了出来。两个刑警对视了一眼，一言不发地继续看着她。

那天被夏人龙搂进怀里后，简怡起初想把他推开，可他的胳膊牢牢箍住了自己后背。她渐渐感觉到，他的拥抱非常节制，并没有把自己按到他身上，更像是用胳膊把她绕到一个圈子里。他的头抵在自己肩上，虽然一声不吭，但她能感觉到他的泪水正一滴滴流下来。

两人僵持了几分钟，夏人龙松开她，拿出纸巾擦了擦脸上的泪痕，"简老师，对不起——"

"夏先生，希望你以后别再这样了。"说完，她狠狠瞪了他一眼，走到马路对面，朝一辆正开过来的出租车招了招手。

她上了车，才觉得安全些了。她想，回家或者回迈迪学校的话，如果夏人龙继续跟着，被人看到就太尴尬了。她让出租车绕到"御景台"另一个门，才跳下车来。这个门距离她那栋楼很远，要横穿整个"御景台"。她一边走，一边看着两旁精致的高楼，心想这么好的地方，今后不能住下去了，真可惜。等到了家门口她取钥匙开门时，她心里又是一惊，因为钥匙只在孔里转了半圈，门就开了。这种防盗门，锁好后要连转两圈才能开。她的第一感觉是夏人龙在房里等她，可再一琢磨觉得可能性不大。她正犹豫是进还是出，马水浩的声音从门缝里飘了出来，"你回来啦"。她长舒一口气，推门进去，只见马水浩正躺在沙发上看手机。她把羽绒服和包往对面沙发上一甩，重重地坐了下来，抄起马水浩的杯子来咕咚咕咚灌下了几大口。

马水浩抬头瞟了她一眼，说，怎么，情绪不对啊。简怡躲开他的眼神，赶紧站起来扔下一句"风太大，吹得我脸上都硬了，眼也睁不开。我看看家里还有什么菜"，就往厨房走去。她到了厨房里揉揉脸，觉得自己情绪稳定下来了，这才走回客厅。她刚要问马水浩晚饭怎么安排，就听一阵微信语音从他的手机里飘了出来。

"马主任，谭教授上次说的那个我国东南部的低端制造业向国外转移，能够促进我国工业加速向高附加值产业转型，从长远看对我国经济利大于弊的观点，能写进稿子里吗？"

听起来是马水浩的某个女下属发来的。"你在谈工作啊，那我去做饭了。"简怡撂下一句话后，赶紧回到厨房。她一边切菜，一边想着，该怎么告诉他，这房子我们不能再继续住下去呢？

马水浩和魏心璐的关系有了突破后，两人即使不见面，每天也要在微信上互动。魏心璐的聪明超过马水浩的想象。她每次和他通过微信语音联系，先是给他发来一段一听就是工作性质的语音，如果他也公事公办地回，那就说明他现在说话不方便，如果他回复的内容不太正经，两人就你来我往地亲密互动一番。眼下，两人已经两周没在一起了，这在两人有了这层关系后还是第一次。马水浩想她大概是在忙着找工作。他已经越来越喜欢这女孩了，她每次都会用轻柔的方式唤起自己，事后还会很细心地擦拭自己。有的时候，他来到酒店时刚刚写完一篇长稿子或者看完校样，整个人很累，魏心璐还会给他做一个很细致的头肩部按摩。

"你还要去采访一下中央财经大学的韩玉明教授，他的观点和谭教授截然相反，他觉得制造业的转移，无论从长期还是短期来看都是非常不利的。只有各种观点都采访到了，报道才更全面。"马水浩端着手机，表情严肃字正腔圆地说。

伴随着简怡切菜的声音，两人就这么假模假式地聊了几个回合。马水浩有些累了，正要说"今天先到这儿吧"，却收到一句"马主任，我刚刚上网查到，韩玉明教授后天下午在青旅大厦有个讲座，我能趁机去采访一下吗？"

马水浩心里跳了起来，他慢慢屏住呼吸，侧过脸，听了听厨房里的动静，从那边传来的是一阵油锅爆炒的声音。他做了个深呼吸，然后对着手机话筒，咬字准确地说出了两个字：好吧。

等他放下手机，简怡正系着围裙，端着两盘炒菜走过来，"别玩手机了，吃饭吧。"他答应着，去厨房盛好米饭端了过来。"你没放盐吧。"他吃了一口菜，抬起头狐疑地说。

对于两天后和魏心璐的幽会，马水浩除了期待之外，还有一层担心。这天早上在总编辑办公室的中层干部碰头会结束后，总编辑说："别人可以走了，小马，你先请留步，有件事我还想和你交流一下。"马水浩想，肯定和那篇《年钢：新能源车完全就是一场骗局》有关。这篇《金融世界》的公众号文章，发出后没几天阅读量就已经十万以上了，时至今日，还不时有人重新转发出来。

果然，等别人都走了，总编辑从办公桌后走出来，坐在马水浩旁边，说年钢这阵子一直在追查自己那天酒后失言的事。"小马，我听说，年钢喝大了满嘴跑火车那次，你也在贵宾室？"总编辑意味深长地看着他。

"那天我的确在，但当时贵宾室的门是开着的，任何一个在外面路过的人，都可能听见他年教授的高谈阔论。那天的会，可是新闻发布会，到场的都是跑财经口的记者，年教授的观点有多大的轰动效应，谁都能听得出来。我其实也想把他的话整理成文章，可担心连累带我进贵宾室的朋友，也就没写——"

"小马，我不瞒你，年钢的确是托人找到我这里，问会不会是你把他说的那些话泄露出去的。他又不是公安局，凭什么查这个？再者说了，凭什么就许他说，不许别人报道出来？但是，他能查到那天那些人在现场听到了他的话，说明他的背景的确不简单。这种人还是少惹他为妙，《财富大观》毕竟是小刊物，经不起风浪，说停刊也就停刊了。"

马水浩点头答应，连声说着"我懂，我明白"，退出了总编辑的办公室。

这天下午，夏人龙看着简怡上了出租车远去，这才回到停在路边的"皇冠"上。他对自己的失态既懊丧又纳闷，他琢磨了一会儿，觉得可能是因为和简怡一接触就觉得她是个很安静简单的女人，在她面前很容易卸下防备，再加上自己又想起了去世不久的老司长，就有些情不自禁了。这时，他手机又响了起来。是信息中心的人事科科长打来的电话，问他招聘应届毕业生的考试时间定在哪天合适。信息中心要招一名办公室文案，想不到招聘启事刚刚在人才招聘网站挂出后，一周来有上百多人应聘。他握着手机稍微定定神，就让人事科长先初选出十人，通知他们明天上午九点在单位会议室先笔试再面试。他让人事科长把这十个人的简历发到他信箱，明天他会亲自在单位主持考试。

到了第二天上午，他按时进了考场当起了主考官。他正在考场里来回走着，忽然身边一个女考生的手机屏幕亮了起来。这个女生赶紧用带着东北味的普通话说："夏主任对不起，我马上关机。"但这时，夏人龙已经看到了来电显示的人名。

到了约定的这天下午，马水浩来到魏心璐在青旅大厦订好的房间时，她正坐在化妆镜前，慢慢梳着头发。马水浩把手包往床上一扔，说起领导找自己问过那篇报道的事情。魏心璐哼了一声，说，"我们主编也问我好多次了，让我告诉他到底是怎么知道年钢那些话的。我每次都装傻充愣，一口咬定说是我自己在贵宾室门口听到的，和别人都无关——"

"对了，马老师，我有个好消息要告诉你。"魏心璐正说着，忽然像想起什么似的，结束了关于那篇报道的话题。

"好消息？是什么事？"

"一周前我在网上看到一家事业单位在招聘文员，就给他们投了简历。昨天他们让我过去考试，他们那个领导对我印象不错呢，还说看了我那篇报道，说我写得不错，以后他的讲话稿就由我承包了呢。"

马水浩愣住了，过了几秒钟才说："哦，是好事啊，不过你学了多年的新闻，不干这一行，有点可惜啊。"

"在北京当记者的确太累了，我想，还是坐办公室会更轻松一些。他们说我下周随时可以去签就业协议。"

"签就业协议？这就意味着他们有进京指标，你能落下户口了？"

魏心璐得意地嫣然一笑。

"那太好了，祝贺你。"马水浩干巴巴地说着。

"马老师，最应该谢谢您。"魏心璐坐到他身边，顺手把手机放在床头柜上，接着解开了他的领带。马水浩也用力挤出一丝笑容，他心里慢慢升起一种预感，觉得这是他和魏心璐的最后一次了。

这天晚上，夏人龙正在看《新闻联播》，苏丽晴眼泪汪汪地看手机里的韩剧时，她的手机发出一条微信提示音。苏丽晴扯过纸巾擦了擦眼泪，嘟哝着打开了微信。只看了一眼，她的眉头就迅速聚拢起来。夏人龙见她脸色变了，问她怎么回事。苏丽晴把手机往床头柜上一拍，说那两口子要把房子换回去。夏人龙问因为什么，苏丽晴重重哼了一声，把手机递给了他。他有些发慌，几乎听得见自己乱糟糟的心跳，但还是接过了手机。他看了几行就放心了，简怡没提那天在迈迪学校外的事，只是说她和马水浩商量好了，想把灯泡厂的房子卖了换套大些的房子，能否本周末就结束这次的换房。夏人龙把手机还给苏丽晴，轻描淡写地说："人家看来住咱们的房子住出感觉了，要买套属于自己的大房子。那就换回来吧。"

"两个月前还买不起，现在就买得起了，中了彩票？"苏丽晴快快地说，随手发过去一句"好吧"。

简怡和苏丽晴当初签订的协议里有这么一条,任何一方都有权随时终止换房,只需提前一周通知对方即可。简怡见苏丽晴同意了,因为她不想再和夏人龙有任何接触,就告诉苏丽晴,当初开始换房是咱们两个女人的事,所以收尾的工作就让两个大男人去做好了。苏丽晴对此并不反对。男人之间打交道就更痛快了,马水浩和夏人龙很快通了电话,约好周五下午在艺术区的停车场里碰头,交回各自的房门钥匙。

这天到了约定时间,两人几乎同时抵达停车场。换完钥匙,马水浩说了声"夏先生,再会",就拉开自己"捷达"车的车门坐进去。正在他即将拧动钥匙时,夏人龙稍一犹豫,还是朝他喊了句"马先生,请留步"。说着,他走到"捷达"旁,把自己手机屏幕放在马水浩面前。马水浩不明所以,但还是朝手机看去,只见手机正在播放的视频里,自己和魏心璐的两具胴体正紧紧地交错纠缠在一起。

"你怎么有这个?谁给你的?"马水浩仰起脸看着夏人龙,吓得嗓音都变了。

夏人龙伸手按着马水浩的车窗,盯着他说:"简怡是块金子,现在她这样的女人已经很少了,你别把她当瓦块丢了。"说完,回到自己的"皇冠"车上,绝尘而去。

与此同时,北京城正被周五傍晚的昏黄光线笼罩着,车流也开始在各处路面上延伸聚集。坐在各自办公室里的苏丽晴和简怡,正处于下班前的百无聊赖中。她们想着即将到来的漫漫堵车路，叹口气，分别打开了自己手机上的"微居客"，只见上面显示，目前北京注册用户已经到了835429人。都有这么多人了啊，她们低声喃喃地说着，伸出的手指犹豫着停在屏幕上方，在考虑是否该按下"搜索"键。

九重楼

当我快步跑进鸿禧酒店多功能厅时，拍卖会已经结束了。人们红光满面地朝外拥去，按捺不住的兴奋在每个人的眼眉间浮动跳跃，好像自己就是刚才那个斥巨资买下天价古董的"大款"。我的目光越过人们的肩膀，紧张地朝着大厅里面搜寻着。幸好，主席台和嘉宾席固然已经空空如也，媒体席上还有几个人影在簇拥闪动着。

老祝还在，我长长舒了一口气。五分钟前，我已经通过车载电台听到，在刚刚结束的弘景拍卖公司春季拍卖会古代瓷器专场上，一只元代花果纹青花折沿大盘以七千万元的价格成交。这个价码，虽然比那只创下中国古代瓷器拍卖纪录的鬼谷子下山罐差得很远，但在这两年收藏市场骤然降温的大环境下，已经足够惊人了。

这一天的瓷器专场拍卖，是当年春拍的最后一场，加之有不少重器，北京大小报刊凡是跑收藏口的记者没有敢不来的，唯独我，偏偏把时间记成了第二天。四十分钟前，我正在报社编辑部和几个同事闲扯，忽然接到几个同行的电话，问我为何不在拍卖会现场，是不是有什么独家的采访路子。我情知不妙，赶紧一查当初拍卖公司发来的请柬，当即吓出一身冷汗，马上开车赶了过来。

老祝这个人，其实从前和我们一样，也是专门负责古玩收藏领域的记者。只不过在他入行的九十年代，中国的收藏市场还一片沉寂，他的资历比我们这些在这个市场火爆起来后才开始介入的记者深得多。十来年前，他似乎已经在这个行当里积累了足够的人脉，就从自家报社辞了职，在潘家园租了处店面，自己开了古玩店。

这些年，每逢大型拍卖会，老祝都会来观摩。他毕竟生意规模小，没实力在这些拍卖会上拿货，但他总会在拍卖现场的角落里默默坐着，静观一件件古玩花落何处。每次拍卖结束后，老祝身边都会围上一群记者。原因很简单，对于那些拍出天价的重器，谁都说买得值，买得好，谁都不愿意谈出来哪怕一星半点的否定性意见。他们这么说的原因，用脚指头都能想出来。所以，记者们想了解些干货的话，能找到的采访对象，只有老祝了。当然，老祝毕竟也是圈内人，不会说那种彻底得罪拍卖公司的话，但总能抖出些料来，有了这些，记者写出的稿子就漂亮多了，不至于都是拍卖公司新闻通稿里的内容。

我如同一条逆流而上的大马哈鱼，终于在人流中穿了出来，进了大厅。

"祝哥，先回去发稿了，找时间再聚。"

"祝哥，过几天带闺密去你的店买只镯子，你可得给打点狠折啊。"

这时，那些男男女女的年轻记者都准备离开了，他们收拾着自己的笔记本电脑、数码相机之类，同时朝老祝打着招呼。老祝则闭着眼靠在椅子上，双手揉着自己的太阳穴，朝他们随意点了点下巴，一副筋疲力尽的样子。

我在老祝面前三米处站住了，手里反复揉捏着厚厚的桌布，心里忐忑不安，不知道老祝还愿不愿意把刚刚给他们讲过的，再说给我一个人听。

"开车了吧？"他睁开眼，看着我说。

我点点头。

"接下来得回报社发稿？"

我又点点头。

"那就行，走，把我捎上，我今天限号，车没法开。"老祝说着站起身来，拍了拍我的肩膀，大步流星地朝外走去。

我心里一阵高兴，把手里的车钥匙摇得哗哗乱响。

我们进了地下车库，到了我那辆"富康"跟前，他朝破损的车头看了一眼，一言不发地坐进副驾驶座。我小心地发动了车，边开边说，刚才进地库时，一辆"公羊"呼呼地往外冲，我赶紧打轮避让，还是蹭在墙上了。那车的个头大得邪乎，哪像是汽车啊，跟一截火车车厢差不多。

出了车库，"富康"刚上了北京东三环，马上一动不动，变成堵车大军中的一员。北京晚高峰的路况就是这样恐怖，面前的路已经不是路了，完全就是一个巨大的环状停车场。我紧紧攥着方向盘，看了看前面那辆车纹丝不动的车屁股，这才把尽可能多的笑容堆在脸上，转脸朝老祝说："祝哥，你觉得……"

"这只元代花果纹折沿青花大盘，最后的成交价是七千三百多万元，连佣金能达到八千多万元。这两年收藏市场不景气，全然不复自二〇〇二年以来的'井喷'景象，这盘子能卖到这个价，已经远远超过了业内的心理预期。尽管如此，这一桩交易仍然只是一个特例，不足以成为带动古代瓷器乃至整个收藏市场回暖的转折点。"

没等我问，他就说了这么一大通。我心想盘算着，有了他说的这些，我再从新闻稿里扒拉些能用得上的内容，完全能凑出一篇像样的稿子了。

"怎么样？够出一篇稿子了吧？"祝哥斜斜瞟了我一眼说，就像把我整个人完全看穿了似的。

"嘿嘿，够了，谢谢祝哥。"我用不握方向盘的手挠着头皮讪讪一笑。

"你刚才看见的那辆'公羊'，要搁在美国，那可是只有年薪几千万美金的橄榄球、棒球球星才用得起的。那车里面，有大号按摩椅，有带冲浪功能的浴缸，有家庭影院，还有专门的理疗师。球星一场比赛打完，甭管多累，在车里一通狠按，等出了车门，直接就能精神抖擞地进夜店，怎么样，这车牛吧。"谈罢公事，老祝把头深深地斜靠进车枕，一边瞅着外面的堵车盛况，一边散散淡淡地说着。

"真牛，那车个头是不小，可乍一看真看不出这么上档次。"我报以啧啧有声的赞叹。

"这个，就叫低调的奢华。"

我点点头，没再说话。我必须专心跟紧前车，阻止住一辆辆企图挤进我行车路线的加塞车。

"那件元青花盘子，就在那辆车里。"老祝看了一阵前面的车龙，平静地说着。

"那辆'公羊'，就是那个乔治胡的车？"我吃了一惊，扭头看着他。

他点了点头。

我们所说的这个乔治胡，是这年春拍中突然杀出的，也是今天这场拍卖会的大赢家。他在中海、弘景这两家拍卖业巨头的古代书画、近现代书画、古代瓷器、古代家具的专场上，大杀四方，频频出手，已经连续吃进了十多件价格过千万元的藏品，再加上今天这只盘子，总价绝对超过两亿元了。此人据说是个加拿大籍华人，洋名叫作乔治什么的，加上他从前姓胡，所以大家都叫他乔治胡。

"祝哥，这位乔治胡，到底是哪座山上的神仙啊，怎么从没听说过此人啊？"我说。

老祝看着面前长得没有尽头的车流，像没听到我的问题似的，抿着嘴唇一言不发，一副心事重重的神情。过了半晌，他紧皱的眉头松开一些，说："你们报纸上前几天有篇讲文玩核桃行情的文章，写得还行。"

我得意地笑了，说："谢谢祝哥夸奖。"

"我看了三行，就知道是你小子写的。怎么还用个笔名，是叫墨龙生吧，酸，俗。"

"这不是因为我头回写文玩核桃，怕写不好让别人笑话吗？"

"头回写就能写成这样，算不错了。但那篇文章里有一处写得不对。"

我有些愣了，又伸手挠了挠头皮，说："祝哥，你说是哪儿不对？"

"文玩核桃里最高级最稀罕的品种，可不是'狮子头'里的'闷尖''磨盘'。"

"不是？我采访了好几个专门做文玩核桃生意的店老板，都说他们店里最贵的货色就是'闷尖'啊，也有人说自己有一对顶级的'磨盘'，是店里的镇店之宝。"

"他们说得没错，现在市场上能找到的文玩核桃，'闷尖'也好，'磨盘'也好，的确是最贵最好的。但是，也的确有比这两种更贵更稀罕的，只不过一般人没见过而已。"

"当初为了写那篇文章，全北京的古玩城我都跑遍了，我可真没见过比'闷尖''磨盘'更值钱的'狮子头'。"我纳闷地说。

要说文玩核桃这东西，也挺奇怪的，喜欢的人就特喜欢，恨不得睡觉也攥着，仿佛自己一辈子里最大的心愿，就是拥有一对形状、图案、大小都称心如意的核桃。如果再通过天长日久的把玩，亲眼看着核桃的外皮包浆从无到有，颜色再渐渐加深变重，最后呈现完美无缺的酱红色，这份成就感，简直比当上世界首富还过瘾。不喜欢的这路货色的人呢，就完全理解不了为什么这东西非金非银，看上去土里土气，偏偏能值上万的钱。更何况这东西整天在人手里揉来揉去，核桃缝里指不定藏着多少腌臜呢。

市面上的文玩核桃，品种五花八门，细算下来不下上百种，"狮子头""虎头""官帽""公子帽"算是其中比较珍贵的。这当中，狮子头尤其受人追捧。这种核桃因为看起来酷似古代石狮子，所以得名"狮子头"。"狮子头"也分三六九等，形状越浑圆饱满，表面纹理越清晰细腻，级别就越高，也就越贵。具体说，"闷尖""磨盘"是"狮子头"当中公认的上品。所谓"闷尖狮子头"，指的是核桃的顶端并不尖锐突出，而是略略凹陷，所以它的轮廓，看起来比普通货色要圆润得多，给人一种格外大气规整的观感。"磨盘"则要求核桃的肚腹部要肥硕微凸，这种核桃在掌中盘玩起来，易于发力，收放自如，手感格外痛快。按照如今的行情，一对纹理精美，对称度高的上等"闷尖"或者"磨盘"，至少值两三万元。

这两段文字，都是我那篇文章里的内容，也都是文玩核桃的入门知识。因为这类收藏品的门道毕竟没有书画、瓷器那么深，我一直认为掌握了这些，对于初玩者也就足够了。但是，老祝刚才的话，却大大不同于我早就掌握的知识。

老祝接着刚才的话茬，说："'闷尖''磨盘'当然都是好东西，但是，拿它们和'狮子头'里最罕见的'九重楼'相比，就差得远了。这种核桃，讲究的是九道纹路里，每一道都条理分明，蜿蜒直上，绝不与其他纹路交叉混淆。好的'闷尖''磨盘'再怎么难得，你要是现在揣着十万块钱，到潘家园、报国寺转一圈，总能买得到。可'九重楼'历来都是有价无市，在北京的各处古玩市场上，两三年也就能出现个一两次。说起来，我在收藏这个行当里混了十多年了，先是当记者，后来自己做生意，始终没见过地地道道的'九重楼'，一对都没见过。"

"如果祝哥你都没见过，是不是压根儿就没这种东西啊？"我说。

"见过真正的'九重楼'的人少，那是因为都在藏家手里当传家宝似的藏着供着呢。玩核桃的人里，流传着这个故事，说的是清朝，北京城里的曾经有个王爷，看中了一个钱庄老板的一对'九重楼'，他拿三百亩地来换，人家都不换。结果，这个亲王硬是给这个老板栽赃了一个罪名，弄得他家破人亡，才把这对宝贝核桃弄到手。其实，曾经在北京市面上出现过的'九重楼'，有七成都出自山西，出自太行山深处的一个小村子。这个村里有棵核桃树，不但每年都能出不少'狮子头'，更长出了让所有文玩核桃玩家都朝思暮想的'九重楼'。"

"有九道棱的'狮子头'，那得多难得啊！"我感叹着。其实，文玩核桃这路收藏品，我始终没太大的兴趣。即使是那篇让老祝称赞的稿子，也不过是完成主编交代下来的任务而已。

"告诉你，哪怕是玩了一辈子核桃的人，没见过'九重楼'也太正常了，在京津一带的收藏市场上，别说'九重楼'，只要上等的'闷尖''磨盘'一出现，马上就会被人买走，哪里还轮得到摆出来让人看啊？我虽然没见过'九重楼'，但是，我见过长出'九重楼'的那棵核桃树。"

"你见过太行山里的那棵树？哎，你讲讲，是怎么回事？"

"你想听？"老祝歪过脑袋，斜睨着我说。

我使劲点点头。其实，我对核桃或者核桃树都不感兴趣，但我看得出来，老祝的话里面有故事。反正现在三环已经越来越堵，车已经纹丝不动好几分钟了，听听故事，总能让时间过得快些，说不定还能顺便给我日后的报道多积累素材。

老祝把身子挺正了些，说："好，我就给你说个故事。十五年前，刚才那位坐'公羊'车，砸出七千多万买青花盘子的那位乔治胡，还不过是个刚入行的小店主。他那家店，还没我现在的店大呢。我呢，因为当时文玩核桃的行情一下子火爆起来，就被领导逼着写这方面的报道。那时我两眼一抹黑，根本不知道如何下手。后来，有位业界前辈就把太行山里的这个村子告诉了我，说要想采到独家新闻，就必须去那个村子。那么偏的地方，你知道怎么去吗？要先坐火车到太原，接着换长途汽车到县城，再蹭过路的拉煤的货车到山下，运气好的话呢，能坐着村民赶集回来的牛车上山，否则就只能靠两条腿了。总之，不换上四五种交通工具，不花上三四天工夫，压根儿进不了这个村子。"

"要说这个小山村，根本没几亩地，村民都是靠采点药材或外出打工谋生。自从当年玩核桃的人一下子多起来后，这里每年秋天，都会聚集上一大群干这一行的买卖人。一开始，村里人还不知道'文玩核桃'这回事时，当然是乱卖乱买，这棵树上摘下来的核桃，也和别的核桃一个价。那时村里人还挺高兴，因为有人主动来买，自己就不用摘了核桃，再挑着下山去卖了。不过，他们很快也就明白了——敢情这棵树上结的不是核桃，是金条。于是，村里人每年把核桃采下树后，就搞拍卖，头五十个最大最圆，卖相最好的，谁出的价高就归谁，然后再拍五十个，等两百个核桃拍完，后面的就论个卖了。第一年卖了五万元，第二年卖了十几万元，我去时是第三年，那年一开春，村里的老支书就说了，这一年的目标是达到五十万元。"

"那，这么一棵树，一年能出多少个'九重楼'？"

"谁也说不好，有时出一个，有时能出三五个，有时一个都没有。也没人能看出来，每年树上那三百多个裹在一层厚厚的翠绿色果皮后面的核桃，哪一个会是'九重楼'。"

"那不就跟翡翠买卖里的赌石差不多了吗？"

老祝点点头，说："是有点像。我到村里的那一年，情况还和往年不太一样。那年夏天，太行山区有一回下暴雨，在一场电闪雷鸣之中，那棵树上最粗的两根树杈被闪电打中，才长到指头肚大小的核桃果粒儿，漂得满井都是——"

"井？"

"对，忘了给你说了，在那棵核桃树底下，有一口井。那个小山村里就这么一处水源，村里人吃水洗衣服，都靠这口井。那年，村支书早就给各地客商打了电话，宣布那年的拍卖定在农历九月初八，仅存的那根枝子上的核桃果儿，按照老规矩，由价高者得！"

"那年，是文玩核桃价格涨得最快的一年，北京城里七八个古玩城里，三四十个做核桃生意的店，都发了财。所以，那年到了山上的客商，比平时多了一倍。九月初七这天，村里的各户人家就已经住满了人，大部分是做这路生意的老板，千里迢迢赶去的记者，就我一个人。"

"初七下午，村里老支书把客商们领到树前参观。只见那根仅存的大树杈，离地面两米多高，上面横七竖八长着十来根树枝，总共结了大概一百来个核桃果儿，每个果子都有小孩拳头大小，一个个圆溜溜、绿汪汪的，颜色说不出的油亮滋润，看得大家一个个双眼放光，摩拳擦掌。这树杈的下面，就是那口井。我朝井里望了望，水面上也映出了挂满了枝杈的核桃。一颗颗的核桃也好，一张张表情不一的脸也好，都在随着水纹荡来漾去。每张脸都在笑着，那笑容后面，都有一个发财的梦啊。老支书见客商们的精气神都被调动起来了，就一摆手，两个壮小伙子马上扯着一根红绸带，挂在那根树杈上，老支书接着宣布，明天卯时，正式开始卖核桃！晚上村里设宴招待大家，不醉不休！"

说到这里，老祝停了下来。我看看他，只见他似乎正望着面前被车停得密不透风的三环路，但他的眼神却有些发空了。

"我猜，那个乔治胡当时也在山上？"我轻声说。

老祝慢慢点着头，说："那一年，他的生意才刚刚起步，和那些大古玩店铺相比，根本没什么实力。他前一年就来过那里，因为资金少，只买了一堆没人要的核桃，但后来在这些核桃里，他竟然找出一对对称度极高的'九重楼'，一下子赚了七八万。"

"运气真好。"我说。

"这算什么？他以后的运气那才叫挡都挡不住呢。当时，老支书领着人参观那棵树，本意是刺激一下人们的购买欲，但当时好多人参观完那棵核桃树，知道了是这么情况，就不等天黑，当天就下山走掉了。因为树上只剩下一百多个核桃，还有几个大买家在。等他们买完，恐怕一个核桃都剩不下了。"

"照这么说，乔治胡不也就没希望了？"

"是，凭他当时那点儿实力，他是没啥希望了，但他没走。那天晚上，村里在村委会院子里摆上好几桌酒席，请所有买家吃饭。可是，村宴开始后，大家虽嘴里吃着喝着，心里却想着明天一早的拍卖，谁都没敞开肚子痛快吃喝。村支书见这阵势，把筷子一撂，就让人把那个小男孩喊出来给大家翻跟头。"

"小男孩？"

"唉，记性真不行了。"说到这里，老祝摇摇头，轻拍着自己的头顶，又叹了几口气，才接着说。

"这个村里，有个没爹没妈的小男孩，是村里一个老太太在山下赶集时捡回来的。因为捡到他时，他还是个婴儿，用一床旧棉被裹着，正躺在集市角上一处麦秸堆里，支书就给他起了个麦娃的小名。我上山那年，他大概是七八岁的样子，一直住在村委会院子里的一个杂物间里，平时到村里一个叫会婶的寡妇家里吃饭，村里呢，每月贴给会婶三十块钱。他本来前一年就该进乡里的中心小学上学了，但是村里没钱，交不起住宿费。那天晚上，村支书说：'明天从你们这些贵人那里得了钱，下礼拜就送这个孩子去上学。'"

"'麦娃，给叔伯们演个节目！演好了，叔伯们给你发奖学金！'村支书派人把他从会婶家叫来后，撕下一根鸡腿冲他说。"

"我说，那孩子又没上过学，会演什么节目？"

老祝"嘿嘿"一笑，说，这个孩子整天在山上满山串，学猴子爬树、翻跟头，学山羊在山崖上蹿来跳去，学蛇在山涧里游泳，都学得像极了。最逗的是，他连蹦带跳半天后，忽然跑到自己屋里，扯出一条水绿色的碎花褥子，把自己从头到脚蒙住，又在院子里躺倒，整个人蜷缩在褥子下面，成了一个椭圆形的包，一动不动的。我们都很纳闷儿，村支书也朝他吼：'麦娃，你弄啥咧？还没到睡觉的钟点，咋就躺下咧！'麦娃从褥子下探出头来，说：'我没睡觉，我是在演猕猴桃！'刚一说完，他又把头缩回到褥子下面。"

"当时，整个院子里的人听明白麦娃的话后，那通乐啊，大家笑得要掀翻天似的。那年，那个县里下了指标，要本县各乡各村都要种猕猴桃，村委会的院里院外，也把介绍如何种植猕猴桃的宣传画贴了出来。据说，村支书刚接到文件时，当即就一拍桌子，一张老脸气得通红，说，这个村被玉皇大帝整个安在山尖尖上，周围连一尺平地都找不到，拿啥种猕猴桃？况且村里也没钱买树苗。这文件没法落实，村里要等秋后卖了核桃，再去山下别的村里买猕猴桃给县里交差。"

老祝说到这里，也"嘿嘿"笑了起来。我侧脸看看他，过了一会儿，老祝的嘴角慢慢平了，眼神里的笑意也散开了，这才继续说——

"一大院子人笑了一通，也有情绪吃饭喝酒了。等吃完喝完，大家就各自准备睡了。十几个最大的客商到了村支书家里和别的几个条件好的农户睡，我，还有几个人是住在村委会。村委会有五间大北房，除了中间是用来当会议室的堂屋，左右四间一共住了四个人，正好一人一间。我、乔治胡，住在堂屋的左右两间。

"一个从太原赶来的古玩店老板有些喝多了，临走时，他拿着一只空酒瓶，用瓶底指着乔治胡说，老胡，幸亏走了一大批人，我不用像去年那样和你住一间了，否则你打起呼噜来，调门高得跟唱戏似的，我一晚上都甭想睡了。天气预报说今晚下雨，要是也打雷，你正好和雷声比比，是你的呼噜响，还是雷声响。说完，这个老板就哼着酸曲儿，歪歪斜斜地走了。"

"旁人都走空了，我们四个人也相互打了招呼，各自回屋里睡了。那天的前半夜，一切都很正常。山村的夜，安静极了，除了偶然从山里传来不知什么野物的叫声，半分动静都没有。我枕在塞满新糠皮的枕头上，透过没窗帘的窗户，看着满天亮得晃眼的星星，心里想象着明天一大群人围在井旁，一个个喊出越来越高的价钱，心里有些激动，过了好久才睡着。

"到了后半夜里，我给尿憋醒了，出了屋子上完厕所，又站在院子里朝天上看。只见天上黑沉沉的，一粒星星都没有了，我又一抹脸，竟是一手的潮气，我这才发觉，不知何时已经下起了毛毛雨。

"我回屋躺下，过了一会儿，我听见院门响了一声，接着'扑通'一声，似乎有人在院里摔了一跤，后来房门又'吱呀'响了，有人进了屋。我这才想起来，刚才在院里，没有听到哪间房里有人打呼噜。

"这天晚上，我没能再睡着，也一直都没听见呼噜声。"

老祝讲到这里就不再说了，他双眼凝视着远处的某个地方，神情空洞，仿佛整个人被回忆带到了过去。老祝的语气一直非常平静，但一阵不知来自何处的恐惧，已经在我心里蔓延起来。

我心里被这种恐惧感压得沉甸甸的，但又希望他尽快讲下去。终于，在停顿了一两分钟后，他又继续说——

"第二天，整个村子都是被从村头传来的哭声惊醒的。当时天刚麻麻亮，我正半睡半醒地迷瞪着，那哭声，一下子就在村子里炸响了，我一激灵，仅有的一丝丝睡意也没有了，赶紧下炕穿衣服去看看怎么回事。我一出房门，乔治胡也正好从对面屋子出来，他脸色惨白，满是血丝的眼睛下面挂着两只乌青乌青的眼袋。他讪笑着看着我，嘴唇嗫嚅着，听不清在说什么。

"我朝他说，村里好像出事儿了，就和他一块儿出了村委会院子，外面已经有不少人朝村头跑，满耳朵都是噼里啪啦的脚步声。我跟着他们一路跑，很快就跑到了村头，那时，已经有一大圈人围在那里了。

"我远远就从人缝里看见麦娃在井沿旁躺着，裸着上身，会婶正趴在他身子上，扯着嗓子大哭着。我的脚步一下子停住了，接着慢慢走过去。走到那棵核桃树下了，我看到麦娃的眼睛紧紧闭着，浑身湿得透透的，裤脚那儿，还在一条线似的滴着水。

"麦娃的手里，还攥着一根树枝，上面挂着十来个核桃果儿。

"他是刚才会婶来井边打水时，在井里发现的——周围的村民们在嘀咕着。

"这时，村支书由几个报信的簇拥着，也到了。他一看见麦娃湿淋淋的身子，马上哆嗦起来，一步都走不动了。那年头，手机还算是奢侈品，有个从香港赶来收货的客商把手机递给支书，让他赶紧报警。支书犹犹豫豫接过手机，看着上面的数字，手在空中悬停着，始终没有真的按下去——"

"他还犹豫什么？"我说。

老祝说："支书当时嘴里念叨着，报了警，影响多不好。想是这孩子调皮惯了，自己贪玩，掉进井里淹死的。那个香港人在一边站着，一听这话就皱紧了眉，叽叽咕咕说了半天，意思大致是说，人是到底怎么死的，你说了不算，必须报警。支书这时已经定住了神，斜眼白了他一眼，把手机塞给他，一挥胳膊，大声说：'报警的电话，我要到村委会去打。'接着，他就趿拉着布鞋，走远了。"

"县里的四个警察，是中午开着辆吉普车到的。他们来了后就勘查现场，接着有一个警察检查麦娃的尸体，另外三个则在村里分头走访。各路客商，还有我，因为警察要挨个儿调查，当天都不能离开，这天半夜，警察在村委会宣布，初步结论是麦娃知道核桃值钱，想掰下几根树枝藏起来，但雨天井口湿滑，麦娃不慎落入井中溺水身亡，属于意外，并非刑事案件。"

"那，村里人接受这个结论吗？"我问。

老祝没直接回答我，看了看我的眼睛，说："不少村里人说，麦娃这孩子，从小手脚干净得很，从没拿过旁人东西。他平时在路上看到母鸡下蛋，都会把鸡蛋给养鸡的人家送去咧。而且，当时警察在麦娃的鞋里，找到五块钱，是五张一块钱的票子。村支书和会婶都说，从来没见过麦娃有这么多钱。"

"那，是有人拿五块钱骗他，让他去核桃树上掰根树枝？"话刚出口，我想起几分钟前他给我说的事情，脑子里"嗡"的一声响。我等脑子里的声音静下来，才说，"乔治胡半夜出去过的事儿，你给警察说了吗？"

老祝说："我当然说了，警察也记录在案了，但实际上不会有任何用处。这件事，只要他自己不承认，警察也找不出证据。"

在我皱着眉头出神的工夫，前面的车动了，我旁边那辆车不打转向灯，就要并到我前面。我使劲一按喇叭，同时狠踩油门，车子猛然提速，一瞬间就贴紧了前面的车。我从反光镜看过去，刚才那辆车还在后面保持着斜趴在两条车道中间的尴尬姿态，一动不动。不用说，这个试图强行并线的司机被我吓得够呛。

老祝沉默地看着我的这通动作。

过了一阵，我说："祝哥，村里那次拍卖后来怎么样了？"

他极轻地摇摇头，说："警察宣布结论后，当晚，拍卖就在村委会举行了。但是因为和死人沾边，别人觉得不吉利，核桃根本没人买。到了第二天一早，客商都走了，村里只好自己把核桃摘下来，挨个儿打开了。结果，里面一枚'九重楼'都没有，就连最普通的'狮子头'都没多少，只能勉强凑成十来对，只卖出去五六万块钱。"

"后来，你把这事儿写成稿子了吗？"

"我刚回到北京，村支书就打来电话，说大记者，求求你可千万别写麦娃淹死的事儿了，如果别人知道那口井里刚淹死过人，村里明年的核桃更没人买了。麦娃死得是可怜，可村里十来户人家、五十多口人，甭管是老人看病买药，还是孩子上学买书本，都指望这棵核桃树咧。我问他：'还有二十多个客商呢，你能管住他们吗？'老支书说：'他们都是干这一行的，怕旁人觉得他们的货色不吉利，更不会说了。'"

"那，那个乔治胡呢？"

"那年，各地文玩核桃的收成普遍不好，结果物以稀为贵，北京市面上凡是能达到标准的核桃，价格都比往年翻了一倍。当时，凡是手里囤了货的，都发了，乔治胡也是。到了第二年，又轮到翡翠价格暴涨，他南下缅甸赌石，据说他花不到一百万买来的原石，解开后竟然是一水儿的冰种，他这一下子就赚了一两千万。再往后，他办投资移民，到了加拿大，还起了个洋名，叫乔治什么的，当地华人都叫他乔治胡。"

"他发了财后，如今见国内的收藏市场一下子冷清下来，同一件东西，价钱不到前几年的三分之一，就又回国来抄底。"

三环上的车流在缓缓移动着，最拥堵的时刻已经过去了。我把车挂上二挡，等车速稳定下来，我说："祝哥，你不干记者了，就和这件事儿有关吧？"

他说："是，每次我想把这件事写下来，就想起村支书那句'一村老小，还得过日子咧'。况且，我写什么，怎么写，警察都没有证据，我又能去指责谁害死了麦娃？索性不当记者了，也就不用反复纠结了。后来，那个村子连着好几年都再也没出过'九重楼'，客商来得一年比一年少。老支书打电话来，支支吾吾地说村里本来已经上了学的孩子又退学，问我能不能给他们找些别的门路。我当初在他们村里，看到漫山遍野到处长着一种酸枣树，树干虽然细，成不了材，但木头很结实很硬，适合做木雕，就让老支书找上几个学东西快的年轻人，我安排他们到我老家去学木雕。后来，师傅学会了就教徒弟，徒弟再教徒弟，他们那个村子没几年就成了木雕专业村。如今，除了留了几个人看着那棵核桃树，全村都在山下买了地，搬下山来了。行了，前面有个地铁站，你在辅路停一下车吧。"

我答应着，把车开出三环主路停下，老祝跳下了车，我趴在方向盘上，看着他高高瘦瘦的人影在地铁站那黑黢黢的入口隐没进去。

这也是我最后一次见到老祝。

从那之后，北京古玩收藏的圈子里，再也没人见过他。他在潘家园的店铺也盘了出去，变成了一个南红玛瑙店。又过了一阵子，我听说他到贵州的一个山区小学当老师去了。我猜想，他是不想看到乔治胡在北京收藏界里呼风唤雨。在前不久，我又听到一个更惊人的消息，乔治胡在加拿大惹上偷漏税、洗钱、走私等一大堆罪名，被送进了监狱，等待他的，是漫长的三十年刑期。没有意外的话，他将在异国的铁窗下度过余生。而他的全部财产，在交完天价罚款和律师费后，也一文不剩了。

听到这个消息后，我拨通了老祝当初的号码。手机里传来一个温柔甜美的女声，告诉我这个号码已经停机了。

达利画展

渠一杰把手机刚收到的航班信息做好截图，又附上一句"进京参加个短期业务培训"，就发到了高中同学群里。他抬起手腕看看表，下午十六点二十五分。

他估摸着，这会儿正值下班前最无聊的时间，看微信的概率应该不低。再晚些，大多数人就会离开办公室，回家或者奔赴各处的饭局了。

有没有可能，北京的三个同学里，压根儿无人搭理他，或者只是泛泛地说一句找时机聚聚，就再无下文了？

他觉得，这种可能性不大。群里现在是无声无息风平浪静，这三个同学，无论情愿不情愿，都相当于被全班同学观察着。

礼物早买好了，一个是整扇腊猪排，足足有二十五斤。正宗农家腊猪排在当地的价钱就已经到了每斤四十多块，在北京，这价码还不得翻个个儿？另一件呢，则是一只青花小碗，他十年前在本地一家古玩店买的，他曾经拿到省城拍卖公司估过价钱，说算是晚清精品了，要是上拍卖会的话，随便就能卖到上万元。

他已经请楼下土菜馆把腊猪排剖成了三份，准备分别送给三位同学，至于瓷碗给谁，要看哪个同学具体接待他了。

说起腊猪排，还是林开开尚在报社工作时，两人一起下乡时买的。当时，两人在一户农家吃罢了午餐，到周围散了会儿步。他们欣赏完田园风光，却在柴房里看到悬挂在半空的大批腊味，腊肉腊鱼腊肠俱全。林开开当场就怂恿他买些回去。她说："本省腊味驰名全国，这些腊味一看就是地地道道的农村土产，日后用来拉关系再好不过了。"

他摇摇头说："求人办事肯定得真金白银，这种乡野出产，只会让人觉得寒碜。"

林开开说："求认识的人办事，可以上来就真金白银，但更大的可能是在办事时才临时拉关系，那么第一次见面时，你送人钱或者太贵重的东西，对方反而不敢收，这种东西不就派上用场了。"

他当时心里颇不认为自己日后需要求人办事，而且这里腊味的价格也比想象中贵了不少，但当时携佳人出游，心情实在太好，没砍价就买了下来。

平时他和省内的同学聚会时，对相互之间的收入水平、生活方式大体心知肚明，唯独北京三个同学，他们的生活对所有人来说完全是一团迷雾。当然，他们也会在微信朋友圈里晒出某些日常生活的片断，但这只能别人增加对他们生活的好奇。比如，有女同学注意到，宋爽发的内容，一半是各种饮茶方面的知识、美文，另一半内容则完全围绕减肥、美容之类话题，从来没有出现过她生活的任何具体内容。丁耀洋呢，情况和她差不多，基本都是在转发各种学术文章，和他大学教授的身份相当契合。至于卢志阳，发的内容都是自己单位公众号内容，有本地同学在饭局上这样概括，"朋友圈对他来说，就是一个开放式的工作群"，得到了其他人的一致赞同。

除了本硕连读的那七年是在省城度过的，渠一杰毕生生活在昭林这个三线城市。当然，对于一个四十出头的男人，"毕生"这个词儿略显夸张，但实际上，渠一杰就打算在昭林过一辈子了。他知道，能一眼望到头的人生，自然是乏味的，但他觉得，自己实在无力给自己的人生增添太多亮色。

几天前，他和妻子戴岚离婚了，和林开开有关。戴岚当天就收拾好自己的衣物，搬进了单位的宿舍，三天后就找律师拟好了离婚协议给他寄来。协议上开出的条件倒是不差，这套房子是戴岚的婚前财产，自然归她所有。两人结婚十五年来，连存款带股票、基金等各种积蓄，一共两百七十三万，两人平分。至于刚在省城一所寄宿制学校上初一的儿子的抚养权，戴岚更是不肯放弃。戴岚是本市一家国有银行的中层骨干，收入远超在《昭林日报》当文艺部主任的渠一杰，所以，也没管他要一分钱抚养费。

渠一杰看完协议，心里一阵苦笑。里面的内容完全体现了戴岚的风格，干脆利落，快刀斩乱麻，可见她离婚的决心之大。他其实也没指望拿到儿子的抚养权，他承认，儿子跟着戴岚，肯定比跟着自己更好。这份离婚协议来得如此之快，也验证了他另一个由来已久的想法，就是戴岚早看不上他了，只是不愿让离婚打乱了生活轨道，这才一直维持着这段婚姻。

他马上请了一周的年假，本来还打算想方设法劝戴岚回心转意，如今看来这个婚是非离不可了，接下来的几天怎么过，就成了一块挥之不去的心病。这个家他肯定是没脸再待了，只能先搬进集体宿舍。但报社有六七个年轻人住在那里，自己总不能一直在那里待着。他想，不妨去北京过上几天。他一直有一种想法，就是觉得在当今中国，只有北上广的知识分子才算得真正的知识分子，因为这些地方高校林立媒体发达，知识分子的想法可以畅达全国。说起来，他这个地方报纸的文艺部主任在旁人眼中，也可归入知识分子行列，但他知道，只有那种能对公共舆论产生影响的，才算真正的知识分子。否则，只是泛泛的"文化人"。他也就一直知道北上广的知识分子到底是什么样的生活状态。他觉得，只消把某个北上广的知识分子的日常生活弄清楚，就可以以此为模板，把自己代入进去，就可以假设自己也这样度过了一生。

在他认识的人中，唯一一个能达到这种知识分子标准的，就是他的高中同学丁耀洋。此人当初在北京某高校的法学院读了个博士学位后，先是去了南方的一个大学任职，数年间陆续写了几本书，在学界影响不小，渐成该领域青年法学家中的翘楚，后被生生调回了北京的高校。虽然不是清华北大之类，也是堂堂的重点大学。

至于在北京的另两个同学卢志阳和朱爽呢，一个在大型国企当工会干部，一个则搏击商海多年，早就有了自家品牌的连锁茶楼，身家之丰，恐怕早非寻常工薪族所想象。

所以，对于在北京的三个同学，他最希望能接待自己的，当然是丁耀洋。他反复端详着手里这只青花瓷碗，几乎在想象它被安放在丁耀洋书柜上的情形了。

他握着手机回想往事，不知不觉间竟睡着了。他睁开眼后，窗外已是暮色苍茫，星光点点。他赶紧再看手机，自己已经在同学群里被"艾特"了。

宋爽说："欢迎秀才来京指导工作！"

一看时间是二十分钟前，他赶紧回复："山野村夫一枚，进京拜各位的码头！"

宋爽接着问："秀才，在哪儿下榻？"

"秀才"这外号，他高一时就有了。那年期末考试考语文时，他灵机一动竟然用文言文来写作文。结果被语文老师讽刺说"渠一杰，想当秀才啊？想进京赶考中状元吗？"，还被判了个零分。现在宋爽这么问他，他有些犹豫，想了想，说："培训的主办方已经给定了个酒店，还不知道在哪儿。"

宋爽说："到时来我茶楼喝茶。全北京我现在有十五家茶楼了，总有离你住处近的。想喝什么茶，我让水平最高的茶艺师提供服务。"

这时，有同学起哄，掺和进来。

宋爽没搭理这人，继续说，她虽然和丁耀洋、卢志阳同在北京，可相互之间离得远，平时各忙各的，都是只有老同学进京时才有机会聚聚。如今在北京生活压力太大，和老同学喝喝茶聊聊天，比别的什么休闲方式都能减压。

这时，又有同学说："那我们岂不成心理医生了？"

宋爽斩钉截铁地回答："比心理医生管用多了！"

距离他发出即将赴京的信息已经过去两个小时，丁耀洋仍然没有出现。

这时，下班时间早过了，《昭林日报》社所在的三层小楼，基本只剩这里还有灯光了。他心思不定地拉熄了灯，走出了报社。因为没胃口，他在一个个饭店门口走过，空着肚子回到了家。他面对空荡荡的客厅、卧室、厨房，有点不知所措。他没心思看书看电视，随手把手机扔在沙发上，在黑暗里望着客厅角落那个小书柜里的烫金书脊。在这个家里，他是有一间书房的，各种文史哲类书籍早就装满了里面的三个大书柜。但戴岚也有些金融类、经管类的书要放，他一向把书房视为自留地，实在太不情愿把这些书装进自己的书柜里。他想来想去，想出个主意，给戴岚说要不在客厅里也摆个小型书柜，一来放些常用的书，找起来方便；二来有客人来时，显得家里有品位。

他正愣神儿，终于，丁耀洋在群里出现了。他的邀请非常直接——

"秀才，把酒店退了，来我家住！"

紧接着是一条语音。丁耀洋说："老婆去外地出差了，这段时间都是自己一人在家，秀才，你现在来北京太好了，两人正好能好好聊聊。"

渠一杰笑了，这基本上比最理想的结果还完美了。他本来想的是，丁耀洋在他家附近给自己找家酒店，他呢，会去丁家做客，一周的时间里，能去好几次，这样的话，对丁耀洋的日常状态也就能有个大致的了解了。如果住得离他家远，可能只在一起吃顿饭而已，也就谈不上观察他的生活了。

他斟酌了一下，既要稍加谦让，又不能让丁耀洋对自己的谦让信以为真，就说："我哪里敢打扰大法学家的休息啊？"

丁耀洋发出来一个用铁锤敲打脑袋的图案，说："你损我？我这就打电话让钟点工打扫客房。"

渠一杰笑了笑，说那我就只好恭敬不如从命了。

"对了，带上驾照，我这儿还有辆车，这几天你正好可以开。"

渠一杰发了个拱手道谢的表情，也就退出微信下线了。这段对话过程中，始终是他们两个人在你一言我一语，但谁都知道，这个有三十五个成员的群里，肯定有一大堆同学在沉默地观看着。

住到丁耀洋家的事儿敲定了，渠一杰的食欲也一下子回来了。他从沙发上站起来，一下子就觉得饥肠辘辘。他刚从冰箱深处找出一包速冻水饺，刚烧开了水要下饺子，手机又响了。

卢志阳终于出现了："今天这破会，无非就是筹备着给集团各个下属企业的未婚大龄青年准备个集体相亲的舞会，还真弄得跟个事儿似的，手机都不让带进会议室，工会主席一讲讲了两个钟头，这不耽误事儿吗！秀才，对不住啊，来北京后我好好给你赔罪！"

语气听起来很愤怒，屏幕后面似乎有一张气得通红的脸。渠一杰看看时间，已经二十二点一刻了，说了句"卢兄公务繁忙，早点休息，后天北京见"，就放下了手机。

接下来的一整天，渠一杰都在忙于收拾东西，他把自己的书籍、衣物，整理进两个大纸箱子，送进了单位宿舍。给领导请年假时，他已经支支吾吾把离婚的事儿说了，领导叹口气，也没多问，让他去找报社办公室主任，给他腾出一间集体宿舍。这间宿舍他进去看了看，恰好位于林开开当初宿舍的隔壁。他没打算在这里长住，只是坐在光秃秃硬邦邦的床板上，想象着林开开当初如何在外面走廊上走过，不由得又落下几滴清泪。伤心了一会儿，他又有些庆幸，幸好定下了去北京的行程，否则接下来的几天简直如汪洋大海般无边无沿，如果一直困在这间宿舍里，自己非得疯掉不可。

晚上，渠一杰回到家里睡了一觉，第二天一大清早先从昭林来到省城，从省城机场起飞，来到了北京。他因为电话、微信什么的，都已被戴岚拉黑，出门前只好给戴岚发了条邮件，说自己的东西都收拾完了，把房子完完整整地还给她。五天后回到昭林，届时随时可去民政局办理离婚。至于财产怎么分，他重回单身汉行列，用不着那么多钱，两人的财产还是都留给戴岚了。

航班在北京落到时，已是黄昏时分。宋爽派了个茶艺师来接他，把他接到了一间茶楼。这茶楼位于一栋高档写字楼里，正门面向停车场和车流不息的三环路，侧门位于写字楼的大堂。茶艺师把他带进包间，里面早摆好了一桌子的各种干果。他简单洗漱了一番，就安坐下来，看茶艺师慢慢摆弄着那堆普洱茶的茶具。

很快，硼砂玻璃壶里的水烧开了，茶艺师把一只小茶盅递到他手里，他刚喝了三轮，门开了，一男一女走了进来。虽然已经多年没见，但他还是一眼就认出了宋爽和卢志阳。

宋爽读高中时是班里的体育委员，擅打排球，高中其实只上了两年，就特招进了省体校。她始终没能进专业队，毕业后和大学时的男友——一个网球运动员来到北京发展。后来，男友进了一家网球俱乐部当陪练，后又去了加拿大。她则独自在北京一路摔打，始终没结婚。

得益于早年的运动员生涯和没生育过，她的体态并不像大多数中年女老板那么丰腴，穿着一身宝蓝色旗袍丝毫不见臃肿，头发紧紧地在脑后梳成一个圆髻，一张鸭蛋脸更显得光润透白。

她右手小指上戴着一只翡翠戒指，林开开教过他，这代表着"单身贵族"。

卢志阳则是典型的都市中年男性打扮，身穿藏青色休闲薄西装、咖啡色休闲裤，脸上浮着一层润泽的红光，只是因为脸型过于饱满，挤得眼皮有些浮肿，眼睛也颇为细小了。

渠一杰站起来，先和卢志阳拥抱一下，轮到宋爽时，他正稍一犹豫，宋爽却把他抱住了，伸手拍了拍他的肩胛骨处。她的香水味道钻进他的鼻孔，颈后的发丝在他脸上轻轻拂动着。他也伸手轻轻放在她腰后拍了两下。

卢志阳微笑着看着他们拥抱又分开，说："走，我在湘王府定了包间，咱们去那儿等丁耀洋。"

宋爽白了他一眼，说："都到我这儿了，还轮得到你？"

卢志阳说："让秀才水饱的任务你已经完成了，现在该轮到我让他酒足饭饱了，走吧。"

宋爽说："告诉你们个商业秘密吧，我每间茶楼里，都有两三间餐室。她说，很多客人喝了一会儿茶，往往还会一起找地方吃饭。为了留住这个客源，自己就决定在茶楼里加开餐室。当然，餐室只对重要顾客开放。人的心理就是这样，要是知道我们这儿也能吃饭，喝茶时肯定就觉得有油烟味儿。我这儿的主业毕竟还是在茶上面，餐室的事儿，可不能让太多人知道。"

卢志阳说："那你怎么保证喝茶的客人闻不见油烟味儿，听不见喝酒吃菜的声音？"

宋爽说："当然能保证了，厨房到外面有好几层门，一星半点的油烟都出不来，上菜时，每道菜都装在密封的保温桶里，外面再用藤编的提篮装上，就算被人看到，也不知道这里面装的是菜。至于餐室，用的都是专门的隔音门，里面的动静，外面一点儿听不到。"

卢志阳说："那万一有人喝多了，闹事闹出餐室来怎么办？"

宋爽说："这事儿要出，谁都没办法，好在等人喝多了，一般都已经很晚了，喝茶的客人早就走了。反正餐室至今运转正常，没出过这种糟心事儿。"

三人到了餐室刚落座，宋爽手机响了。她低头一看，说："丁耀洋说他学校里的事儿还没处理完，让咱们先吃。秀才，他让我代他赔罪，说他一办完事儿，马上快速赶到。"

卢志阳摇摇头："真是大忙人，这么晚还上课。"

服务员要把菜谱递给宋爽，宋爽摇摇头不接，转身对着两个同学说："这儿什么菜好我最了解，就听我的。酒呢，你们俩茅台，我喝红酒。"说着，她给服务员说了几个菜名。

渠一杰赶紧说："别那么复杂，我也喝红酒吧，这么多年，酒精过敏这毛病就是改不过来，白酒可不敢碰。"

卢志阳也点点头，说如今饭局都是白酒，实在怕了，今天是老友重逢，喝点红酒助兴就行了。

菜上得极快，三个人边吃边聊，时间渐渐到了二十二点。宋爽让服务员把菜撤了，重新端上了茶。大红描金的桌布也换成一条豆青色的，吊灯也关了，只留了吊顶周围的那一溜氛围灯和墙上的壁灯。光线这一变柔和，房间里氛围也变得清爽安静。本来还进来个茶艺师，宋爽说："今儿都是老同学，我自己来吧。你们都下班吧，光在前台留个人就行。"

随着房门外一阵轻微的脚步声渐渐消失，房间里更安静了。三人喝了一会儿茶，宋爽说："老卢，不早了，你又忙了一天，你那儿不是天天坐班吗，要不你先回去歇着吧。"

卢志阳摇摇头，说："和你们这么叙叙旧，把单位那些破事儿忘个一干二净，比桑拿洗脚什么的，都舒坦多了。"接着，他马上又提起当年的一件趣事，几个人都笑了起来。

终于，宋爽的手机铃声又响了，她低头看了看，说："老丁开车过来了，这个点儿不会再堵车了，从西北四环到东三环，大概二十分钟就能到。"

渠一杰说："老卢，老丁这就来了，你早点回去吧，我这次来不是得待上几天吗，咱们找时机再聚。"

"我倒是不急——行，秀才，过两天我再约你。"说着，卢志阳瞥了眼正端坐着的渠一杰和宋爽，拿起手包出去了。

宋爽送他出门后又回到房间，说："秀才，再喝一杯，这种老班章，要到第五泡开始才出味儿。"

渠一杰接过杯子，喝了一口，轻轻赞叹着好喝。宋爽朝刚才卢志阳的座位努努嘴，说："你知道他一直在这儿待着，是什么心思吗？"

渠一杰有点发愣，不明白她为何有此一问。

"还不是想等丁耀洋把你接走后，这里就剩他一人？"

渠一杰心里一震，过了几秒钟，才说："卢志阳他不至于吧？"

宋爽轻轻转动着杯子，盯着杯底一直看着，说："男人的这点心思，我要是还看不出来，这些年不白混了？"

房间里气氛有些尴尬，幸好这时前台把丁耀洋领了进来。他一进门就说："托秀才的福，来这儿讨杯好茶喝。"

"想来就来，说的好像我怕你上门喝白茶似的。"宋爽说着起身给他倒了杯老班章。丁耀洋接过茶杯，先用另一只手解开领带和衬衫扣子，这才喝了一口，闭着眼缓缓咽下后，又长长出了一口气，这才说："半条命回来了。"

宋爽说："我们都喝得差不多了，剩下的都是你的。"

丁耀洋又喝了一口，放下空杯，说："今天来得晚，是因为有博士生答辩，先是自己的博士生，再就是别的老师的，两场答辩都不太顺利，从下午两点一直折腾到了晚上八点。"

喝了几杯茶，丁耀洋说明天还有课，帮渠一杰把行李放进他那辆宝马越野车，两人就离开了。夜太深了，车子一路畅通，很快开进丁耀洋供职的大学，在一座座古色古香的建筑当中穿行着。丁耀洋一一给他介绍，这里是图书馆，这里是文学院，远处新盖的十五层大楼是法学院和金融学院。校园里还有一处不小的人工湖，湖面方方正正，已经有星星点点的睡莲花苞挺出了水面。

渠一杰说："你们学校真漂亮。"丁耀洋微笑不语，稳稳地握着方向盘，把车开进了教职工宿舍区。

丁耀洋家在一栋高层板楼上。进了门，他按了下墙上的开关，房子里的灯全亮了。客厅面积将近三十平方米，足足装了六种灯，玄关处有脚灯和吸顶灯，吊顶中心是吊灯，边沿处是一圈淡蓝色的氛围灯，沙发旁还有一人高的落地灯，就连八十英寸的液晶电视两侧，也各有一盏探头探脑的壁灯。

"这房子装修得真漂亮。"渠一杰啧啧赞叹。丁耀洋摊开双手，说："房子简简单单干干净净多好，老婆非要弄得跟盘丝洞似的，自己也没办法。"他接着带渠一杰参观，先把客房指给他，又让他看了看两间书房。这两间书房面积差不多，一间异常整洁，书柜里的书摆放得如同仪仗队一般，书桌上除了电脑显示器和鼠标别无他物；另一间则颇为凌乱，书桌上横七竖八摆满了书，笔记本电脑打开着，烟灰缸里已经满是烟蒂，书柜里的书也摆放得参差不齐。

丁耀洋打开冰箱拿出一瓶果汁递给他，说："怕影响你睡觉，就不给你沏茶了。"接着把车钥匙递给他，说："刚才那辆车，我接下来几天都用不着，你随便开。你有衣服要洗的话，扔在你床上就行，每天下午会有小时工来。接着从兜里拿出一张卡片，说这学校是封闭式管理，这是门禁卡，有了这个卡就能自由出入了。"

渠一杰又说自己多打扰了，丁耀洋说："自己老婆陈芮是读研时的同学，早就通过律考了，但她对当律师当大学老师都没兴趣。她如今同时在十多家律考培训机构当授课老师，全国各地到处跑，这次是去海南一个培训班讲课，要两周后才回来。"

"你来得太是时候了，正好给房子添点人气儿。"他最后说。

渠一杰洗完澡，从行李箱里取出睡衣换上，接着拿出那只瓷碗，走出卧室。丁耀洋不在客厅，也不在卫生间和卧室。渠一杰正有些纳闷儿，却隐隐听到一阵鼾声。他轻轻推开身后书房的房门，只见丁耀洋穿着睡衣斜坐在高背椅上，膝盖上放着本书，已经睡着了。

他把瓷碗放到书桌上，轻轻回到自己的房间。

来到北京的第二天。

渠一杰起床时，丁耀洋已经离开了。他刚打开手机就接到一条微信，是丁耀洋发来的，说自己上午有课，那只小碗非常喜欢，今晚将略备家宴给他接风。他回复了一句"多谢"，就站在窗前眺望周围的风景。他往下一望，发现这片宿舍楼南面是掩映于绿树丛中的校园，如今已经过了上课时间，校园里颇为安静，只有寥寥几个学生在骑车或者步行。楼后面则是一条颇为狭窄的小街，街两侧布满了各式各样的小店，人流在胡同里穿梭着，制造出一片嘈杂的声音。他想，仅仅一道院门，就把两个截然不同的世界清清楚楚地分开了。

他从行李箱里拿出昨天路上吃剩的面包当早餐。他一边嚼着面包，一边看了看丁耀洋家的书房。丁耀洋的书房以法律类学术著作为主；陈芮的书房呢，基本都是司法考试辅导教材，偶尔有几本通俗些的，都是成功学或者演讲技巧之类。

他慢慢琢磨着今天该如何安排，眼睛则在无意中打量着外面那条街。忽然，他想这样的街上一定有花店。于是他下了楼，开着丁耀洋的车往外走，到了院门口，摄像头拍到车牌号码，栏杆自动升起。他沿着街边开了一百多米，就看到路边有家花店，门口几只塑料水桶里满满当当地盛着一束束玫瑰、满天星、百合等各种花卉。这个店看起来档次普通，但他也不知道哪里有更好的店，只好靠边停好车，走了进去。店内没开灯，四处都很昏暗，他只得朝半空中问："老板，家里炒菜，客厅里老有油烟味儿，该放点什么植物吸味儿？"

在暗处飘出一个声音，说："门口墙边的银皇后，马蹄莲，都行。"渠一杰顺着声音看过去，只见说话的是个二十出头的小姑娘，正坐在墙角一大盆一人多高的散尾葵后面看手机。她懒得抬头，只是胡乱朝门口一指。

渠一杰低头看了看，显然是正开着白花，叶片看起来也颇为精致的马蹄莲，而不是咋咋呼呼长满了宽大叶片的银皇后更适合茶楼的氛围。"十盆马蹄莲。"他说。

这个数字显然让这个店主有些吃惊。她从手机上抬起头，说："现在没这么多，得从别处调货。"这回渠一杰看清楚了，这个女孩五官都端正，相貌还不错，只是眉眼间还是不脱土气。

他问："多长时间能到？"

女孩眨眨眼，说："半小时内准能到，你放心。"渠一杰点点头，女孩说："你开车来的吧，现在有三盆马蹄莲，我先帮你把这些抬上车。"

渠一杰哈哈一笑，说："你是怕我反悔吧？"

女孩说："谁怕你反悔，你爱要不要，我又不是卖不出去。"话虽这么说，女孩仍然把手机往裤兜里一揣，一手一只拎起花盆，快步放在宝马车的后备厢里。

"先把十盆的钱交了吧。"女孩朝他伸出手机，亮出收款码。渠一杰扫码把钱转给她，女孩说："你稍微等会儿吧，剩下的马蹄莲一会儿就送到。"她说完就重新坐回原来的位置，又玩起了手机。

"你是哪儿的人？"渠一杰在店里打量了一圈，有些无聊，就又问那个女孩。

"福建。"女孩快速回答着。

"福建哪儿？"

"三明。"女孩抬头警惕地看了他一眼。

看得出，如果不是他买了十盆马蹄莲，她不会告诉他这些的。

"你来北京几年了？"

女孩伸出五根手指，朝他扬了扬。

"你自己一个人在北京？"

"不是，还有个姐。"

"你姐在北京干什么？"

"上大学，就在这个学校里。"女孩朝大学的方向努努嘴。

这回轮到他吃惊了。

女孩看到他的表情，说："本来她考上大学了，自己来上不就行了，我妈硬是让我也来，说不放心。真没见过姐姐上个大学还非得要妹妹陪。有什么办法呢，我家就供得起一个人读书，她读书又比我读得好。来北京头一年呢，我人生地不熟的，压根儿找不到什么像样的工作，只好和她挤一张床上。后来她上了大二，她们宿舍有个女孩出国了，我就在她床上睡。刚来北京那两年，什么挣钱多我干什么，端过盘子，洗过车，在超市里促销，帮有钱人遛狗，至少干过二十多个工种，可没有哪份工作能干到三个月。后来可算攒了点钱，才开了这个花店。"

渠一杰略一琢磨，说："你要是五年前来的北京，那你姐姐不是早就大学毕业了吗？"

"是啊，去年就大学毕业了，可她上学上出瘾来了，现在又读研究生了。唯一的好处是她能当家教，挣点钱了。"

他点点头，说："那你们姐妹，算是在北京落下脚了。"

"那倒是，这个花店虽然挣不了几个钱，总比在老家种地强。"女孩有些得意地说。

十盆马蹄莲把宝马车的后备厢装得满满当当。等渠一杰坐到方向盘前，这才想起来，根本不知道昨天那个茶楼究竟在哪里。他赶紧打开手机，一搜，果然，春明茶楼在全市一共有十五家连锁店。他忽然想起昨天在那个茶艺师的车上，看到过一个叫作"三元桥"的立交桥。当时，车在这个桥下经过后，很快就到了目的地。他拿着手机跳下车，对花店里那个女孩说：

"能帮个忙吗，帮我找找三元桥在哪儿。"

女孩瞪大眼看着他，说："你不知道三元桥在哪儿？"

他不好意思地点点头，说："我刚到北京，路不熟。"

"这就是三元桥。"女孩指了指他手机上的某个位置，他低头一看，果然，这十五家春明茶楼里，的确有家店在三元桥旁边。

他按照手机导航的路线开车赶去，到了目的地后看看周围环境，这才确信这的确是他昨晚来过的地方。他进了茶楼，只见里面一片昏暗，只能影影绰绰看到八九个人正围在一起吃饭。每人手里端着各自的饭盆，面前是两只装满了菜的不锈钢盆。

他刚从阳光充足的室外走进来，一时看不清这里的环境，正愣在原地不知该说些什么，只听一声"秀才——"，人堆里就站起一个人。

他的眼睛终于适应了面前的昏暗，发现眼前的宋爽，和昨晚仿佛换了一个人。昨天整齐的脑后圆髻不见了，头发乱糟糟地披在肩上，眼眉周围松松垮垮，看得出刚刚起床。那一身睡衣更是说明昨晚她就睡在了这里。

渠一杰知道这种状态绝不是宋爽希望别人看到的，赶紧说："我买了点马蹄莲，吸油烟味儿挺管用的，就在我车上。"说完就转身走了出去。

宋爽带着几个服务员把马蹄莲搬下车，又把渠一杰带进了一间茶室。

茶艺师倒好了茶，很快就关门出去了。两人起初都没说话，宋爽摸出烟盒和打火机，夹出一支烟刚要递给他，手在半路停住了，她说："忘了，你不抽烟。"

她给自己点了烟，慢慢吐出一个烟圈，眼睛透过冉冉上升的烟圈望着渠一杰，说："怎么样，没想到吧。"

渠一杰用力微笑一下，说："女的抽烟，挺正常啊，据说能减肥。"

宋爽说："我说的不是这个。"

他不知道该说什么，宋爽笑了笑，说："好了，不难为你这个秀才了。实话告诉你吧，你们眼里的那个女强人、女富豪、女大款，都是假的。"

宋爽告诉他，自己的确曾经拥有过很多间茶楼，散布于北京城的各处，可是，这几年茶楼生意一落千丈，她不得不把茶楼交给别人经营。

"每个店，平均每月房租就是三万，三个茶艺师、四个服务员、一个出纳，工资加到一块儿，又是四五万，水、电、茶，每月也要一两万，也就是说，每个店要维持，光本钱就是十万。十五个店，一个月就要往外掏一百五十万。我有多少老本，能禁得起这么坐吃山空地耗？我咬牙扛了两年，实在扛不住了，我把两套商品房也都卖了，可也填不满这个窟窿。那一阵子，我整天睡不着觉，成把成把地掉头发，最后实在没辙了，只好把茶楼转租出去。新的租户不用给我一分钱，光替我交房租就行。各个茶楼里存着的茶叶，我也都白送。唯一的条件，就是别解雇人。那十四家茶楼，都是这个模式。人家虽然还叫春明茶楼，我知道，拿茶楼做什么的都有。我想管，谁听我的？这家茶楼，幸好当初我资金最充裕时，把产权买了下来，现在想想都后怕！不怕你笑话，如今我都恨不能抱着房本睡觉。说起来呢，这座茶楼，连家具、茶叶，还能值个一千多万。但我就这一千多万啊！没有老公，没有孩子，没有积蓄，就这一千多万！那句话怎么说来着？对了，穷得只剩下钱了，说的就是我！唉，来到北京拼了十八年，如今一切都归零了。尽管这样，我还必须在朋友圈里，在同学的群里，一遍遍发茶楼的照片，发各种养生保健的知识，让你们继续觉得我还是一个富婆，既有钱，又有闲，生活品质一流。"

渠一杰说："看卢志阳在朋友圈发的内容，他好像挺忙的，负责的事儿挺多，你们可以合作啊。"

宋爽冷笑一声，说："你说的这些，咱们这位老同学早想到了。有一次他来找我，说他们领导单独找他，让他物色一处安全干净的地方，用来见朋友、谈事情，这个地方选在哪里，还有每次开销的费用，全是他一句话、一支笔。说到这里他就不说了，似笑非笑地看着我。我知道他想要什么，你猜，我给没给他？"

"这小子，他怎么变成这样？太过分了。"渠一杰喃喃说道。

宋爽摇摇头，仿佛要把这些不愉快的念头从脑子里赶出去。她双手抱着肩膀，看着渠一杰用力笑了一下，说："好了，不说我了，说说你吧。"

"我还有什么可说的，穷酸文人一个。"

"我没猜错的话，你也正处于婚姻危机吧。"

"你猜得真准。"渠一杰苦笑。

"这种事，男人永远比不过女人。女人凭感觉就明白的事儿，对男人来说，没有证据就不信。好吧，快到中午了，时间差不多了，刚才有个大客户说要来，我得到门口迎客了。"

渠一杰起身告辞，却被宋爽一把按下，说："你别急，吃过饭再走。"说着拿起手机，安排了两样小菜就离开了。

渠一杰只得在这里吃了午饭。吃完饭，他又喝了杯茶，没再去打扰宋爽，从侧门穿过写字楼大堂，进了停车场。他刚钻进宝马车，一抬头，远远望见了春明茶楼的门脸。这时，宋爽已经出现在那里，身后还有两个服务员。她已经换上昨晚那件宝蓝色旗袍，满脸漾着成熟女性特有的温润笑意。

渠一杰叹了口气，觉得简直没办法把她和刚才那个眼袋黝黑睡衣松垮的女人联系起来。

宝马车开上了北京的三环路，烈日和路边那些高大建筑物硬朗的表面反光让他睁不开眼。去哪儿呢，他漫无目的地想着。既然是读书人，来到北京岂有不去北京的书店之理？他想起自己小时候，有的同学因为父亲经常出差，动不动就能拿出一本小人书，说是在北京王府井书店买的。对，就去王府井书店！他打开手机的导航，一路听着语音提示，到了王府井。此时并非高峰时段，路上并不拥堵，只花了半个多小时就到了，可找停车位就用了近一个小时。进了书店，他发现他最喜欢的文学类和社会科学类书架前，根本没几个人，倒是儿童类和考试类书架前挤满了人。

显然，这是只有游客才会来的地方，北京的读书人，不会来这种书店的。他找了个安静的角落坐下，打开手机，发微信问自己的一个作者，北京都有什么品位比较高的书店。这作者在昭林开了家书吧，主业卖咖啡、奶茶之类，副业是卖书，经常写些散文投稿给渠一杰。他很快回复说，来北京的外地人一般去王府井书店、西单图书大厦，北京本地的读书人如果去实体店买书，去三联书店和万圣书园比较多。

他还说，这两个书店地理位置都不错，前者靠近中国美术馆，后者紧邻清华大学。

中国美术馆，清华大学！在渠一杰心目里，这绝对是两个神圣的名字。他谢过这作者，马上回到停车场，重新确定了目的地，驾车往中国美术馆赶去。中国美术馆就在王府井北侧不远，过了三个十字路口就到了。渠一杰在车上远远望见中国美术馆的飞檐斗拱，心里好一阵激动。

这天同时有三个展览在进行，一个是全国美术类专业院校毕业生优秀作品联展，一个是西班牙超现实主义画家达利作品全球巡展，另外一个则是一位名气不大的国画家的山水画展。

当然要看达利画展！达利，这可是上个世纪美术史上大名鼎鼎的人物，渠一杰虽然对美术很外行，但达利的名字还是知道的。停好车，他毫不犹豫地买了票进门。

三个小时后，渠一杰逛完了这里的三个展览，又到马路对面的三联书店看了看。北京的读书氛围的确比昭林强多了，昭林总共两个书店，面积都不大，他早就逛得对哪本书在什么位置都一清二楚。而这家书店呢，面前的几个展台上各种新书摆得密密麻麻，后面成排成片的书架上更是摆满了书。他长吸一口气，就像跳水运动员一样跳进书的海洋，迫不及待地看起书来。等到他买了两本书出来，有一对大学生情侣和他擦身而过，快步进了书店。他听他们说，买完书还要去往南面一站地的首都剧院，去看北京人艺的话剧，虽然票早就脱销了，但去得早的话，还有可能从黄牛党手里买到票。

原来北京人艺也在附近！他拿出手机确认了一下，不由得连连摇头，心想早知道就推掉丁耀洋的邀请去看话剧了。等他驾车返回时，冷不防一头扎进北京的晚高峰堵车大军中。从美术馆所在的宽街一带到丁耀洋家所在的学院桥，一路上都是北京最拥堵的明星路段。十公里左右的路程，足足苦挨了一个半小时。其中的一个路口，红绿灯已经变了三回，他的车也只不过往前挪到了几个车位。他正坐在方向盘后百无聊赖地四处张望，忽然看到路边一处书报亭里，一份财经类杂志的封面就是丁耀洋的大幅彩照。他赶紧靠路边停下车，买了一本杂志。他看了目录才明白，这份杂志里面有篇关于丁耀洋的采访。拿着杂志往车里走时，他想起自己生活的三线城市昭林，全城各处书报亭不超过五家，报刊的品种连这里的十分之一都不到。

回到丁耀洋家，他刚推开门，就听到厨房里传出一阵炒菜的声音。

"你来得正好，尝尝我的手艺。"腰里系着围裙的丁耀洋从厨房探出头来说。渠一杰走进去一看，只见煎盘上正平铺着一块巴掌大小的牛肉，上面满是雪白细密的脂肪花纹。他虽然对烹饪没什么兴趣，但也看得出这块牛肉品质不凡。

"一看就是好东西。"他说。

丁耀洋小心翼翼地把牛肉翻了个个儿，说："五年前我去美国哥伦比亚大学当访问学者，隔壁住着个日本学者。他是北海道大学的教授，自己有一大片牧场，牛，羊，马，长毛兔，都养。他每年都给我寄牛肉。这是今天刚到的，他说这牛是昨天上午才宰的，咱们一起尝尝。"

"大法学家亲自下厨，我今天真有口福。"

"我本来想拿到学校食堂，让那儿的师傅给处理一下，可食堂今天让信息学院包了，说是全院的毕业生今天吃散伙饭，所有的师傅都忙着给他们炒菜，这牛肉只好回来自己弄了。你进去喝口水，马上就好了。"

渠一杰把手里的杂志给丁耀洋亮了出来，说："上面有你的访谈，摊主说今天新到的，堵车时我已经看完了，你说得真好。你谈的这件事，在网上已经热了好几个月了吧，我见到的文章也不少了，都没你这篇分析得到位。"他说得很热烈，可丁耀洋看了杂志一眼，却没再说什么。

牛排煎好了，丁耀洋又用微波炉热好从食堂小灶买回来的米饭和一荤一素两道炒菜。两人边吃边聊学生时代的事儿，一个小时很快就过去了。吃罢晚饭，渠一杰抢先把餐具堆到一起，抱进了厨房。

丁耀洋在他身后说："一杰，你不用忙，明天等钟点工来洗就行。"渠一杰犹豫了一下，放下餐具走了出来。

丁耀洋坐在沙发上，指着茶几上的杂志，说："这篇采访，其实我今天白天就已经看到了。"

渠一杰说："是杂志社给你寄的？效率真高。"

丁耀洋苦笑着摇摇头，说："是分管法学院的副校长把我叫到办公室，让我看的。领导说，我不该随意就社会热点事件接受媒体采访。"

渠一杰有些惊讶，说："学校连这个也管？"

丁耀洋没有正面回答他，说："这个我倒是早就猜到了。但无论如何，这么受关注的事件，我们这些研究法律的，应该说说专业的意见。我也未见得水平比旁人高多少，只是觉得自己好歹算个知识分子，有了想法不吐不快罢了。这篇访谈一发出去，今天这一天，我这手机就没消停过，国内的、国外的各种媒体，纷纷要求采访，我只好关机，才能清净些。"

"那，这件事对你有什么影响吗？"

丁耀洋点点头，说："我可能要被调去当图书馆副馆长。"

"你不在法学院了？"

"还可以在法学院上课带研究生，但在人事关系上的确不在了。级别上能升半个格，算是学校的中层干部了。"

"那不是好事儿吗？"

丁耀洋重重"哼"了一声，说："好什么？这是被打入冷宫了。我在法学院当教研室主任，法学院的学生上我这个教研室负责的几门课，无论是本科生还是研究生，都要由我安排哪个老师教。这些老师，个个都喜欢给研究生上课，因为可以把自己正做着的课题、正写的论文拿到课堂上讨论，当然轻松多了，说不定还能给论文找到新思路。而且，当我从学校拿到了研究课题，往下分研究任务时，哪个老师能参加这个课题组，可以由我决定。从前一个课题结项时，经费报销还挺麻烦的，现在有正式发票就能报销。更重要的是，对于一个大学老师，参与过哪些国家社科基金项目之类课题，对于提升自己在学术界的地位，增加评职称时的砝码，都是至关重要的。所以，大学老师都想参加到课题组里。而图书馆副馆长呢，完全是个虚职。"

"哦，法学院的教研室主任，的确比图书馆副馆长要重要多了。"

"就因为重要，这个位置不知道被多少人惦记着。当初和我竞争的那个老师，曾经派他的博士生在学术网站上匿名发帖说我抄袭，哼，还以为我不知道。"

"既然是匿名，你是怎么……"

"那还不简单，你随便到中关村那几个电脑城的地下一层二层一看，到处都是做这种偏门生意的。我花了三百块钱，就查到了这个帖子就是在法学院的电脑机房里发的，我按照帖子上的发帖时间，调出机房的视频录像，马上就查出是谁了。还记得前几天我说因为博士生答辩，一直忙到很晚吗？当时答辩会上就有这个博士生。我当场找出了他论文中的几个错。当时我这么一问，马上有别的老师也跟着我，问了这个博士生几个问题，他一看情况不对，就慌了。我就说这个同学再准备一下吧，另行找时间答辩。到了第二天，他专门找到我，还没等我问，就把发帖的事儿说了。我告诉他说，你说的这些，我一点儿不感兴趣，你如果觉得这件事儿自己办错了，就写封信，把事情的经过都写上，还要署上真实姓名，写完后就寄给校学术委员会。"

"他愿意去揭发自己导师？"

"当然不愿意，可和无法按时毕业，拿不到学位证毕业证相比，这个选择也就不难做出了。我听说他已经和南方一个省会城市里的政法学院联系好，毕业后去那里当老师。他肯定不会放弃这个机会。更何况他的确是在诬陷，我又不是栽赃陷害，他也就不用太纠结了。"

"学校如果调查这件事儿的话，会不会影响他毕业？"

"那倒不会。是不是要启动这项调查，需要校学术委员会先开会，再报给校长办公会来定，光走这套程序就得一个月。调查也至少需要两个月的时间，到时他早远走高飞了。"

"那，这事儿也就不了了之了？"

"应该是，不过，我给这个博士生说了，要私下里把这件事告诉他导师的另外几个学生，让他们知道自己导师到底是什么样人。其实，他的学生觉得他是什么人，我丝毫不关心。但我需要让他们明白，别给他当枪使。"

"哦"，渠一杰不再说了。

丁耀洋瞟了他一眼，说："怎么样，像间谍电影似的吧？他那么削尖脑袋想当这个教研室主任，还不是这个位置有足够的含金量？可图书馆副馆长呢，唉，工资倒是能增加点，三百来块钱吧。"

"你影响那么大，绝对算学术权威了，学校方面应该不敢轻易调动你吧？"

"我这个层次的教授，这学校里二三十个，有什么敢不敢的？而且把我调到图书馆去，行政级别上毕竟是提了半级，对舆论完全说得过去。"

"那你怎么办？真的去图书馆？"

"还能怎么办？"他在烟灰缸里按灭了烟蒂，说，"我还有篇论文要赶出来，学报编辑这两天一个劲儿催。你自己随意，我到书房里去了。"

渠一杰回到房间里，又把丁耀洋的访谈看了一遍。他边看边想，自己虽然不是新闻版的编辑，但自家《昭林日报》的尺度他是非常清楚的，这样的文章，在《昭林日报》是绝对发不出来的。他觉得，这次来北京的确是来对了，住在丁耀洋家里也住对了，自己真的亲眼看到了北京知识分子的状态。就凭第一时间看到这篇丁耀洋的访谈，这次北京之行就值了。如果自己不来北京，对于丁耀洋仗义执言这事儿，充其量也就是从网上知道一些模糊的信息。

来到北京的第三天。

早上，渠一杰拿着丁耀洋的餐卡来到食堂，买好了早餐。

坐定后，他刚咬了一口油条，手机响了。

是宋爽发来的微信，只有一行字：我打算接受卢志阳的条件。他吓了一跳，塞在嘴里的油条都忘了嚼。他正琢磨如何回复，宋爽的电话已经拨了过来。

"收到微信了吗？"宋爽问。

他趁着嘴里有油条，含含糊糊答应着。

"今天你不忙的话，能给我帮个忙吗？"

"行。"

"好，我现在就在丁耀洋他们学校南门这里，你能过来吗？"

"行，我这就到。"

他站起身来，快步走到了南门。只见宋爽一身休闲装束，穿着白色小翻领无袖衫、明黄色七分裤，脚上是一双乳白色凉鞋，手里捏着一副很时尚的太阳镜，正靠在去机场接他的那辆车上，百无聊赖地朝四周打量着。他想，来到北京后，这是第三次见到宋爽了，她每次的着装风格都截然不同。

"你能陪我去一次圆明园吧？"她一看见渠一杰，马上迎上去说。

这天是工作日，距离暑假还有一段时间，再加上上午本来游人就少，整个圆明园公园里都冷冷清清的，各处小径上更是基本没有人影，非常安静，只是偶尔有些知了在有气无力地叫着。

两人在来时的车上，还断断续续地聊着，自从两人进了公园，宋爽回头朝渠一杰甩下一句："走，我带你看个地方。"就一声不吭地往前快步走着。渠一杰只得在后面紧跟着。两人走进公园已经很深了，他正要问她到底是怎么回事，发现两人已经来到一条小径的尽头。宋爽站在那里，面无表情地望着面前的景物。

出现在他们面前的，是一个面积不小的湖。湖水里看来也散乱种了些荷花，因为这里比较偏僻，比起市区，温度还要低上那么五六度，湖面上只有些巴掌大小的荷叶和细嫩的梗子，连个像样的花骨朵都没有。

"看见那个岛了吗？"宋爽目视前方，平静地说。

"真奇怪，这里怎么会有个岛？"渠一杰看过去，只见湖面上的确有处小岛，岛上植被密集，布满了杂乱的树木，树后隐约有几处简陋的房子。有的树枝上还挂着些床单、衣物，隐隐还有些吵骂声从房子里传出来。

宋爽说："这是视觉的原因，其实这不是个岛，后面是有条土路和外面通着的。"

"哦"，渠一杰答应着，不明白她为什么带自己来看这个地方。

宋爽继续说："我知道这些，是因为我在这里住过两年。"

"你在这儿住过？"

"你们还在上大学时，我和皮勇廷，那时的男友，就从省体校，现在改名叫省体育学院毕业了。学校不管分配工作，我们听说北京机会多，就来了。我们刚到这里时，都是身无分文，只能在地下室里租个房间，里面小得只能放下一张架子床，我住上铺，他住下铺，脸盆饭盒什么的只能放在床下。后来，我先找到工作，在一家夜总会里端盘子。他呢，进了一家网球俱乐部，给那些来打球的会员当陪练。后面的事儿，你们都知道了，他没多久就和一个女客户一起移民去了加拿大。再往后，我在夜总会被人炒了，连地下室都住不起了。幸好当时有个姐妹和自己的画家男朋友住在这里。那时这里住着很多北漂的画家、作家、演员什么的，现在那个特有名，会写诗，还会自己作词作曲的民谣歌手也在这里住过。当时我晚上上班，白天就在我姐妹的床上睡觉。那个画家白天也不在家，要么去西单、王府井这类地方在马路边给人画素描，要么就拿着自己的画，去美术馆、使馆区那边的画廊推销。后来，那个画家真的红了，外国人特欣赏他的风格，一幅画能卖到上百万。于是，他们从这里搬走了，临走前还帮我多交了一年的房租。可他们不知道，我曾经趁他们不注意，偷偷藏起来他们三幅画。就是靠着这三幅画，我这才有了第一桶金。我先是开饭店，后来发现北京的餐饮业竞争太激烈，就改行开茶馆，直到今天。"

"你是不是很鄙视我？"宋爽回过头，微笑着看着他。

"鄙视你？怎么会呢？"

"别人好心收留我，我却恩将仇报，偷人家的东西。"

"那是很久以前的事了，再说，你后来不是做了那么多好事吗，还捐建了希望小学？"

"你不承认也没关系，我知道，你心里一定看不起我。"

"宋爽，我没有——"

"好了，过去的事儿不说了。秀才，我想让你帮我摸一下卢志阳的底，看看他到底有没有他说的那本事。他要是真的能像他说的那样，每年有上百万在我茶楼里消费，不管他想怎么样，我都认了。我早想通了，我这把年纪，还有人看得上，就知足吧，别太拿这个当回事了。放心，我不会让你破费的。这上面有八千块钱，你请他洗个桑拿，或者请他打场高尔夫，都行。剩下多少，都是你的。"

宋爽说着，从坤包里拿出一张银行卡递给他。

渠一杰不肯去接，表情有点犯难，说："那我怎么试探他呢？他社会经验可比我丰富多了，洗浴中心、高尔夫球场之类的地方，我压根儿不了解啊。"

"真是个书呆子！你就胡诌说，有朋友开了个歌厅，目前正到处寻找客源，他们工会如果组织活动的话可以去歌厅，到时给他回扣。"

渠一杰皱眉琢磨了半分钟，吞吞吐吐地说："宋爽，算了吧，我实在没这本事，说不定没摸到他的底，反而被他套了话。"

宋爽盯着他看了几眼，说："好吧，刚才的话，算我没说。他那样的老江湖，你这个秀才，还真的对付不了。"

他脸红了一下，宋爽说："好了，不谈这些了。走，去那边给我拍几张照片。"说完，她戴上太阳镜，往另一个方向走去。

他惊讶于她神情变化之快，宋爽走出几步，回头见他原地不动，明白了他的心思，说："在北京这个地方，就得这样，该玩就玩，该忙就忙，不能让事情太影响自己的心情。否则生活压力这么大，整天净想着那些烦心事儿，还不得把自己累死？"

两人来到大水法遗址，渠一杰看到那些断壁残垣，心里一阵阵惋惜，心想这些建筑如果完好无损，那会是多么绝美的画面。宋爽却似乎完全没在乎这些，只是把这里当成一个拍照片的好背景，在镜头前摆出各种姿势，一看就是从各种时尚画报上学来的。渠一杰一边给她拍着，一边想，从前给林开开拍照时，她的姿势都是既简单，又自然，似乎平淡无奇，但到了照片上再看，每个姿势都格外妩媚。

　　拍完照片，两人出了圆明园，回到了车里。宋爽把空调的风力开到最大，把头往椅背上一靠，一副既疲惫又满意的神情。渠一杰刚刚从路标上看到清华园就在附近，打算去那里看看，刚要张嘴，宋爽就把靠在椅背上的头慢慢转向渠一杰，有些神秘地说："走，我再带你去个地方。"说完，她扯过安全带系好，深深踩下了油门。

　　车子呼啸着冲出停车场，很快驶上了四环路。他们似乎走了一段很长的路，鸟巢、水立方，各式各样不知名的摩天大厦，相继被他们甩在了身后。车子经过了很多个路口，拐过了很多个弯，最后，当开到一条很奇怪的路上后，车速才慢了下来。说这条路奇怪，是因为渠一杰看到，路旁的建筑物既不是居民楼，也不是饭店商场、机关大院，而是一座座极为高大的厂房。说是厂房，但路边的行人个个衣着时尚光鲜，还有不少老外，路边的草地上还星罗棋布着各式各样的雕塑。但要说不是厂房，实在难以理解这么庞大粗笨的建筑究竟是什么，更何况，很多建筑又被一条条布满锈迹的粗大管道连接着。

宋爽在最大的一栋房子前停下车，渠一杰看了一会儿，却看不出这是什么地方。这栋房子深灰色的磨砂玻璃门足足有普通人家一面墙那么大，一尺多宽的门框和台阶都是黑底金色云纹大理石材质。侧面的墙上镶嵌着一长排玻璃镜框，每个镜框里都有一张照片。其中的第一张照片比后面的都大了数倍，上面是一个大约五十岁的女人，她体态丰满，额头宽阔，目光锐利，身穿深蓝色条纹西装套裙，脖子上挂着一串浑圆硕大的珍珠项链。这个女人的下巴微微抬起，神情微笑中又有些倨傲，一看就是位个性强悍的人物。她只是无声地伫立在墙上，但整个路口似乎都笼罩在她的气场里。

　　"她就是这个画廊的老板，"宋爽停了一下继续说，"看不出来吧，她其实是个文盲。"

　　"这是个画廊？"渠一杰很惊讶。

　　"当然，这是七九八最大的几个画廊之一。"

　　"这里是七九八？"

　　这下轮到宋爽惊讶了，说："你不知道这里是七九八？"

　　"我怎么没看到任何牌子？"

　　"七九八本来就没什么牌子啊，这里是一大片艺术区，又不是一家饭店、商场什么的，哪用得着什么招牌？"

　　渠一杰摇摇头，说："怪不得，怪不得。对了，你怎么知道我想来这儿？"

　　宋爽说："你既然有兴趣去美术馆，肯定对这儿也有兴趣。"她指了指前面那家画廊，说："这个女老板，本来是在美院当清洁工，后来有一天她在打扫画室时，觉得那些被扔进垃圾桶的草稿太可惜了，就把草稿一张张整理好，拿出去卖掉。有时，她给某个画家把画室打扫得格外干净，再趁着画家心情好，请画家在草稿上添两笔，把画画完，再签个名。她就这么白手起家，直到今天有了这么大的画廊。"说到这里，她停了停才接着说："当初我偷藏起来的那三幅画，后来就是卖给了她。"

渠一杰伸长脖子往画廊看了看，说："里面墙上的确挂了不少画，但好像也没什么人气。"

宋爽说："这种生意，哪用得着像菜市场里那么人山人海？她早就不卖画给散客了，现在都是和海外买家签合同，每次都是上百万美元的大单，然后成批发货过去。后面照片上那些画家，都是她旗下的签约画家。这些画家都是国内一线，早就住上了别墅，在媒体、粉丝面前个个张扬得很，可是见了她，连大气都不敢喘。他们能赚多少钱，能出多大名，都在人家手里攥着呢。他们画什么题材、什么风格，每年要完成多少画投放市场，也都是人家说了算。"

把画发货过去，渠一杰摇头苦笑。

宋爽指着墙上某处，说："你看第四张照片上的画家，面熟吗？"渠一杰隔着车窗仔细看了一会儿，点点头，说："是有些面熟。"宋爽说："他是咱们老乡，省美术学院油画系主任，他本来专画现实题材，比如农村里早没人住的老破房子，城乡接合部的棚户区之类。后来他这位女老板觉得现实题材价格上不去，还有风险，就让他改画那种特抽象，谁都看不出什么意思的画。开始有人说这画家的新风格并不适合他，这老板就找了一帮人炒，在网上，在杂志上给他发评论文章，结果把他炒得比从前更红了，画价涨了好多呢。"

两人去几家稍低调些的画廊逛了一会儿，都有些累了，宋爽找了家咖啡厅坐下，给自己要了杯冰咖啡，渠一杰则要了瓶冰镇啤酒。宋爽抿了口咖啡，幽幽看着他，说："陪我转了一整天，腿都酸了吧？"

"还行，平时净坐办公室了，出来透透气，运动运动，正好。"渠一杰说着，还做了个扩胸的动作。

"花了一整天的功夫陪我这个半老徐娘，是不是觉得特别亏？"

渠一杰摇摇头，说："没有，今天这两个地方，也是我特别想看看的。再说了，你哪里老了，咱俩在一块儿，不知道的还以为你是我闺女呢。"

"没正形！"宋爽瞟了他一眼，低头喝起自己的饮料。过了一会儿，她抬起头，看着他轻声说："真不知道什么女人才会离开你这样的男人。"

从她的眼神里，渠一杰感觉到了某种危险，赶紧说："我是做了错事，老婆才要离开我的。"

"秀才，我可要对你刮目相看了。到底怎么回事，给我说说吧。"

他再次摇头。

渠一杰和宋爽吃完晚饭回到丁耀洋家，天色已经黑透了，房间里一片漆黑安静，看来丁耀洋还没回来。渠一杰正准备进卫生间，却发现丁耀洋的书房门开着，他往里一看，只见窗前有一个红点正明明暗暗地闪动着。

是丁耀洋在吸烟。只不过他的姿势和平时不同，头是放在高背椅椅背上的，正把一个个眼圈吐向了天花板。渠一杰看不清他的神情，但猜得出，他的脸色一定是极难看的。他身后的书桌上，则摆放着一台打开的笔记本电脑。

渠一杰说："耀洋，你还好吧？"

丁耀洋拧亮了台灯，回头朝他笑了笑，说："没事儿，今天事儿多，脑子有点累。"两人简单聊了几句，渠一杰回到自己房间，洗漱完毕后换了睡衣，就靠在床头打开手机上了微博。他早关注了丁耀洋，一登录微博就看到他刚发的一条内容，说那家财经类刊物上的那篇文章，是记者曲解了他的谈话内容，他根本没有说过文章里放在他名下的那些话。

渠一杰的脑子里"嗡"的一声，在报社工作了十多年，他当然意味着这对那个记者意味着什么。他看了看这条微博发出的时间，是四十分钟前。他长吸了一口气，稳定了一下情绪，慢慢走出了卧室，来到书房前。

丁耀洋仍然在黑暗里保持着刚才的姿势。渠一杰刚要开口，丁耀洋说："一杰，我知道你关注了我的微博，所以，我知道你要说什么。我没有别的选择。"

渠一杰说："那个记者要是否认怎么办？"

"他否认也没用，当天他采访我时，本来要录音，但我没同意。整个采访的内容，他只能记在采访本上。他自己写的字，当然不足以成为自己的证据。"

渠一杰皱着眉，说："这样你就能继续留在法学院，不用去图书馆了？"

丁耀洋说："校领导没直说，但应该是这样。"

渠一杰脸色黯淡下去，说："那个记者，可能要被辞退了。"

丁耀洋似乎看穿了他的心思，说："一杰，你放心。"

渠一杰看着他，只得点点头。他回到卧室，刚要进去，又回头朝书房那边喊了一声："累了的话，就早点睡吧。"

"好"，丁耀洋含含糊糊答应着。渠一杰回到床上，正打算看会儿书就睡，手机却响了。这个电话，竟然是卢志阳打来的。渠一杰疑惑着按下了接听键。

卢志阳先问了问他这几天过得怎么样，接着不紧不慢地说："明年是我们集团成立六十周年，工会主席让我找了几个作家给我们写报告文学，我明晚和这几个作家见面详细谈谈。你们都是文化人，肯定有共同语言，你来帮我张罗一下吧？"

"作家都有谁？"渠一杰问，感觉到自己的心脏在快速跳动着。和很多毕生生活在中小城市的文人一样，对于北京的作家、学者总有一种敬畏感。这次来北京，他既希望见到一些有名气的知识分子，又有些自卑，觉得虽然自己和他们笼统上同属知识分子，但说起名气、见识，自己实在无法和他们相比。

他正忐忑间，卢志阳说了几个人名，渠一杰并不觉得耳熟，心里虽稍感遗憾，但也坦然了。

　　来到北京已是第四天。

　　这天渠一杰去了国家图书馆。他从网上查到国家图书馆正好在他所在的大学在同一条地铁线路上，交通颇为便利，就去了。出了地铁，刚到国图门口，正惊叹于这栋建筑的高大，就在告示栏上看到当日恰好有个讲座，主题是"生存还是毁灭：明清之际知识分子的生活、心灵与道德"，这几乎是他最感兴趣的话题了。再一看主讲人，也是国内公认的研究清史的权威专家。他想，这就是首都的好处，高水准的文化活动时时有、处处有，这一点别说昭林，就算省会城市，也都比不上。他一看手表，时间已经过了二十分钟，赶紧赶往学术报告厅。

　　两个小时后他听完讲座，到国家图书馆附设的餐厅简单吃了午饭，又到阅读室去看书，这里的藏书之丰的确名不虚传，他一直待到了下午五点，卢志阳开着一辆"帕萨特"来接他赴宴。

　　两人到了好的饭店，进了包间，看到里面已经有了五个人。卢志阳给他们介绍渠一杰，说这位是《昭林日报》文艺主任，散文杂文都写得极好，接着介绍这几个人给渠一杰。原来，这里面有三个作家，这次的任务各有不同，一个要以卢志阳所在那家国企六十年历史为主题写本长篇报告文学，一个要为现任董事长写本传记，这两个题目都是要成书的。还有一个则是给这家国企里刚刚评上全国劳动模范的总工程师写篇报告文学，这篇稿子要整版刊发在某报上。另外两人，分别是出版社编辑和报纸编辑。

酒过三巡，卢志阳给那几位作家敲定了采访的安排。告诉他们集团方面已经订好了包房，专供他们写作之用，各种资料也已经准备齐全，放在了房间里。这顿饭一直吃到二十二点，中间卢志阳轮流邀请这几个人出去。

饭局结束后，卢志阳驾驶车子驶上了三环路，渠一杰说："老卢，你刚喝了酒，要不然咱们还是叫个代驾吧？"卢志阳笑着转过脸，对他轻轻哈出一口气，说："有酒味儿吗？"渠一杰有点疑惑，说："怎么一点儿都没有啊？怎么回事？"卢志阳笑得更得意了，说："这家饭店他一星期要来三四次，早和服务员达成默契，他面前的分酒器里根本不是酒，是水。"

"你小子，够可以的。"渠一杰摇摇头。此时，在早晚高峰时堵成"一锅粥"的三环路，已经车辆稀少。渠一杰回想着饭局的情形，说："刚才每人给了多少？"

"仨作家每人一万，俩编辑每人三千。"卢志阳回答得毫不隐晦。

渠一杰有点纳闷儿，说："写本报告文学，劳务费才一万？"

卢志阳摆摆手，说："这是定金，写书的那两个作家，定稿后每人才能拿到剩下的九万；不写书的那位，只能再拿一万。"

他话音未落，手机响了两声，他拿起来飞快地看了一眼，嘴角浮起一丝嘲讽。他把屏幕亮给渠一杰，渠一杰看到，上面是一个转账通知，一个名为"笔走龙蛇"的人，正通过微信给卢志阳转来五千块钱。

卢志阳说："你猜这人是谁？"

渠一杰说："写书的那两个作家之一？"

"错，是写文章那个。"

"他一共才拿两万，就给你五千？"

"他还算懂事。"说完，他按下了手机上的"接收"键，接着又说，"秀才，今天不能白让你出来，这是劳务费。"

渠一杰一看手机，发现卢志阳给他转账两千元。他摇摇头，说："算了老卢，别这么客气。"他把手机放回兜里，知道二十四小时后，这笔钱又会回到卢志阳那里。

北京城内交通的特点就是这样，只要不堵车，沿着环线开车总是很快。"帕萨特"只用了二十分钟，就开到了丁耀洋家楼下，渠一杰仰头朝丁耀洋家的位置看看，说："上去坐坐？耀洋应该在家，客厅的灯亮着呢。"

卢志阳撇撇嘴，说："人家是大知识分子，咱这一介俗人，哪敢擅自登门？对了，一杰，现在还有这么个事儿，你能给我帮个忙吗？就是我们集团六十周年大庆的事儿，还需要一份统一的新闻稿，两三千字就行，介绍一下我们计划搞的各种文化活动，你能帮我写一篇吗？基础材料呢，我们集团网站上都有，无非就是计划搞一些合唱比赛、摄影比赛、征文比赛之类。你干报纸这么多年，写新闻稿肯定比我有经验。"

渠一杰心里想，那我需要返给你三千还是五千？这话他当然没说出来，改成"我一直当副刊编辑，说起写新闻稿，压根儿没经验，别给你弄砸了"。说完，他向卢志阳道了谢，就上楼去了。

"你可算回来了！"

渠一杰刚踏进房门，就只见丁耀洋身穿黄色马球衫、蓝色紧身牛仔裤、雪白的运动鞋，正笑容满面地在客厅里来回踱步。丁耀洋一看见他，马上用力打了个响指。

渠一杰说："老丁，有什么好事？看起来心情不错啊，简直年轻了十岁。"

"哪有什么好事？副处的位置，已经离我远去喽。"

渠一杰起初没有反应过来，愣了两三秒，才试探着说："你确定不用去校图书馆了？"

"对，想当个处级干部的话，只有朝着法学院副院长的目标努力了，估计我这辈子是没戏了。走，咱们找个酒吧去喝几杯，庆祝庆祝我无官一身轻。"

"酒吧？"这几乎是渠一杰最抵触的场所了。

"走吧！"丁耀洋拉开了房门，露出黑洞洞的楼道。他不忍心破坏丁耀洋的好心情，就跟着他走了出去。两人打了辆出租车，来到一处酒吧。渠一杰只要了一瓶国产啤酒，丁耀洋则要了一杯苏格兰威士忌。

"林开开是谁？"

丁耀洋仰脖喝了一大口酒，放下酒杯后，笑眯眯地说。

渠一杰险些把酒喷出来。他勉强咽下酒，接着就弯着腰，剧烈地咳嗽起来。丁耀洋帮他拍着背，招手叫过了酒保，要了一杯矿泉水。渠一杰喝了几口矿泉水，又过了好一会儿，才止住咳嗽。

"你怎么知道林开开？"

"我怎么知道，还不是你告诉我的？"

"我告诉过你林开开的事儿？不可能。"

丁耀洋哈哈笑着，拍了拍他的肩膀说："秀才，你不知道你有说梦话的毛病啊？"

渠一杰这次恍然大悟，丁耀洋往他面前凑着，稍稍压低一点声音，说："我记得尊夫人不是这个名字啊，怎么回事，给我说说吧。"

渠一杰叹口气，心想把这件事说出来，自己心里大概也会好过很多。他端起酒杯呷了一口，说："那只青花瓷碗，你还喜欢吧？"

"特漂亮，我都已经摆在客厅博古架上了。"

"你喜欢就好。对了，我还给你们几个带了腊猪排。就在我行李箱里，你和卢志阳、宋爽一人一块。"

"那太棒了，我这一年到头在北京，昭林最让我想念的，就是这类东西了。"

丁耀洋说完，知道渠一杰要说的不是腊猪排，就不说话了，端着酒杯看着他。

他叹了口气，就由林开开如何教自己买下那块腊猪排开始，把自己和她的交往过程原原本本说了出来。他说，去年这个时候他到北京来招聘应届毕业生，最终选定了林开开。林开开毕业后就到《昭林日报》工作，很快就和自己关系暧昧了。但是，两周前情况突变，林开开突然不辞而别，离开昭林远赴北美，各种手续原来她早已悄悄办完。此事自己也是偶然听从前和林开开同住集体宿舍的女同事聊天才知道的。更雪上加霜的是，自己和她的关系也被老婆戴岚发现，两人离婚协议已经签好，就等找个时间去民政局交上结婚证，领回离婚证。

丁耀洋一声不吭听他说完，又呷了几口酒，这才说："这你就不懂了，像她这样的，叫作精致的利己主义者。"

"精致的利己主义者，呵呵。"渠一杰回想着丁耀洋说的这个词，觉得的确很准确。他正愣神儿，丁耀洋神色严峻地大步走了回来，说："有个学生出了点事儿，我要去处理一下。"渠一杰站起来，刚要说"我喝得差不多了，跟你一块儿回去吧"，丁耀洋按着他的肩膀让他坐下，说："我的事儿好处理，你再喝点儿，好好感受一下北京的夜生活。"说着，就快步到总台结了账，离开了。

卡座里只剩下渠一杰一个人了。他往后一靠，慢慢看着四周。这时，舞池里的背景音乐换成了一首著名的慢歌，那位已经作古的歌星用带着哭腔的独特嗓音轻轻哼唱着。他记得林开开也很喜欢这首歌，于是闭上眼，轻轻拍着沙发的扶手，打着拍子。

北京的初夏，到了深夜还是颇为凉爽的。他拒绝了几个在酒吧门口趴活儿的司机，在空寂无人的街上步行了一会儿，才跳上了一辆在面前空驶过的出租车。车子开到大学门口，就不能再往里开了，渠一杰下了车，缓缓往里走着。到了校园里的那个人工湖边，他正要沿着一条窄窄的台阶走出主路，下到湖边走走，忽然看到不远处一张长椅上有两个人影，正隔了一尺多远，面对面地连说带比画，似乎在低声争论着什么。他正犹豫要不要继续朝前走，对旁人的事儿视而不见，却看见那两人的手势变得缓和，直到慢慢放下，结束了讨论。其中一人站了起来，朝着自己这边低着头走过来。

　　是个女生。她和渠一杰擦身而过时，始终在看着手机。屏幕上的光反射到她脸上，二十三四岁的样子，渠一杰竟然觉得这女生似乎很面熟。他回头看了看她急匆匆的背影，却想不起在哪里见过。这时，长椅上的另一人也站了起来，步履轻快地沿着湖边向远处走去。

　　渠一杰笑了，这个背影，这几天他已经很熟悉了。

　　他来到北京已经是第五天，这也是他在北京的最后一天。

　　早上，丁耀洋说上午还有两节课，上完课回来给他践行。他正收拾行李，发现那三大块腊猪排竟然还好端端躺在行李箱里。他想起大学院墙外那条巷子里有几个快递收货点，就拿出一块腊猪排放进冰箱，打算再发快递把另外那两块给宋爽和卢志阳。可等他到了快递点，人家尚未开始营业。他一回头，却瞥见那家花店已经开门。他想请那个女店主帮他寄发快递，走进花店，只见那个女孩正趴在桌前，全神贯注地看着笔记本电脑屏幕。

"吓我一跳！"女孩听到有人进门，回头看见是他，嗔怪一声，又回头继续看着。只见屏幕上正在一张张播放照片，好像都是一男一女两个年轻人正对着手机摄像头玩自拍。女孩边看边说："哼，不就是谈个恋爱吗，这东西有什么稀罕的？一大清早特意来存到我的电脑里，还说这东西意义重大，让我多做几个备份。"

两个年轻人的笑脸占满了整个屏幕，等他看清这女孩的相貌，他大吃一惊，这明明就是昨晚湖边那个女孩啊！粗粗一看，她和这个花店小老板的确有几分相像，但再仔细看，就看出区别了，屏幕里的女孩，年纪比面前这个小老板稍大一些，气质更是斯文得多，脸上的淡妆化得颇为细致。

照片上她和旁边的男孩，明显就是一对情侣。而昨晚从长椅离开的另外一人，渠一杰看得很清楚，是丁耀洋。

他想起这个小老板曾经说过，自己有个姐姐在这所大学读书。这时，他的另一段记忆也苏醒了，他确认这男孩自己也见过，他就是那个采访丁耀洋的记者。他曾经在那份财经类刊物关于丁耀洋的访谈里，看到过他和丁耀洋相对而坐的照片。

电脑屏幕上，在这组照片旁边，还有三段录音。这种音频文件，原始的文件名就是录音时间。他看了看，时间最早的是三个月前，最近的是昨晚。他的直觉告诉他，这些录音一定和丁耀洋有关。他控制住呼吸，尽量平静地说："现在要存储东西，发到云端是最安全的了。"

"云端？怎么发？"女店主回头看着他。

果然，她不懂！渠一杰说："我帮你建个云空间吧，很快的，一两分钟就行。"女孩给他让开座位，他给女孩建好云空间并把笔记本上的内容发进去的同时，也往自己的云空间里发了一份。

女孩给他道了谢，他顾不得腊猪排的事儿，匆匆出了花店，进了大学在湖边找了个安静的长椅坐下，打开手机进入了自己的云空间。在他播放录音的第一秒，丁耀洋的声音就传了出来——

他在湖边坐了很久，才回到那条巷子里，寄出了那两块腊猪排。他回到丁家时，丁耀洋已经回来了，正在厨房里清洗着腊猪排。丁耀洋见他进门，说："秀才，中午我做个腊猪排火锅，给你饯行。"

他指了指茶几上的那份杂志，说："整件事情其实完全是你策划的，对吧？"

丁耀洋说："你是说这个采访？这是他们杂志的策划，我只是他们的采访对象。"

渠一杰摇摇头，说："我说的不是这个采访，是整件事，是你知道自己可能被调到图书馆后做的所有事。"

丁耀洋停下手里的动作，说："秀才，你在说什么，你是不是中暑了？"

"你不说没关系，我替你说。你知道有可能被调到图书馆，不是三天前，而是三个月前。你一得到消息，马上开始想方设法，要改变这件事。正好那时出了个热门事件，全国网民都关注此事。你决定利用一下这件事，你知道一个女研究生的男朋友是记者，就找到这个记者，和他弄出了这篇文章。这样一来，你就有了砝码，可以和领导讨价还价。你的计划是让校领导答应，只要你发表声明说那篇采访的内容是假的，撇清关系，并拒绝其他媒体的采访，就无须离开法学院。当然，那个记者不会白白替你做这件事，你要做的，就是两年后录取他的女朋友当你的博士生，并且再给他找一份工作。对不对？"

丁耀洋没有回答他，先是洗好了手，然后坐在沙发上，点燃了烟，慢慢吐着烟圈。他看着一个个烟圈撞上了天花板，分崩离析后渐渐散开，这才说："秀才，看来我小看你了。这件事的确在你来前就在运作了，你看到的，只不过是最后的几步而已，想不到竟然被你知道了事情的大概。你似乎对我的做法并不认同，可我总不能眼看着自己到图书馆去呀！原本我以为在高校里，只要把学术做出个样子，一切都会顺风顺水，可现实哪有这么简单？林冲还被逼上了梁山呢，我就不能想办法挽救一下自己？而且这样，我可以继续当教研室主任，在这个最适合我的位置上发挥我的专业才能；那个记者呢，失业虽然不可避免，但写出了一篇重头采访，即使我不帮忙，他也可以凭这篇文章很轻松地找份新工作；他们那份刊物呢，因为有这篇文章，发行量比平时多了五千多份，公众号文章也早就十万加了，而读到这篇文章的读者，也能获得很多启发。对了，还有那个记者的女朋友，两年后我可以招她来我门下读博。说真的，这件事我未必能办到，但我必须先答应，把眼前的事儿处理好。这个女孩，说起来天分还是不错的，口才非常好，让她跟着我读博士，对我来说没什么坏处，她自己也一定会学有所成。这样的话，国家也多了一个学法律的优秀年轻人。所以，你不妨说说看，这件事里我到底有什么错？"

渠一杰被他这么一问，还真有些蒙了。是啊，这件事看起来虽然不够光明磊落，但他有什么错？

"你不该利用媒体，为你个人的目的服务。"他想了想才说。

丁耀洋冷笑起来，说："个人的目的？大学教授就只能齐家治国平天下，只能为往圣继绝学为万世开太平，不能为自己的前途命运操心？一杰，大概也只有你觉得我这么做不对。"

渠一杰愣住了，他觉得丁耀洋说的肯定有什么地方不对，但具体哪里不对，自己又说不上来。丁耀洋也觉得自己语气有些重了，说："一杰，我开始运作这件事儿前，也不知道能不能成功，现在事情办成了，也就是昨天晚上我高兴了那么一会儿。我知道自己肯定是迈过了一条线，我以后一定会提醒自己，不能再这样做了。"

腊猪排火锅终究没吃成，按照约定，当初去机场接他的那位茶艺师半小时后就来到楼下，接他去机场。车子在机场高速上疾驰一番后，首都机场三号航站楼那蚝壳形状的巨大轮廓出现在了视野尽头。

茶艺师把车开进停车场，渠一杰拉开车门，刚要去后备厢拿行李，却看到宋爽正站在车头正前方，笑吟吟地望着他，她的脚边，还放着一只精巧的乳白色行李箱！

那个茶艺师从车里钻出来，捂着嘴笑着，低头小跑着离开了。

正午的阳光无遮无挡地倾泻下来，水泥地面变成一片明晃晃的亮银色，渠一杰觉得有些头晕眼花，他说："宋爽，你这是——"

"我这是跟定你了，渠一杰！北京我不待了，和你一起回昭林！"宋爽兴奋地喊。

"宋爽，咱们都十多年没见面了，你根本不了解我。"

"了解，当然了解！我这些年在北京，看人的本事早就练出来了。我知道你人品好，心肠好，还懂得怜惜女人。我店里的那些茶艺师服务员，都对你印象特棒。本来我还有些犹豫，是她们劝我说，老板，遇到个好男人，就嫁了吧！"

渠一杰摆摆手，无力地说："我既没有权，也没有钱，什么也没有。我连家都没了，今晚回到昭林，只能去住集体宿舍。"

宋爽向前迈了一步，说："你没钱，我有。秀才，不，一杰，等我把那个茶楼卖了，至少能卖到一千三四百万，足够咱们在昭林舒舒服服过下半辈子。你喜欢北京的话，也可以，我们用这笔钱在北京买套公寓，剩下的钱，再做些别的生意。你不喜欢做生意也没关系，整天看书就行，我无论是开画廊、饭店、服装店什么的，养活咱俩没问题！你想去外国留学，我也能供你。"

渠一杰艰难地说："我给你说过我离婚的原因，我这样的男人，根本不值得信任。"

宋爽说："我信任你就行了。"

渠一杰还要继续说，宋爽扬了扬手里的纸片，说："现在你说什么都晚了，我连登机牌都打好了！"

两人登机了，中间隔了几排座位。宋爽要把座位换到渠一杰旁边，可那里坐着的是一对情侣，根本不肯换。她又想让渠一杰换到自己旁边，看到他一直面无表情地看着窗外，想了想，还是放弃了这个念头。

飞机起飞了，渠一杰透过舷窗看下去，只见布满高楼大厦的北京城，如锦缎般在眼前铺开，那一条条车流滚滚的公路，正如缎子上光闪闪亮晶晶的银线。他想起了三天前自己在美术馆看达利画展的经过。当时，巨大的展厅里空空荡荡，一个观众都没有，只有一个保洁员在吃力地擦洗着地面。这是他万万没想到的。他本以为如此享誉全球的画家，来看他作品的观众一定会挤满展厅。他走到一幅画面前——脚步声在展厅里四处回荡——看了一会儿，发现自己完全不明白画面的内容。连看了几幅，都是如此。他拿出手机，搜索了一番达利的风格特点后，再看画上那些柔软的钟表、变形的马尸、千疮百孔的人脸，仍然看不出什么门道。其实，他对美术一向没什么兴趣，评价一幅画好坏的标准就是像不像。这个展厅几幅最著名的画，他曾经在一些书里看到过，当时就看不明白，本以为看到原作后情况会好些，可如今原作就在面前，供他一人尽情观赏，可他还是看不出来画家究竟想表达什么。他把整个展厅里的绘画和雕塑看了一圈，最后不得不承认，自己看不懂任何作品。他彻底绝望了，走出了展厅。"我这纯粹是自己给自己找罪受"，他看着展厅门口宣传海报上那个胡子又尖又翘，表情诡异的达利，心里说着，迈进了旁边的山水画展厅。

飞机要飞上两个多小时才能抵达省城，他起身从行李箱里拿出一本丁耀洋送的书。这本不是什么学术著作，是他在各个报刊上发的评论文章，其中不乏对若干热点事件的评论。文章后面，还有当初的刊发时间，他翻了一遍，发现最近的一篇，所评论的也是十年前的事儿了。渠一杰看了一会儿，总觉得这个言辞犀利、锋芒毕露的作者，似乎并不是这几天和自己朝夕相处的那个人。他心里一阵烦闷，扔下书，渐渐睡着了。

在他的梦里，他又走进了那个空旷的展厅，其中一幅画画的就是怪模怪样的达利本人。他走到画前慢慢看着，看了一会儿，发现达利的胡须竟然慢慢变短，消失，五官也在变化重组，渐渐地，画上的人物竟然变成了丁耀洋。而且，丁耀洋的嘴巴竟然一张一合，说了起来："你以为世界上真的存在你想象的那种知识分子吗，哈哈哈，你太可笑了，你自己不敢承担的角色，就以为会有人替你承担吗，你觉得这样去想，自己就能解脱吗——可笑，哈哈，可笑——"他不敢再看，转身去看另一幅画，可这幅画上的枯树、餐桌，还有一大堆不知是什么的东西，竟然堆积到一起，又变成一张人脸，也在朝他大声说着，"可笑，可笑，哈哈"。他后退一步才看清楚，这张脸，原来就是那天卢志阳宴请的作家之一。他吓得后退几步，到了展厅中央，却看到整个展厅里四面八方的画，都变成了一张又一张朝他张嘴大笑的脸，里面有丁耀洋，有那晚的几个作家，还有那些和那个女画廊老板签约的画家。他们的嘴越张越大，笑得也越来越响，笑声从展厅的各个角落回荡着，他的耳膜被震得一阵刺痛。

他在刺痛中醒来，刚伸手去揉耳朵，却发现飞机已经在省城的机场落地，身边的旅客在拖着行李箱往外挤挤挨挨地走着。他擦了擦额头的冷汗，看到在面前不远处，刚刚补完妆的宋爽，正回过头，微笑着看着他……

从前有座山

宋江·楚州安抚使衙门

在码头送李逵上了船，我回到了府里，只觉得腹中越来越痛了。我站在书房窗前，向南望去，只见楚州城外的蓼儿洼山水相依，草木葱茏。那里，就是我早就为自己选好的阴宅。夜色渐渐漫了上来，满天星斗升到了半空。我知道，自己只能再熬上一两个时辰，而李逵比我晚几个时辰喝下毒酒，算起来也熬不到明日一早。那是在今天下午，李逵没有一丝一毫的犹豫，端起那杯毒酒一饮而尽。他靠在我的膝前，说，自从那年在江州相识后，他一直视我为父兄，如今知道我即将离世，他也不愿独活，明知朝廷钦差送来的是毒酒，他也要喝下去，即使是到了阴曹地府，也要继续侍奉我左右。

李逵说出这样的话，我一点儿不奇怪。一百〇八个梁山兄弟，愿意为我宋江而死的，大概不下五六十个。这几十个兄弟也好，世间万众也罢，都把我宋江视为仗义疏财的好汉。要说我宋江，自小除了家里略有薄财，无才无权，如果不想法设法赢得这样的声名，我要想在世间建功立业，哪里有一点本钱？而要想获得别人的赞誉，要让别人说你的好话，当然要给别人以好处。但我纵有万贯家财，也做不到见人就塞上一大笔银子，要有选择地给人以恩惠。好在天下尽有一些闲人，他们不事生产，自命好汉，游手好闲，四处游荡，每次有这种人来到郓城，我一有消息，马上把这人请到家里，好吃好喝，临走再重重送上一份盘缠。我知道，这人离开之后，自然会为我到处说些好话。

果然，渐渐地，我宋江的名字变得世人皆知。普天之下，除了天子、宰相等寥寥数人，就要算我宋江的名声最广。尽管有了如此的名声，我还没有就此获得任何实际的东西。我只有继续等候机遇的到来。这样等下去，也许会有结果，也许没有。但我已经没有别的选择了。

这一天，机遇终于来了。

那一阵子，人们口里到处谈论的事情，就是北京大名府梁中书派人送给当朝太师蔡京的十万贯生辰纲被劫走。我当时还不知道此事即将和自己有莫大的关联，只是觉得，蔡京把持朝政，权势熏天，竟然有如此胆大包天的强盗，连蔡京的东西都敢下手。没几天，我在郓城衙门外遇到济州府缉捕使臣何涛，他告诉我，本地东溪村保正晁盖竟然就是十万贯生辰纲劫案的匪首！他从济州府来到郓城县，就是求得本县协助，好去捉拿晁盖这伙强盗。

他再三求我尽快带他去见知县。望着何涛紧张的眼神，我知道，自己的命运就要从此改变了！我一边散散淡淡地应酬着，脑子里已经在飞快地思考。我千方百计拖延时间，因为我知道，在想出下一步该怎么做之前，绝不能让他见到郓城知县。

如果我协助何涛，去抓了晁盖等人，固然功劳不小，但最多有些小小封赏，首功无论如何都轮不到我，要想借此机会，攀上太师蔡京更是千难万难。而且，晁盖是我多年好友，我参与搜捕晁盖此事一旦传扬出去，我费尽心机才博取的声名定然毁于一旦。

如果我放了晁盖，这样一来，他们自然就欠了我这个救命恩人一份天大的人情。这几个人既然能劫得生辰纲，本领定然不小，日后定能做出一番翻天覆地的事情。

到底应当如何抉择？我心里一横，就像押宝一般选择了后者。于是，我就像走钢丝一般，找借口从何涛身边走脱，飞奔去给晁盖报信，最终不但让晁盖他们保住了性命，回到县衙后我也没遭到怀疑。晁盖他们逃跑之后，我的日子似乎还在像以往过去的三十多年一样，在平平常常地过着。但我知道，这样的日子，即将离开我远去了。

过了一阵子，当初和晁盖一起被我放跑的赤发鬼刘唐来郓城县给我送金银，说他们已经在梁山泊落草，并且杀了山寨原来的头领，现在坐梁山第一把交椅的，就是晁盖。听了刘唐这番话，我更确信当初的选择是正确的，梁山泊地势险要，易守难攻，完全可以据此做出一番事业来。于是，我决定不再继续等待了，打算主动地去迎接命运。

我手下有个文书张文远，我早知他生性放浪，贪财好色，就先把流落本县的阎婆惜纳为外室，又让她和张文远识得了，然后借口公事繁忙，多日不去阎婆惜处。果然，这阎婆惜不甘寂寞，与张文远勾搭成奸。于是，我借机杀了这阎婆惜。此时别人自然觉得我是手刃奸夫淫妇，罪不至死，再加上我在衙门里上下交好，朱仝、雷横这两个捕头也万万不肯当真抓我。于是，我轻轻易易地逃了，花了两年的时光，到江湖上走了一遭。

这次行走江湖，一来我要观看天下大势；二来看看我宋江到底有多高的人望。我要在做出最后的决定前，确定我计划中的这条路真的能走通。在沧州柴进庄子、白虎山、清风寨各处细细看了一番后，我看出来，如今天下盗伙蜂起，几成燎原之势，而且经过多年的广散金银，我宋公明在江湖上果然声名显赫，无论是花荣、秦明这样有功名在身的朝廷武官，还是王矮虎这样以英雄好汉自命的强盗贼人，个个对我心悦诚服。

于是，我回到郓城县，主动泄露行藏，让官府抓了我去。我使了无数银子，才换来我最想要的结果，就是刺配江州。原因是对于从郓城刺配他处的犯人，江州是唯一需要经过梁山的地方。果然不出我所料，晁盖把我劫上了梁山。趁此良机，我也把梁山泊细细看了一遍，看明白这的确是个能闯出一番事业的去处。而且，我也摸透了晁盖这位梁山泊大寨主的底细。我看得明白，晁盖十足是个见识短、眼光浅，没什么雄心大志的人，人望也有限。自打生辰纲事发上了山，晁盖没有招来半个好汉。日后等我上得山来，把他取而代之想必不是太大的难事。

本来晁盖他们要我留在山上，不必再去江州受苦。我虽然已经决定日后要以梁山为我的兴发之地，但我绝不能这样轻易上山。因为，这时已经在山上的头领，都曾经干下过惊人的勾当，晁盖、吴用他们几个，劫取生辰纲一事轰动天下，江湖上谁不佩服他们胆大包天、手段不凡？而林冲也是太尉高俅的仇人，手上攥着好几条人命。而日后上梁山落草的江湖好汉，想必也个个都是杀人不眨眼的凶徒。而我呢，只不过杀过一个自家淫妇阎婆惜而已。这点微末道行，日后岂能服众？于是，我谢绝了晁盖他们的挽留，下山后到了江州。

到江州后，我又在此地，以小恩小惠收了戴宗、李逵、张顺等几个兄弟。此时，所有的准备都已经做好，我终于走上了浔阳楼。当我在楼上写下反诗后，望着墙上墨汁淋漓的几行大字，脸上早就流满泪水。从这一刻起，我就不再是一个普通的囚犯，因为我即将犯下的，乃是题写反诗的重罪！我的双足，已经踏上了一条不归路！

我知道，我被江州官府抓了之后，晁盖等定然前来救我。

我是他们的救命恩人，他们如果不来相救，在江湖上如何立足？我早就知道这些人的本事，打平这江州军马绝非难事。但如果他们万一不及相救，我自然不免一死，可死就死了，为人一世，如果不能大展宏图，活着有什么意思？

他日若遂凌云志，敢笑黄巢不丈夫！

当我在浔阳楼写下这样诗句时，我固然是要引得江州官府来缉捕我，又何尝不是在写出自己的心曲！

幸好，我在江州法场上，在临刑时被梁山众好汉救了出来。可恨本地通判黄文炳不但识破了吴用的计策，还三番五次劝江州知府蔡九把我速速斩首，以至梁山军马未能及时赶到，害我险些丢了性命。我特顶着天大情分，央梁山兄弟为我报仇。兄弟们果然助我打破了无为军，把黄家大小杀个干干净净，张顺、李俊也劫了那黄文炳到穆太公庄子上。我让几个兄弟退下，向穆太公求得一间草房来关了这厮，我要与他单独聊聊。

我走进草房，见黄文炳被捆了手脚，扔在柴草堆里，冷冷地问他："你也是从小读遍了圣贤书的，为何不知心怀仁义，宽厚待人，反而要苦苦相逼，害我性命？"

黄文炳抬起眼皮，扫了我一眼，道："宋江，你说说，如果是你，在浔阳楼上见了有人题写反诗，要不要去告官？要知道，这可是一桩大功劳，凭此一事，就可以平步青云！"

听了这话，我心里一震，不敢答他的话，只好大声喝道："你为了自己的前程，就要用我和戴宗的人头来换？"

黄文炳并无惧意，他冷笑着说："我都死到临头了，这里又是只有你我二人，你何必再装模作样？"

我愣了一愣，他也不待我答应，就说："宋江，你既然知道我在你这件事里说过些什么，做过些什么，想必你自己心里也就有数了，知道我们其实正是一对知己。你那反诗里的字字句句，'自幼曾攻经史，长成亦有权谋'也好，那句最大逆不道的'他日若遂凌云志，敢笑黄巢不丈夫'也罢，何尝不是我黄某人每日的所思所想。别人不去管他，这江州知府蔡九，我最知道不过了，此人纯粹是纨绔子弟，不学无术，能登上这知府的高位，还不是靠了一个当太师的老子蔡京？宋江，这次晁盖率领梁山人马来救你，他的本事我看得一清二楚，根本比不过你。我看你上山之后，日后肯定不甘心位居他之后。"

我觉得自己的隐秘心事被他看穿了，冷汗当即出了一身，贴身衣裳都湿透了，只得瞪圆了双眼，说："一派胡言！晁盖哥哥是我的救命恩人，我岂能恩将仇报？你再敢胡说，我这就杀了你！"说完，我装出怒不可遏的架势，重重一拳打在墙上。

我这一番装模作样没瞒过黄文炳，他哈哈大笑着，又说："宋江，你自己知道，明明应该和梁山这些草寇远走高飞，这江州城附近，多待一天就多一分凶险，可你硬是要拿了我取我性命，真正的原因，并非是你必须杀了我才能一解心头之恨，其实，你知道，你实在是太像了，你杀我，是因为你怕我！"

他一边大声说着，一边用嘲弄的眼神打量着我。我被他看得心里一阵发虚，想说些什么，又不知如何说起，只得一转身朝门外跑去。

"宋江，你是怕我，怕我，哈哈哈！只怕你机关算尽，日后的下场也未必能强过我！"我掩着耳朵，快步跑出了柴房，这黄文炳还在里面狂笑大喊着。

出了柴房，我求晁盖杀了他为我出气。晁盖当然满口答应，索性把他千刀万剐。只有我自己知道，晁盖杀死的不是黄文炳，是另一个我，另一个宋江。

从那天起直到今天，我走出的每一步，似乎都在应验着这黄文炳在柴房中说过的话。

后来，我也上了梁山落草，坐上这里的第二把交椅。每次我走进聚义厅，到了属于我的那把交椅前，都要先朝着晁盖深深一揖，然后才能安然落座。这时，聚义厅里的几十名头领，会先向晁盖作揖鞠躬，接着才会朝我作揖——没有鞠躬。

上了梁山，我不甘心一直做晁盖的影子。在别人眼里，我在梁山上坐第二把交椅，已经够威风了，但他们哪里知道，我的雄心壮志，岂是这第二把交椅所能满足？

在上梁山大局已定的时候，我还给自己镀上了重重的一层金。我捏造了一场梦，说九天玄女娘娘托梦于我，将三册兵书相赠。我知道梁山上的这些江湖汉子，对官府可以丝毫不放在眼里，但偏偏最信这套神神道道的东西。所以，对于我口中被仙人托梦的经过，他们没有丝毫的怀疑，对我比从前更加敬畏了。

但是，在梁山上对我的一派阿谀奉承的声音背后，我也能感觉到，有一双锐利的眼睛在紧紧地盯着我。这就是晁盖。自从上山之后，晁盖一开始自然是把我当作救命恩人和左膀右臂，对我好不亲热。但后来，我言辞里微微吐露了招安之意，他就开始处处提防我。是我大意了些，我早就应该想到，晁盖是万万不愿意被招安的。这个东溪村当年的土豪，没什么大志向，宁可一辈子在这小小的山头上称王称霸。更重要的是，他是劫走蔡京生辰纲的匪首，蔡京对他恨之入骨。如果招安，他当上朝廷命官，位居蔡京之下，蔡京岂能轻易放过他？况且，我是他的救命恩人，在江湖上，在梁山上享有绝不亚于他的声望。哪怕我绝没有取而代之的打算，仅仅是我的存在，对他就是巨大的威胁。说起来，这晁盖也难成大器。想当初，晁盖率领一干梁山好汉去江州劫了法场，救了我出来，回梁山路上又收了不少好汉，到了山上，如何排座次这一件小事，就把晁盖难住了，亏得我说先上山的英雄坐左边主位，后上山的好汉坐右边客位，才解决了这桩难事。再说那日，杨雄、石秀上山投奔，只因为和他们同来的时迁偷盗被祝家庄捕了去，觉得有辱梁山泊的名号，一时胸中不忿，就要斩了这二人。是我连忙阻拦，吴用、戴宗也不停地求情，才救下这两人性命。

　　其实，晁盖爱惜梁山的声誉也没错，但世上的鸡鸣狗盗之徒甚多，他们和真正的英雄好汉，哪里分得这样清楚？水至清则无鱼，按照晁盖的要求，山寨里根本剩不下几个人了。在我眼里，不管用什么办法，都要尽快把梁山的声势越弄越大，让梁山成为朝廷不得不解决的一道难题，才能让朝廷尽快招安。

知道了晁盖的斤两后，我就开始考虑，如何才能让山寨的头领们归心于我，最后把晁盖取而代之呢？

我订出了坐上梁山第一把交椅的计划。第一步，每一次山寨每次出兵征讨那些公然打出旗号与梁山为敌的土豪，那些囚禁了梁山兄弟的州县，我都主动请缨。当初在青州、江州等地的所见，让我知道，朝廷这些久疏战阵的兵将绝不是梁山上这伙亡命徒的对手。果然，每次下山出征，梁山几乎是百战百胜。这样不但能以战功树立我的威信，而且由我招降的头领，到了山上自然也唯我马首是瞻。

第二步，就是让招安成为一种难以逆转的大势。在我上山之前，来到梁山的，以那些江湖汉子居多，自从我来了梁山，有功名、有职衔的将官越来越多。他们是我下山征讨时一批批陆续收降的。他们知道当官的好处，自然比那些大字认识不了几个的江湖汉子更愿意被招安。他们上山后，山寨里的形势在向我倾斜。这样一来，当梁山上有越来越多的人把招安视为自己的未来时，晁盖虽然在名义上是梁山泊之主了，但对此再也无能为力了。

事情发展得很顺利，甚至比我的预期更加顺利，因为晁盖死了。晁盖死得很突然。他看到我下山征讨每战必胜，声望不断提高，隐约就要压过他了，自然有些坐不住了。他在听到曾头市抢走本来打算送给他的一匹宝马后，更是勃然大怒，马上率军下山攻打曾头市。我早就探听到曾头市极不好惹，梁山与之对垒并无必胜之算，这次晁盖硬要自己亲自带兵去，我也就没和他多争。结果，晁盖被曾头市枪棒教头史文恭一箭射中头颅要害处。虽然山上群医全力施救，仍然无力回天。

没有人知道，那天，当梁山好汉们在聚义厅满满跪下时，在那道薄薄的帷帐后面，晁盖在弥留之际和我的对话。他大限将至，但在回光返照时，脑子倒格外清楚。我正在想，如何让他对众头领说出他死后由我继任为梁山之主时，他伸出手，握着我的手掌，盯着我说："兄弟，你当真要让梁山受朝廷招安吗？"

他那双眼，目光炯炯，犀利异常，仿佛看穿了我的五脏六腑一般。我被他这么单刀直入地一问，当即一愣，不知该如何回答。这时我才知道，我一直都低估这个人了。我赶紧琢磨该如何回答。我想，他既然有疑我之心，我要说无此打算，他自然不信。而我如果说的确有意招安，因为他绝不愿意招安，也就不会让我继任，说不定还会在死前对众头领公开说让别人来当他的继任者。

还没等我想好如何回答，他又说了："兄弟，你上山后，四处征讨，不但为山寨取得无数钱粮，更引了几十位好汉上山聚义。但是，你可知在你来山寨相聚前，我为何并未遍招天下英雄好汉来此聚义？"

我自然不敢直说那是因为你目光短浅，只得嘴里胡乱嗫嚅着。他也不理会我说些什么，只管自己接着说："兄弟，我们要想山寨愈发兴旺，自然希望上得山来的好汉越来越多，但有一节，就是山寨的声势一大，就会引得朝廷注目，把梁山视为眼中钉、肉中刺，要想方设法剿灭我等。但朝廷中也不乏能人，只要有人看出，其实根本不用派来大军，只消把山寨周围几个州县的百姓远远迁走，周围州县再下令，严禁任何人与山寨交易钱粮，山寨没粮可用，根本就维持不了几天！到时，山寨里的兄弟们可就都成瓮中之鳖，任人宰割了。"

听了这话，我心中一震，心想这晁盖也真不简单，我一向自命权谋过人，却从未想到过此节！

晁盖看我神色有变，嘴角微微向上一挑，似乎在说，怎么样，还是我比你宋江更深谋远虑一些吧！他旋即稳住神情，又望着我说："幸好如今当政的蔡京、高俅、童贯等人，一个个爱财如命，贪赃枉法，偏偏当今圣上还对他们言听计从。于是，梁山打家劫舍取得的金银，我派人流水价送往他们的府第，求他们莫对梁山下此毒手。说来可笑，我和军师他们当年劫去的生辰纲，后来就这样陆续还给了蔡京。除此之外，山寨贴进去的金银，只怕有几万两呢！"

我惊呆了，瞪着眼睛说不出话来，心想晁盖的这些作为，我可半点风声都没听到过。看我这副样子，晁盖又拽过我的手，说："兄弟，说起声望智谋，全山寨并无第二人比得过你，我死之后，本来由你继为山寨之主是最合适不过的。但你一心盼着招安，我只怕这是一条死路。朝廷视我们为反贼草寇，我们无论怎样自命忠义，朝廷也容不下我们这些兄弟。这样吧，你能否坐上梁山泊第一把交椅，就看你的造化了！"

说到这里，他指了指那只置他于死地的毒箭，我心中猛然一颤，已经猜到他要说些什么，但也只得把箭拿来，递到他手里。他攥紧了毒箭，又挥挥手让我拉开帷幕。这时正是深夜，只见聚义厅里烛火摇曳，几十位头领正密密麻麻跪着。晁盖强撑着半坐起来，扬了扬手中的毒箭，对众头领说，谁能擒住史文恭为他报仇，谁就是梁山之主。说完，他眼睛一闭，就此溘然长逝。

晁盖死后，众头领推举我坐山寨第一把交椅。我知道，绝不能在这个时候当真大摇大摆地坐上这个位子。晁盖既然有言在先，如果我没有为晁盖报仇，就据此大位，定然有大批人不服。我既要做出恨不能马上下山扫平曾头市为晁盖报仇的架势，又不能当真如此鲁莽行事。我必须利用这段时间，加紧培植自己的势力，确保即使有人当真擒住史文恭，梁山众人也不会奉此人为山寨之主。

晁盖的后事办理妥当了，梁山上大小事务终于由我说了算，但晁盖死前那番话让我如刺在背。我只得继续给蔡京、高俅他们送去大笔钱财，一是求他们别对梁山下毒手，二是求他们给圣上进谏，从速招安梁山。但是，他们只答应不外迁周围州县百姓，不禁贸易，却从来不肯为了招安之事在圣上面前进谏。而且，他们还对我派去的使者说，对朝廷来说，梁山泊毕竟是反贼巢穴，他们虽然受了我的金银，如果圣上派他们设法征剿梁山，他们还必须照办。

这样也好，官兵一路路来到，我便一路路收降，大刀关胜等人就是在这个时候被我收服上山的。可是，此时新的危机出现了，因为来自河北大名府的卢俊义上山了。此人上山，固然是出于我的苦心筹划，但他亲手杀了当初用毒箭射死晁盖的史文恭，那些晁盖的昔日心腹，一下子归心于他，他们慑于我的权势，不敢和卢俊义公然来往，可我看得出，他们对卢俊义的感激之情。只要我略有松弛，他们定会对卢俊义投怀送抱。

卢俊义上山后，拿出大笔家产供山寨使用，还时常寻找各种名目给一些本领高强又有声望的头领送去厚礼。他在山上声望日隆。我看得出，卢俊义正在做的，就是我当年在晁盖未死前所做的。对于这个不甘心坐第二把交椅的人，我只有故技重施，先命人把梁山上一百〇八个头领分成三十六天罡星、七十二地煞星，把他们各自的名号刻在石碑上，再在大庭广众之下从地下挖出这块石碑。然后，我找来一个偶然经过梁山泊的游方道士，称这石碑上镌刻的奇异文字乃是"天书"，让这些草莽汉子们以为自己竟然是天上星宿下凡。这块石碑上，自然是我位居第一，卢俊义居第二。这样一来，这些头领对我更是死心塌地，梁山第一把交椅的位置，我坐得更加牢了。

那个有本事"辨验天书"的道士，是我花重金从一处偏僻道观请来的。事后没几天，我当即告诉李逵，这是个假道士，其实是朝廷派来的细作。李逵二话不说，抄起他那两把板斧连夜下山杀了他。

其实，九天玄女梦授天书也好，梁山兄弟是星宿下凡也罢，我并不要求所有头领都相信。那日，吴用、林冲、李俊、呼延灼、阮氏兄弟等大约有三十多个头领，在"天书"前踌躇着跪下时，脸上颇有些怀疑的神色，看来他们并不信石碑上"天书"的内容。这倒无关紧要，只要他们不敢公然把怀疑宣之于口，也就行了。

后来，上山的朝廷将官越来越多，卢俊义也似乎在安分守己地坐着第二把交椅，一切似乎都在按照我的计划进行。但是，有一天，我得到山下的探子飞报，说有个名叫方腊的，在江南一带造反。而且他的地盘在急剧扩大，已经占领了苏州、杭州等几个有名州府。

方腊的横空出世，对于我来说这绝不是一个好消息。如果方腊被朝廷招安，定然会被调来剿灭梁山。反之，倘若我能尽快招安，也会被调去征讨方腊。如果成功剿灭方腊这伙人，我不但能在圣上面前一扫反贼的恶名，更能以平叛的功绩，获取高官厚禄。所以，梁山的招安，必须抢在方腊被招安或者被朝廷剿灭前完成。后来，我通过宿元景、李师师这两条线，把招安的心意一次次上达天庭。终于，我招安的心愿实现了，还被朝廷派去征讨方腊。方腊经营江南各处州县多年，手下又是兵多将广。这次南征异常艰辛，最终的结果是方腊被擒，而我用五十九个梁山兄弟的性命，换来了楚州安抚使的官位。

我这一辈子，唯一走错的一步棋，就是在没能完全笼络住蔡京等人的时候，就被朝廷招安，出了梁山泊，穿上了官服。

这样一来，真的是把自己当作鱼肉一样，送到了人家的案板上。但是，为了讨好蔡京，我真的已经尽了全力，山上的金银珠宝，流水一般送进了太师府。我想，即便我无论如何成不了蔡京的嫡系，不能在他的眷顾下青云直上，但总能换一个平安吧？我万万没有想到，蔡京还是一定要除掉我。我知道，这次带着毒酒来楚州的钦差，就是出于他的授意。

如今，我就要死了。回想这些年，我不知有多少杀人灭口、探人隐私的事情是让李逵去做的。虽然每次我都是暗示于他，从未直言让他去如何如何，但如果李逵把事情原委说出来，世人自然明白这些下作事情背后有我的安排。他自己说过很多次，他这条命早就许给我，要杀要剐全由得我。我自然知道，他这么说，只是为了让别人明白他李逵是我的心腹，这样别人自然要高看他一眼。既然他毕生靠着我的照顾，在山寨中有了不低的职衔，如今又光宗耀祖，当上堂堂润州都统制，那如今让他拿命出来，保全我的好名声，也不算委屈他了。

于是，我喝下一杯毒酒后，又连夜叫来李逵，说我毒酒入腹，命不久矣，死前好生想念他，特意把他找来，就是想问他愿不愿意与我共赴黄泉，到了阴曹地府继续做兄弟。果然，李逵一句话也没说，就喝下了毒酒。即使李逵不肯喝，也无关紧要，我知道李逵是个旱鸭子，早就在他回润州的水路上做了安排。总之，我死之后，无论如何也不能让李逵活过今晚。

此时，腹中的疼痛让我再也支持不住了。我慢慢从窗前挨到椅子前坐下，我在人世已经熬不过这个时辰了。可是，我至死不明白，蔡京啊，蔡太师，你到底为什么就容不下我宋江？

黄文炳，晁盖，你们比我看得远呀！

李逵·润州城外官道

大概已是四更时分了，官道上空空荡荡，满天的星光把路上照得亮堂堂的。这匹马跑得甚快，嘚嘚的马蹄声在一片寂静冷清的夜色里格外清脆响亮。还有个把时辰就到润州了，这个时候，我终于确信，自己的性命保住了，而宋江大概已经毒发身亡。

在昨晚离开楚州城外的码头，和宋江道别时，我就已经知道，这个男人不会继续出现在我的人生里。我希望自己可以从此永远告别那个已经做了成百上千次的噩梦。

在那个噩梦里，一个头颅被劈成两半的小男孩，双眼里流淌着鲜血和泪水，一边大声哭喊着，一边不停地追着我。那是沧州知府的小衙内，是一个年仅四岁，就惨死在我板斧之下的孩子。我是为了完成宋江的心意，逼迫他的救命恩人朱仝上山才杀死他的。从那天开始，这个孩子每天都会出现在我的梦里。我杀过很多人，从前我杀人时，我都是闭了眼睛，抡起板斧来朝人堆里冲去，哪怕这个人的热血从被我砍断的颈子一直溅到我的脸上，我都没有见到这人的样子，我甚至不知道我杀死的是男人还是女人，是老人还是孩子。但那次杀死这个孩子却和所有人都不一样。

那天，是七月十五日盂兰盆大斋，我和吴用军师下山到了沧州后，我把他从看河灯的人群里抱出来，又抱到城外二十里的树林里。我明明往他的小嘴里塞了不少麻药，但是在路上，药效很快就过去了，他睁开了眼睛。我在月光下看着他的眼睛，觉得很圆，很亮。那天是满月，我在城外驿道上一路跑着，这个小家伙竟然在我怀里乐了起来，大概以为我是在和他做什么游戏吧。这个年纪的小男孩总是异常调皮贪玩的，躺在一个陌生大汉的怀里，他一点都不知道害怕，还伸出小手去拽我满脸的胡子。我知道自己的胡子又粗又硬，一直担心会不会把他的小手扎疼。

也怪了，我明明知道他连一个时辰都活不了，还会有这种担心。

我们到了城外一处小树林里，他见周围一片漆黑，没有半分动静，终于有些怕了，哭闹着要回府里去。我赶紧哄他，从地上摸起大把的树叶来和他玩游戏。终于，他不再哭了，坐在地上认认真真地玩了起来。

我站起身来，抬头看看已经升到了半空的圆月，知道朱仝就要赶到了。我悄悄地把板斧从腰间摸出，攥在手里，站在了这个小男孩的身后。我看到自己的影子被月光映在他面前的地上，仿佛一个狰狞的魔鬼。他有些奇怪地回过头来看我，看到我扭曲的脸，看到我手里闪着寒光的板斧，以为我即将开始一场新的游戏，他又笑了，朝我舞着两只小手，想让我抱。

我知道，时间已经容不得我再拖了。

当初，朱仝在当郓城县捕头时，宋江因为杀死阎婆惜，成了在逃的凶犯。是朱仝在紧急关头放跑了宋江。如今，朱仝又因为人命官司，被刺配到了沧州。宋江这时已经是梁山泊的二头领，他不肯背负独享富贵、却置救命恩人于不顾的恶名，一定要接朱仝上山。但这个朱仝偏生是个大孝子，说什么也要在沧州服完刑期后，再回郓城老家侍奉母亲，死活不肯上山落草。那么，我就只有杀掉这个朱仝负责照看的小男孩，才能逼他上山，成全宋江的义气。

后来，朱仝终于上了山，成为山寨的一名头领。江湖上提起宋江千方百计把朱仝救上山的事情，人人称赞宋江果然义气干云，知恩图报。后来，宋江知道了我在此事当中杀了一个四岁的小男孩，埋怨我说何必乱杀人，这样会让别人以为我梁山上聚集的都是些无法无天、滥杀无辜的凶徒。我当然连声说这次只是一时心急，下手鲁莽了些，以后绝不再犯。其实我也知道，如果我当初没这样做，没能把朱仝逼上山，宋江马上会派别人去做。小衙内的性命，终究会丢在某个梁山好汉的手上。与其把功劳让给别人，不如我自己动手。而且，我看到了宋江在斥责我时，眼神中分明闪动着满意的光彩。

从那天，每天我都会做梦，这个长着一双黑亮眼睛，喜欢拉扯我胡子的小男孩，每天都会带着被劈成两半的头颅，在我的梦里出现。

我自然知道，山寨里旁人见到我整日伴随在宋江左右，知道我是宋江心腹，对我也恭恭敬敬，但心里并不如何瞧得起我。

也有一些议论飘进我耳里，说偌大梁山上，好汉们个个都是身怀绝技，独来独往，只有我围着宋江转。其实，我和这些人都明白，如果不是背靠着宋江这棵大树，偌大一座梁山，谁会对我李逵客客气气，尊重有礼？我如何能在一百多个头领里面，成为高高在上的三十六天罡星之一？如何能和林冲、呼延灼、关胜这些从前的官老爷，和武松、鲁智深、杨志这样江湖上成名已久、武艺不凡的好汉，坐在一起称兄道弟，喝酒吃肉？说起来，我号称黑旋风，手持两把开山板斧，站在哪里都是一副杀气腾腾的样子。其实，我的本事究竟如何，我自己知道得清清楚楚。那次，在凌州官道上，我面对在江湖上没半分名气的没面目焦挺，都毫无招架之力，被人家轻轻易易打个鼻青脸肿！

想当初，我正是因为在家乡没有靠山，犯了官司后我只得亡命天涯，到了江州。在江州城牢，我看戴宗手段凶狠，性子冷硬，无论多有来头的犯人，都会被他狠狠榨出一笔银子，就攀上了戴宗。终于，和戴宗有了交情后，我生平第一次尝到被人怕的滋味。这种感觉让我很着迷，我就开始了新一轮寻找。我要找一个能让我毕生依附的靠山。后来，听说宋江被刺配到了江州，我开始琢磨，这个宋江是不是就是我所需要的那个人。宋江在江湖上的名声虽然极大，但总归是耳闻，如果我要把一生的希望寄托在他身上，万万不能仅凭传闻。于是，我试探了他一下，果然，十两银子他毫不迟疑地掏了出来。这让我完全放心了。其实，他到底是真的仗义疏财，还是惯于收买人心，这些并不重要。能如此大方果断地拿出十两银子送给一个素昧平生的人，这足以证明，宋江的的确确是一个不简单的人。

于是，我就从此成了宋江的跟班。我为了宋江，随时准备抡起板斧来乱砍乱杀。到底有多少无辜者死于我的斧下，我自己都记不清了。梁山好汉里，喜欢杀人的有很多，在别人眼里我自然也算一个。其实，我杀再多的人，无非是做给宋江一人看而已。

当然，宋江有好多次要以不尊号令为名杀我，我理解他需要做做姿态。当然，宋江每次摆出怒不可遏的架势，喝令把我推出去砍头时，总会有一群头领冲上来劝阻劝阻，救下我的性命。这样一来，众将不但觉得他军纪严明，对他的畏惧又多了三分，而且也会觉得我是憨直汉子，以后在我面前说话时就更加口无遮拦，不加掩饰。这样一来，我就可以好好地替宋江探听山上众头领的动静了。

那天，晁盖在攻打曾头市时受了箭伤。本来我就估摸着，晁盖的死期已经不远了。宋江为梁山屡立大功，晁盖定然坐不住，要亲自出马。但我看来，他行军打仗的本事实在不及宋江。晁盖死后，宋江坐上了山寨第一把交椅，但他似乎还不放心，处处提防着吴用、林冲那几个座位最靠前的头领。我知道，他是担心这几个人里有谁当真杀了史文恭。因为晁盖临死前留下话来，说哪个杀得了史文恭，哪个就是梁山泊水寨之主。宋江断断不能让某个梁山兄弟来领这份手刃史文恭，为晁盖报仇的功劳。这样一来，他的位置就危险了。山上毕竟还有一拨兄弟和晁盖的交情非比寻常。这样一来，宋江必须选择一个既有枪棒本事，同时在梁山毫无根基的人。只有这样的人，才能既制得住史文恭，又不至于威胁他的权位。

这也就是宋江为何定要卢俊义上山落草的原因。卢俊义杀了史文恭坐上梁山第二把交椅后，我满心想着，梁山好汉们固然畏惧宋江，但晁盖这拨心腹兄弟，见卢俊义为晁盖报了仇，总会对他总该有一番心意。可我见卢俊义上了山，一连几个月，都无人来拜访他。这班人，对宋江竟然畏惧到这种程度。这个时候，我更确信选择宋江作为终身的靠山是对的。

那年三月二十八日天齐圣帝诞辰，擎天柱任原在泰安州摆下擂台，放出狂言，说自己的相扑之技天下无双。消息传到梁山，燕青燕小乙坐不住了，他自负了得，定要下山和任原较量较量。宋江拗不过他，只得放他下山。这晚，宋江把我叫了去闲谈，说到圣帝诞辰降香时的热闹，听得我好不心热，他又道泰安州乃是一座大州郡，军马齐整，小乙孤身去怕有闪失，再加上那任原极不好惹，小乙未必能抵得住。我自然知道他的意思，是他本来就对卢俊义不放心，现在平日不离卢俊义左右的燕青突然说要下山去泰安州打擂台，说不定是因为卢俊义有什么图谋。我马上下山，追上了燕青，和他一起到了泰安州。

那晚，在客栈中，约莫三更天时分，我连续做了一连串怪梦，醒了过来。我侧头一看，燕青并不在他的床上。我心里犯疑，心想难道真的被宋江猜中，燕青下山并非为了打擂，而是另有所图？我心里一阵发紧，匆忙翻身下床，到了燕青床前，伸手进去一摸，觉得被子里还有些暖意。看来燕青刚出去不久，我赶紧披上衣衫，把行李粗粗收拾了，把板斧攥在手里掂了几掂，就冲出门去。我想，这燕青此次下山看来真的有阴谋，要是追得上燕青的话，好歹去劝他回山寨。他要是不肯，执意要向官府告密，我只能先冷不防一斧子砍死他了。

这时，天边一弯残月，正冷冷照着四野，我出了房门，刚冲到客栈院子里，只见燕青赤了身子，正在客栈院子里习练拳脚。只见他出拳踢腿都是呼呼有风，再加上他露出一身花绣，宛如一只硕大的花蝴蝶在蹁跹舞动一般，煞是好看。我正看得出神，只见他猛地使了个身法，摆出一个"踢倒星斗式"停在那里。他斜眼朝我看来，只见我愣在庭院角落里，腰间别了板斧，又背着行李衣物，说："李逵大哥可是以为我投降了官府，要杀了我再回山寨报信吗？"

我脸上一红，想分辩一下又不知该说什么，只得随口说道："小乙莫说笑。明日你就上擂台了，怎么还不歇息？今晚要养足力气，明天才能把你平时的功夫使出来。"

燕青哼了一哼，径直回了房。我也只得悻悻地跟着回去。只见他回房后和衣而睡，我正待劝他脱了衣衫好好歇息，只见他猛然坐起，说："李逵兄弟，你说，好好一座山寨，巴掌大的地方，平日里都是兄弟相称，何必这样你瞒我瞒的？"

我讪讪地说："小乙，方才我是担心那任原听说你要与他较量，暗地里派人把你抓了去，这才提着斧子去找你，并不是有意欺瞒。"

"李逵兄弟，我不是说你，我说得是——"说到这里，我隐约他看到他朝上一指，顿时心里一愣。这燕小乙一向为人精细，为何说出这等话？我只得跟着说："兄弟便是兄弟，哪有什么你瞒我瞒的事？"

小乙又是一声冷笑，说："李逵兄弟，我一向以为你是个直肚肠的好汉，但这次你拿我当外人了，我就不信你看不出来。"

我说："小乙，有啥话你尽管说，我绝不对第二个人说。"

燕青说："你当我真爱来打这个鸟擂台吗？这里人生地不熟，这任原也没有哪里得罪了我，我何苦孤身跑到这里，到别人地盘上撒野？"

我说："打赢了任原，就名扬天下，山寨也有光，回了山寨，宋江哥哥和卢俊义哥哥定然重赏。这岂不是好事一桩？"

"我来打擂台，哪里是为了山寨？还不是为了出得梁山一日，心里就能痛快一日。就算我学艺不精，让任原掼死在擂台上，也胜得日后兄弟相残！"

我不敢接他的话茬，只得装作没听见。过了好一会儿，他没继续问下去，我才小心问道："小乙，你好好给我说说，你究竟看到什么兄弟之间你瞒我瞒的事情？"

"李逵兄弟，你先别急着问我，我来问你，你这次下山，真的是你自己定要和我到这泰安州来耍上一遭吗？"

我被他这样猛然一问，不知该如何回答，嘴里只是含糊嘟囔着"这个，这个——"。

他见我不答，就自顾自说："我知道，你这次是奉了宋大哥的将令，要把我小乙看紧了。你要看看我燕小乙下山后见过什么人，说过什么话，尽管看了去，听了去，看我是不是对山寨有另一条心。"

我愣住了，一句话也说不出来。过了片刻，我轻叹一口气，才说："小乙，我如何比得了你？你一身的本事，在山寨里兄弟们好生佩服。我如不依靠宋大哥，谁肯理我半句？是宋大哥一路提携，带我上山，让我在山寨里当上头领，天下各处也有了些名声。否则，我就说平平常常一个黑脸汉子，那时我若与你江湖相逢，你哪里知道我李逵何许人？所以，宋大哥的话，我哪里敢不依？"

燕青也觉得刚才说的有些重了，叹了口气，说："你我都是如此。我从小在主人家，蒙主人传授了一身武艺。眼下虽然说是上了山，彼此成了兄弟，再不主奴相称，但我在山寨毫无根基，若没有主人照顾，只怕日子比如今艰难十倍！"

我说："我日后前途如何，还不是像你一样，根本由不得自己，全系于宋大哥一身。"

这时，我忽然想起当初我和吴用去诓骗卢俊义上山的经过。我说："卢员外当真是厚道人，我和军师那年到了卢员外府上，我们二人扮成一个算命先生、一个道童。军师对卢员外说不久就要有血光之灾，除非到东南方一千里处，方可免此大难。他还在卢俊义宅中粉壁上题了四句藏头诗。如此伎俩，我看了也是觉得好笑。此去东南一千里，不就是梁山泊吗？那诗更是不折不扣的反诗。居然连这等雕虫小技都看不穿，卢员外当真厚道。"

黑暗中，我隐隐看到燕青脸上一副全然不信的神情，接着嘴唇动了动。我连忙屏住气息，想听燕青要说些什么。可燕青并未言语。我知道他心里有话要说，就一言不发地等着。过了片刻，燕青终于忍不住接着说："我家主人早就看穿了你和军师的计策！"

我大吃一惊，连忙说："那他为何还会上当，当真来梁山来躲那血光之灾？"

燕青说："上当？李逵大哥，你以为我家主人当真被你和军师给骗过了吗？那天，你和军师走后，我才回到主人府里。我见了军师的藏头反诗，大惊失色，说此事明明是梁山有诓骗主人上山的计策，提醒主人万万不可上当，离开大名府去那东南一千里处。"

我说："那，卢员外是怎么说的？"

"眼下奸臣当道，欺压良善，各处多有盗贼占山为王，打家劫舍，别人唯恐祸及自己，我家主人早就看出，对于真正的英雄来说，这世道却是干一番事业的大好良机。当年在府里，我家主人对我说，这些大大小小的山寨盗伙，匪首大多鼠目寸光，只求多弄些金银妇人，但其中定然也有那么几处，头领中不乏奇人异士，颇能成一些气候。他们只要能多占些州县，朝廷见一时难以剿除，又恐耗费钱粮，就会招安。这处山寨的头领，马上就可以成为朝廷命官。这条腾达之路，可比科举快多了。为了早得声讯，我家主人早就广布耳目，在天下各处州府布下了上百个探子，宋大哥的梁山、江南方腊的清溪县帮源洞这些地方，自然也安插了格外得力的探子。朝中大臣的忠奸贤愚，梁山泊也好，方腊、田虎、王庆各个盗伙中大小头领的相貌本事，也早都给他摸了个十之八九。就这样，我家主人把天下大势熟知于心。那日，有个派去山东的探子报信说，梁山和曾头市结下了深仇，前去征讨的晁盖死在曾头市教师爷史文恭的箭下。听了这条消息，我家主人当即就说，以眼下梁山实力，并非曾头市对手，但是晁盖的仇，梁山又非保不可。这个节骨眼上，梁山定要大肆延揽天下好汉。那天，我家主人听了我的话，就告诉我，这墙上题写的，哪里是反诗，分明就是延请我卢俊义上山的请柬！那我恰好将计就计，先去和梁山众好汉会面，再亲手活捉那史文恭，到时按晁天王的遗言，自然可以成为山寨之主。日后就可以率领众好汉，闯出一番轰轰烈烈的事业！"

我惊呆了，觉得大股的冷汗在脊背上流着，心想这卢俊义竟然早有这样的盘算，那日是我和军师吴用去诓骗他上山，当时还以为他轻易被我们骗了，觉得这天下闻名的河北玉麒麟也不过如此，想不到，真正中计的却是我和号称智多星的吴用！我半晌没有言语，心里有些怯了，低声道："小乙，你说给我这些，就不怕我禀告宋大哥吗？"

燕青说："我家主人上山第一天晚上就到宋大哥房里，把这些原原本本告诉宋大哥了。只不过说完这些，我家主人对宋大哥说，本来打算凭自己为晁天王报仇的大功，在山寨坐第一把交椅。但这几天和宋大哥相处，亲眼见到宋大哥果然义气过人，决定抛却私心，真心奉宋大哥为山寨之主，毕生追随宋大哥左右。"

"那——卢员外是真心对宋大哥吗？"我小心问道。

听我这样说，燕青半晌没言语，过了一阵子才说道："宋大哥和我家主人都是有大志气、有大本领的英雄，咱们只要跟紧了他们，日后自然有好结果。至于他们之间到底如何，也不是咱们能管得了的。时间不早了，明天还要上擂台，这就歇息了吧。"说完，我隐隐看到他翻了个身，朝里睡了。

天明后，燕青打擂大获全胜，我也知道山寨里的确卧虎藏龙，再想想自己本事低微，对宋江依傍得就更紧了。

后来，宋江费了偌大气力，终于等到朝廷招安。朝廷第一次派遣使者来到梁山时，宋江对那次朝廷的条款甚是不满，我察言观色，岂能不明白他的算盘？但招安毕竟是宋江朝思暮想的事情，我猜不出这次宋江愿不愿意就此招安。我正稍有一些犹豫，武松第一个跳了出来，在朝廷使者面前大闹了一场。我见宋江没有喝止，也赶忙跳出来，还撕了圣旨。这次招安自然作罢。

后来，又经过不知多少波折，招安之事终于落定，打平方腊凯旋回京后，我也被封为了手握一方兵权的润州都统制。但是，我看到，梁山之人被四散分开，任职州郡相隔遥远，看这阵势，朝廷分明要把我们一一剪除。我自以为已经把世情人心看得清清楚楚，可还是不明白，这宋江为了讨好蔡京等人，几乎把一座梁山送空了，他们为何还是不肯接纳梁山众将？我早熟知官场行情，寻常人只需送出百中之一，就能获得高官厚禄。莫非是他们的胃口，被宋江撑得大了，拿准了宋江要拼命走他们的门路，为了招安不计本钱，他们才始终贪心不足？话虽如此，可看起来总归不像。

到了润州没几天，我听到消息，卢俊义被朝廷宣召进京，在返回庐州时在江中失足落水，尸骨无存。这天，我正在琢磨此事，宋江忽然有书信相招，我猜想定然是朝廷方面有关。我星夜赶到，宋江做出一副轻松随意的样子，先是给我看了朝廷赐酒的圣旨，然后说蔡京等人在酒中下了剧毒。他已经喝了毒酒，要我也喝上一杯，陪他共赴黄泉。我当然是万分不情愿喝，但这楚州安抚使衙门是宋江的地盘，我不能不喝。我只得装出把毒酒一饮而尽的样子，姑且蒙混过去。

幸好，我事先就服用了解毒的药丸。而且，我在离开润州时，在城外一处山洞里早就预备好了马匹。

喝过毒酒，宋江送我上船，让我回府等死，将来我二人共埋一处。我上船后不久，就觉得那船家总是朝我瞟来瞟去。我情知这中间有诈，船行了一夜，眼看着就要到了我放置马匹的地方，我装出一副急不可耐的神情，吼着说船行太慢，我要下船走旱路赶回润州。他说奉了宋江之命，要把我好好用船送到润州，断然不敢违令。我一把扼住他的颈子，这才逼他说出实情。原来，宋江告诉他，如果我没有毒发的症状，就让他把船凿沉，我不会水，那就定死无疑了。

当年在江州，我为了给宋江弄来新鲜活鱼做醒酒汤，得罪了浪里白条张顺。就是因为不识水性，我才被张顺在浔阳江上好一顿收拾，一条命都险些丢掉。我不谙水性之事，自然被岸边的宋江看在眼里。想到宋江连续用两条毒计，定要取我性命，因为早知他的为人，我心里倒也不如何恨他。见船已经靠了岸，我扼死了船家，把尸首扔进了船舱，又凿沉了船。上岸后，我在江边山洞里找到了那匹马。我当即踏上马镫，在越来越浓的夜色中向着润州城疾奔而去。

终于，天亮时我回到了府中。进了家门，我头一件是就是去看我的义子。这小家伙，兀自睡得香甜呢。这是一个我收养的小男孩。当初我到了润州后，某日我卸了官服上街，看到一个跪在路边乞食的小男孩。虽然他满脸泥垢，一身破衣烂衫，但我还是一眼看出，他和那个被我砍死的小衙内一样，都有着一双黑亮黑亮的眼睛。于是，我收养了他，认他当义子。

关于未来，我盘算着，虽不知道蔡太师为何铁了心要宋江、卢俊义死，但我毕竟只是寻常头目，不像宋江那样树大招风，蔡太师犯不着找我的麻烦。毕竟梁山兄弟还有几十个在各处为官，总不能全数斩尽杀绝。话虽如此，我想着，待宋江之死的风头过了，我只怕是还要去东京蔡太师府上打点一番。

还有，到了明年清明，我定要去那沧州知府的小衙内坟上，去好好祭奠他。

眼下，尽管当官时间不长，但我却从这一派歌舞升平的太平景象里，嗅出了危机的气味。我看得出，这个赵官家的大宋天下，早已经烂到底了。不出三五十年，大宋江山，定然要换个主儿了。我只有在这都统制任上广积金银才是正路，等天下大乱时我就可以扔了官帽，远走高飞。听说李俊兄弟在海外寻了一处海岛，过得逍遥快活，到时我就带着义子投奔他。至于我在润州拷掠百姓、横征暴敛时会不会逼得百姓造反，也就顾不得这许多了。

宋徽宗·睿思殿

一轮圆月已经升到中天，今晚，朕仿佛早有感应一般，兴致甚高，命太监把画案摆在睿思殿外，雕栏旁也早有宫女焚了香。只见月光下，殿前亮如白昼，幽香怡人。朕正画着一幅《听琴图》，有太监一路小跑到了殿前跪下，奏报说太尉宿元景求见。朕盘算了一下时间，已经猜到他来奏报何事，心里好一阵欢喜。但朕不能在臣下面前显得太过喜形于色，于是，朕收摄好心神，手里握着画笔继续慢慢画着，过了半盏茶的工夫，觉得自己脸上已经看不出半分惊喜，才传旨宣宿元景觐见。

宿元景到了睿思殿前，跪下奏报说："微臣深夜入宫，只为向陛下报喜。微臣刚刚接到楚州传来的密报，说宋江喝过毒酒后，已经毒发身亡。那携了毒酒去楚州的钦差，已经在返京路上。对于这钦差如何发落，蔡太师也早有安排，想来他也活不过这一两日了。"

朕点点头，给他赐坐，他接着说："梁山的精华人物，只不过是宋江、卢俊义寥寥数人。如今这二人都已经一命呜呼，剩下的那些头领，也难成什么气候了。当年陛下令我以招安为饵，诱梁山草寇下山，让他们和方腊自相残杀，这才一举消灭了这两伙反贼。只是梁山贼寇虽然死伤惨重，元气大伤，但宋江、卢俊义竟侥幸生还。如今这二人也先后伏法，余寇再也不能为害大宋江山了。如今大功告成，微臣特向陛下交旨。"

宿元景所说的宋江、卢俊义伏法，乃是朕密令蔡京、高俅等人悄悄除去二人后，他们想出毒计，先是以朕的名义宣召卢俊义进京述职，后来在赐宴时往他的酒菜里下了水银。待卢俊义死后，他们假借慰劳功臣之名，又派出钦差，赴楚州宋江任上赐酒给他。这酒自然是下了剧毒的，宋江被毒死后，为了遮掩其事，蔡京打算连这个钦差也杀了灭口。

想当初，梁山宋江和江南方腊这两伙反贼，都是朕的心头隐患，现在这两副重担终于卸了去，朕这才觉得轻松异常。但朕不能在宿元景面前显得如释重负，朕要让他觉得，对于朕来说，平定两处反贼都不是什么难事。于是，朕一边继续画着，一边淡淡地说，为了平叛的事，宿爱卿也为朝廷出力不小，日后自然大有封赏。说罢，朕捂着嘴打了个哈欠。身边太监一看，忙喊摆驾回寝宫。宿元景连忙叩头谢恩告退，朕也就上了銮驾，缓缓朝寝宫而去。

这晚，夜色清凉得很，凉风又送来淡淡花香，銮驾在宫里缓缓前行，穿梭于禁宫的奇花异草当中，真是宛如置身仙境一般。朕想，再过几日，关于宋江的事，楚州太守会有正式奏章送到，宋江的后事，到时朕还得好好安排。毕竟在别人眼里，宋江是替天行道、满腔赤胆忠心的好人。朕要做的，其实也没有别的，无非就是给他个封号，建个庙，赏些田地、银子而已。

其实，从招安梁山到现在，朝廷所拿出来的，无非就是这几样而已，最后的结果却是平定了梁山宋江和江南方腊两处反叛，算起来真是一本万利。朕虽然身处这重重禁宫，这千里锦绣江山，不过是朕眼前的一盘棋局而已。

这盘大棋，其实是从一盘小棋开始下的。

几年前的某次早朝上，殿帅府太尉高俅第一个出班启奏，说晁盖、宋江这伙人占据了梁山泊，公然造反，四处侵略州县，而且全国各处都有亡命徒去投奔梁山，山上的人马越来越多。如果任其坐大，以后恐怕更难以剿除。他说朝廷应当尽快派出大军荡平梁山。当时，朕听了他一番话，既没有应允，也没有驳回，只是说此事还要从长计议。当晚，朕即把高俅唤至内廷下棋。

那晚，朕命人把棋局摆在了睿思殿外。太监正在安排棋局时，朕就问高俅："高爱卿今天力主要剿灭梁山，那爱卿可愿领兵去攻打梁山泊。"

高俅自然马上连连磕头，满口说着愿率领各处州府人马去踏平梁山，宁可把这一副老骨头葬在梁山那八百里水泊里，也要肃清反贼，为朕分忧。看着他脸上拼命挤出一副恨不能立时为国捐躯的神情，朕点点头说："爱卿要剿灭梁山，将如何用兵？"

高俅说:"梁山不过区区弹丸之地,山上又没什么田地,无粮可用,万物皆依赖山下供养。所以,只要朝廷下令,禁止周围州县和梁山这伙贼寇交易,再下令梁山泊周围一百里之内的农户,一律迁出。那不出两三个月,山上人无粮,马无草,必生哗变。纵然梁山泊里产些鱼虾,也无关大局。就算他宋江手段高明,弹压得住各个头领,兵马也无力作战了。到时朝廷再派出大军征剿,定然不费吹灰之力,就可踏平梁山,生擒这批反贼。"

高俅说完,朕想,这高俅倒也不是不学无术,除了贪污纳贿,居然还讲得出这番布置来,可见平时对如何剿灭梁山也真下了番功夫。直到后来,朕安插在高俅府里的眼线发来密奏,朕才知道,晁盖曾经多次派人以重金贿赂蔡京、高俅,让他们无论如何不可外迁百姓。原来,这招对付梁山最管用的招数,高俅还是从梁山大寨主晁盖那里学来的。这一招数,的确可以轻易打平梁山,但是,如果朝廷当真对梁山使出这一招,朕的下一步棋可就没法子下了。想到这里,朕说:"高爱卿气毬踢得好,朕自然早就领教过了,但听说爱卿于博弈之道,也极有心得,今晚月朗风清,不如你我君臣对弈一局?"

听了朕的话,这高俅有些愣住了,不知道朕为何忽然把话题转到下棋上。这时,太监们已经摆上棋盘,朕和高俅两人也就你一步我一步地下了起来。要说高俅这厮,朕当年还是端亲王时,他还不过是一个浮浪子弟,对于琴棋书画这些事情乃是一概不知。后来当了太尉,为了显得斯文些,他也学了些博弈之道，但棋力仍然拿不出手。过不多时，朕已经在棋盘中腹一带围住了他一条大龙。朕知道胜局已定，也不去把大龙填实，又在边角一带布起阵来。高俅却以为朕没有看到这条大龙的奥秘，继续在大龙处布子，想救活大龙。过不多时，朕看着火候已到，就落子把大龙填实，一下子吃掉他八十余子。高俅无奈，只得磕头认输，又趁机大拍马屁，称赞朕果然是天纵英明，棋艺非常人可比。

朕微微一笑，说："高爱卿，你可知道这盘棋你输在何处？"

高俅说："陛下神机妙算，一盘棋没走几步，微臣就处处受制。"

朕说："话虽如此，你可知道你最大的输着是什么？"

他说："对棋盘中腹这条大龙，微臣自己知道已经是必败之势，但仍然心存侥幸，不肯放弃，结果陷于重围的棋子越来越多，这才大败亏输。"

朕点点头说："说得对。高爱卿，你这样的聪明人，既然知道这个道理，那为何看不透这天下大势？"

朕见高俅还是一副迷惘无知，不知该说些什么的样子，只得点醒他说："爱卿见梁山泊反贼声势渐大，要尽早诛灭这伙反贼，用心当然是好的，可见爱卿平日里就忧心国事。爱卿这番心意，朕极感欣慰。只是这时就把梁山扫荡一番，未必是最好的时机。眼下，这梁山泊的声势越来越大，天下的反贼都归心于梁山。那就让普天下贼人都去投奔梁山，等那里聚集的匪类多了，朕就再把各路反贼聚而歼之，一举荡平。那时，岂不省了再去各处征剿当地反贼的功夫？爱卿说的那番计策，自然有用的，只是现在还不到用的时候。"

听完这番话，高俅先是愣了片刻，接着跪下叩头不止，连呼圣明，还再三请命，说到了朕决定荡平梁山时，愿领军出征，到时定要把梁山这伙贼人一个不留，尽数擒获。

从那之后，又过得几年，眼看着除了江南方腊，聚集在芒砀山、二龙山、桃花山、清风山等处的草寇，都百川归海般聚齐在梁山泊之中，朕也就对梁山该收网了。朕先后派出多路兵马征讨梁山。梁山这伙贼人也真有些不凡手段，每次朝廷兵将都大败而回，领兵将官们死的死，降的降，就连呼延灼这样出身名门的武将都投降了梁山。说起来，也怪不得他们，晁盖、宋江经营梁山泊多年，早已把各路江北豪强都纳入寨中，他们兵力之壮，的确非寻常草寇可比。这时朕又想到高俅当年提出的主张，就是外迁梁山周围百姓，再断绝梁山附近州县和山上的贸易。这的确算得上釜底抽薪，可说是点中了晁盖、宋江的死穴。但这样毕竟太过劳民伤财，所耗费的钱粮，着实不是小数目。

朕正琢磨如何调兵遣将，却接到奏报，说梁山这几次迎战朝廷兵马，都是宋江率军下山。宋江每次打了胜仗，每每在招降朝廷将官时，都自称落草乃是无奈之举，他其实心怀忠义，一心盼望朝廷招安，好为朝廷出力。朕有些纳闷儿，心想梁山的声势正如日中天，这个在山上坐第二把交椅的宋江为何却屡屡谈及招安？朕令人把宋江的为人生平详细报来，又反复琢磨，才对于如何与梁山反贼周旋也渐渐有了主意。招安虽然也要朝廷拿出大笔银两犒赏梁山兵马，但和接二连三派兵征剿或者外迁梁山周围百姓，要花的钱总归少得多了。

　　说到招安梁山，朕也知道，蔡京、高俅这些人和不少梁山头目有不小的私仇，都是衔恨梁山多年了。他们肯收下梁山的重金贿赂，但绝不肯真的代朕出京，到梁山去招安。把招安一事交给他们恐怕不成。须得再找出一个人，让宋江觉得此人是个忠臣，并不畏惧蔡京，是愿意接纳梁山的。说白了，朕就是要找一个人出来，和蔡京、高俅他们一个唱红脸，一个唱白脸，恩威并施，才能尽快收服梁山。

　　那让谁来担此一角呢？朕把满朝文武琢磨了一个遍，最后选中了宿元景。此人官衔不高不低，又和蔡京等人素无瓜葛，正好符合朕的心意。朕先是多次深夜宣召宿元景进宫，和他下棋饮酒，品茶赏花，让别人觉得他是朕格外宠信的臣子。接下来，就是让梁山这伙人如何与宿元景接上头。朕正在想着办法，那天得华州太守八百里加急飞奏，吹嘘说捕得了梁山匪首花和尚鲁智深、九纹龙史进等人。

　　这个华州太守，拿朕当无知小儿了。鲁智深只是刚到梁山入伙，这史进更非梁山中人，而且梁山那伙贼人，最爱标榜义气，你拿了他们兄弟，梁山岂能和你罢休？再说宋江要凭"义气"这两个字收买人心，这次定会率领大批人马下山去攻打华州。朕转念一想，这倒是天赐良机，当即编排个去华山降香名目，当晚急宣宿元景进宫，要他带着御香、祭物并铃吊挂，一起沿着黄河水路开去华山。

宿元景进了宫，开始还以为是朕又要和他下棋品茗，听了朕要他去华山，脸色都吓得白了，磕着头说："梁山草寇此时正以宋江为首，滋扰华州，陛下此时命微臣前去，定有深意，微臣愚钝，请陛下明示。"

朕看他眼神中颇有惧意，生怕成了梁山贼人的刀下之鬼，只得安慰他说朕已经探听明白，宋江其实有招安之意，所以此行绝无危险，目的就是给宋江一个机会去识得你。

他似乎不太相信，但他自然不敢抗旨，只得奉旨前去。此行对他来说的确凶险万分，万一是朕算计错了，宋江并无招安的心意，率领梁山贼人早就在华州城外以逸待劳，那宿元景此去不带兵将，不免有去无回，成了梁山贼人的刀下之鬼。这样的庸官，多如牛毛，死上一个何足挂齿，到时朕下道旨意给他个敕封就罢了。这些读书人，不是向来把这等名号看得比性命还要紧吗？

果然不出朕所料，宋江劫了官船，把宿元景请上了梁山。宿元景回京后说起上山诸事，称晁盖却是绝不愿意招安的。但宋江却甚是恭顺，再三找了没人的机会，对他说了望朝廷招安之意。于是，朕想，晁盖、宋江对于是否招安意见不一，他二人定会内斗，朝廷正好渔翁得利。没几天，朕来到睿思殿批阅奏折，接到凌州知府急奏，说梁山泊匪首晁盖领贼兵下山犯境，却在凌州治下的曾头市中箭受了重伤，贼兵大败逃回。接着没两天，又有济州知府奏报，说晁盖箭伤发作，死在山上，如今梁山匪首已经换作了宋江。这宋江坐上梁山泊第一把交椅后，第一件事就是把他们一干匪众吃喝议事的地方，由聚义厅改名叫忠义厅，还打出"替天行道"的杏黄旗。

宋江的这一番做作，自然是给朕看的，就是要告诉朕，他虽然落草为寇，却有忠有义，要朕招安梁山，自己也弄个朝廷命官做做。也好，这就如高手博弈，他既然落了子，那下一步棋便该朕了。这盘天下大棋，总不能让宋江一个人下。于是，朕继续发兵征剿，同时又派出钦差招安梁山。因为如果一味招安，那就等于想梁山示弱，让宋江觉得朝廷已经拿梁山无计可施。这宋江也算是沉得住气，朕第一次派出钦差去梁山招安，他对条款不满，竟然暗示手下贼人撕了诏书，殴打了钦差。

朕也没指望第一次招安梁山就大功告成。此事毕竟非同小可，宋江自然早就盘算好要在招安后拿个几品官帽，如果不能如愿，他定不肯招安。但朝廷也不能被他牵着鼻子走，任凭他开价。就这样连招安带征讨，朕本想用这一文一武的手段，把宋江的底细摸得再清些，可此时江南方腊气焰大盛，从朝廷手里抢夺了不少州县。方腊可不比宋江，他自称"圣公"，立了年号，设了宰相百官，那明摆着是要从朕手里夺取这大宋江山了。朕当然不能容他。于是，朕也就从速招安梁山，给宋江、卢俊义等人的官衔也从优叙议，再把梁山兵马派出征剿方腊。这梁山众将倒也不负朕望，虽然死伤大半，还真的把朝廷的各处城池——夺了回来，还擒住了方腊父子，一举化解了朕的心腹大患。

宋江、卢俊义打平方腊班师后，朕早就叮嘱了蔡京他们几个，千方百计也要暗暗害了这两人的性命。这宋江和卢俊义，一向自命谋略过人，大概直到死前，他们也猜不透蔡京究竟为何不肯放过他们。蔡京、高俅一伙和宋江他们本来就有仇隙，宋、卢二人之死，谁都不会想到其实是朕要他们非死不可。

因为在朕看来，梁山泊这一处反贼巢穴，山上大小头目个个都犯了谋反大罪，如果在招安后他们不仅罪名被赦，还摇身一变穿上了官袍，得了职衔，那定会叫天下各处的那些草莽凶徒心存侥幸，以为朝廷可欺，那天下还不处处有人学宋江一伙人的样子造反？虽然宋江自命忠义，口口声声要为国出力，但这番言语岂能真信。或许，宋江所说的，的确是他心意，但他毕竟是反贼头目，他再忠心又有何用？子民百姓，如果个个觉得自己忠心为国，就不服法度，为所欲为，朝廷也不用雷霆手段加以惩处，那置各处官府的权威于何处？毕竟，天下千百万的百姓，固然都是皇帝的子民，但皇帝毕竟要靠各处州县官府来治理一方。各个州县如果没了权威，天下必定大乱。所以，宋江、卢俊义这两个人，是梁山上那些反贼的首领，无论是否真心招安，本来就是非杀不可的。现在让蔡京他们去动手杀人，不就保全了朕的名声吗？

说起蔡京、杨戬、高俅、童贯这几个人，当然都是奸臣，他们心术奸恶，结党营私，贪财纳贿，朕早就心知肚明。其实，以天下之大，奸臣岂止蔡京他们几个？京中三部六院，京外各处州县，哪里找不出奸臣？百姓固然觉得奸臣可恶，恨不能寝其皮，食其肉，但这些奸臣如果无利可图，既弄不到真金白银的实利，又不能八面威风地欺压百姓，又怎能指望他们心甘情愿地给朕把守住江山？要知道，从古到今，贪官十有八九都无谋反之心。他们知道，是皇帝给了他们高官厚禄，给了他们令人眼红的权势，有了这些，他们往往就心满意足，又岂会觊觎皇帝权柄？那些读书人，最爱把奸臣和权臣混为一谈，其实二者大为不同。权臣往往并不贪图金银，但其志在把持朝政，独揽大权，时机到了还会起谋朝篡位之心。这样的人，朕绝不容他们苟活。以此观之，蔡京他们就只是贪官，不是权臣，朕还要好好地使用。

梁山泊这盘棋下了多年，处处在朕计算之中，唯一朕未曾料到的，是招安梁山一事，李师师这青楼女子的功劳竟然还大过了满朝文武，就连朕苦心栽培的宿元景也不及她。这倒也是好事，既然宋江等连李师师这条门路都找得到，可见他招安之意的确甚诚。

说到李师师，那日朕微服出宫，循地道去李师师那里消遣。但她房中竟有一个青年男子，她当时口口声声说此人是自己兄弟。哼，朕岂能这么容易被她瞒过？看这人那一身花绣，神情英武，面貌俊秀，不是梁山上的燕青还能是谁？朕派在宋江军中的探子已经报来，剿灭方腊后，燕青没有随梁山众人回京复命，而是独自出走，流落江湖。这样一算，不出数日，李师师也定会私逃。倘若她给别人说出些朕曾经由密道和她私会的话，势必累及朕的名声，让人觉得朕是贪恋女色的昏君。再说宫中有密道通往宫外，此事万万不可流传出去。朕已经派人守紧了李师师那间青楼，等她偷偷去和燕青相会，就杀了他们灭口，这样朕才能不失明君之名。

当年的唐皇李世民，在科考之日，曾说天下英雄尽入我彀中。如今这梁山一百○八将，个个号称英雄好汉，当年横行一时，是何等猖狂，如今还不是被朕略施手段，就凋零大半，从此再也不足为患？宋、卢二人已死，看蔡京这些人谋害宋江、卢俊义的手段，虽然出于朕的旨意，但他们下手也的确狠毒。要杀宋江、卢俊义，可用的手段定然不止一种，可他们每次都是借朕的名义来行杀人伎俩。难道，蔡京这老儿当真有不臣之心，此番是借机试探朕？看来，朕以后对他们也不能不防。倒是这宿元景几年来一直乖觉知趣，颇有眼力，倒是可以继续栽培，把他的官职升得再高些，这样就会有朝臣渐渐依附于他，慢慢地，他就能和蔡京一伙分庭抗礼了，这就省得日后蔡京尾大不掉，朝政大权为他独揽。

前几日，朕还曾接到几封奏报，说在辽国以北，新出现了一个女真族，这一族人虽然饮血茹毛，不习教化，竟然出了个头领完颜阿骨打，颇有些手段，把各部族人聚在一起开国建制，定国号为金。奏报里说这些女真人能征善战，比起辽国契丹人还要凶悍上几分。好在这金国和大宋之间还隔着一个辽国，如果他们两国拼个你死我活，我大宋自然可以坐收渔利。金国立国不久，国力不盈，族人纵然勇悍，如果和辽国开战，没有几十年想必难分胜负，这样一算，朕也还有几十年的逍遥日子可过。说来说去，金国再厉害，难道还能攻进中原，打破东京，把朕捉了去？（作者注：公元 1126 年，即北宋靖康二年，金灭北宋，宋徽宗、宋钦宗被掳至金国，史称"靖康之耻"）

这时，銮驾已近寝宫。和宋江这局棋下完了，朕赢了，但也倦得很，是该好好歇歇了。可是，朕要看牢这锦绣江山，就要继续应付蔡京、完颜阿骨打，说不定，某处州县很快就会出现下一个宋江、卢俊义。唉，朕当这个皇帝，真如当年苏轼这个大胡子在词中说的那样，琼楼玉宇，高处不胜寒啊……

漂流者

夜已极深。远处城郭中,熊熊火光映红了本应漆黑的夜空。这火光映在城外的驿道上,就连路边的荒草,仿佛都被镀上了一层火红色。火光之中,哀鸣、哭喊、狂笑、斥骂,各种声音交错混杂着,从城里向城外,四散传播。

驿道这里,是在城外二十多里处,城里传来的声音已经听不见了,四下里一片漆黑,寂静。这时,一阵马蹄声传来,这是一匹灰马,刚刚奔出了那座燃烧着的城。

马上的骑者,看上去约莫三十出头年纪,衣衫质地上乘,剪裁考究,却溅着不少血迹,还被好几处被撕扯破了,一张雪白秀气的脸上堆满了惊恐。

他的肋下,是一道一尺多长的刀伤。他一只手捂着伤口,另一只手把缰绳攥得死死的，整个身子绷得僵硬挺直，姿势古里古怪，一看就知道没有多少骑马的经验。

灰马腾跃一次，他就在马背上颠簸一次，伤口也就剧痛一次。

这天，是咸丰十年四月十三，苏州刚刚被一个名叫李秀成的人，率领一支太平军攻破。这个年轻的男人，这时只有二十四岁。其实，苏州城被他攻破之前，已经遭了一番劫难。

那是江苏巡抚徐有壬知道苏州将很快落入太平军之手时，命手下的总兵马德昭在城中纵火，顷刻间，不计其数的市肆被化为灰烬，清军一些散兵游勇乘机大肆洗劫。

太平军攻入苏州后，城中百姓自然免不了又遭受了一番荼毒。

这名逃出城的骑者，原本是城里一家米行的东家。他从小读书，后来还参加了乡试，只可惜未能取得功名。他本来打算继续学业，但父母在三年前相继过世后，他不得不扔下书、笔，操持起家业。一个月前，太平军即将攻城的消息传来，大批乡下人躲到了城里，城里那些大户人家却又舍家撇业，向着广东、福建一带，或者京城方向逃难。

战场上的消息不断传来，消息的内容也差不多，无非就是清军一次又一次的惨败。太平军距离苏州越来越近了，城里的人越来越少，每天除了朝廷军马不时跑过，街面上见不到什么人了，即使偶然有人一路小跑走过，神情也是惶惶然的。

骑者当时考虑再三，还是停掉了生意。他先是辞退了雇工，每人都送了回家的盘缠，接着又从一个逃兵手里花了一千两银子买了一匹病快快的瘦马，养在自家院里。

一个月前，这样的马只值两百多两银子。他买了后没几天，一匹马的价钱，已经涨到了三千两。

这天午后，他正在内室清点账目，就听见外面有人大喊太平军打进了城。他把算盘一扔，抓了一把房契、地契、银票塞进怀里，就直奔后院。他刚牵马出了院门，远处两个官兵就看到了他，士兵对视一眼，一起举起刀向他冲来。他慌忙上马，虽然在两人中间冲了出来，肋下还是被重重砍了一刀，疼得他几乎坠下马来。

等他到了大街上，只见城里满街都是乱兵、难民，街面上处处火光冲天，堆满了尸体。他忍着痛，攥紧缰绳往城门赶去。

幸好，等他一路跌跌撞撞到了城门，这里的官兵早被太平军杀干净了，太平军进城后忙着四处搜掠，一时也未在城门驻防，他这一人一马竟然未遇阻拦就出了城。

虽然城门无人看守，他却在城下看到一群穿得破破烂烂、背着包袱的难民。这些人有老有小，看样子是逃难到了这里的外乡人，他们一个个眼神惶恐，神色茫然，大概是在纳闷儿，为何这大名鼎鼎的苏州城，都变成了一片火海。

出了城，他快马加鞭地跑着，不知跑了多远，城里的火光，还有那些凄惨的哭喊，都渐渐消失了。他路过的一个个农庄，也都燃着大火。他心里一阵叫苦，不知道要跑到何时才算安全。他从前没骑过几次马，不知道应该体恤马力，连续跑了几个时辰，仍然是挥着马鞭，催马快跑。

总算离城越来越远了，他心里终于安定了些。

这时，他耳边隐隐传来一阵水声，抬头一望，隐隐见到远处一片波光闪动。他心里又慌了，怕路被水阻断。突然，马长长地嘶叫了几声，渐渐委顿下去。他慌忙跳了下来，马的叫声越来越弱，接着马头也垂在地上。

马的湿淋淋的黑眼睛最后望了他一眼，闭上了。

他心想这匹马算是自己的救命恩人了，应该掩埋好马尸，可他不敢停留，只得匆匆朝马尸鞠了一躬，就扭头朝前跑。跑了没几步，他发现面前是一条河。他慌慌张张地朝河里望去，幸好，河边还停泊着一只小小的黑篷船。

他不敢大声询问，下了河堤到了船边。船里黑洞洞的，什么都看不见。他从怀里取出了火绳火石，打着了火，朝船舱里望去。

船里有人，是死人。他看见一个艄公打扮的人，怀里抱着一支木桨，胸口是一道长长的血口子，躺在一团血泊里。

他不敢多看，闭着眼忍着肋下的痛，慢慢拖起尸体，放入河中。尸体滑过船舷，只一眨眼就沉了下去，河面上只是泛起了几圈细纹，很快重新平静下来。

他起身解开了缆绳，又赶紧跳上了船。小船顺着水流向下漂去，他望着河边的马尸，再也支持不住，一头栽倒了。

这一天，他看到的死人比一辈子看到的还多，自己也险些变成一个死人。苏州的街巷上堆满了尸体，城门下堆满了尸体，骑马出城后，路旁也到处是一具具血肉模糊的尸体。

他希望这艄公是他看到的最后一具尸体。

船在河里慢悠悠地漂着。他不知道船在河里漂了多久，多远，漂到了哪里。他不知道自己还能不能醒来。他就这样迷迷糊糊地躺着，睡着，一个又一个噩梦，涌进他的脑子里。

在一些梦里，是他在杀人，在另一些梦里，他又被人杀。他觉得一辈子都没有做过这么多的梦，都没有睡过这么久。

当他睁眼醒来时，面前先是一团白蒙蒙的雾。过了一会儿，雾渐渐散去，一张苍老的男人的脸渐渐清晰起来。

见他醒来，这张脸微笑了起来。他想起身拜谢救命之恩，可没力气说话，只是嘴唇动了动，身体颤了几下。老者明白他的心意："这位公子，你的伤很重，还是继续休息吧，不必多礼。"

他想挣扎起来，可浑身酸痛无力，只能在枕头上转着头，朝四周看看。他看到自己正躺在一张硕大的雕花木床上，墙边还摆着书架、条案，墙上挂着几幅字画。再透过窗看出去，窗外是个不小的院子，似乎种了不少花木。他知道，这一定是在一间大户人家的卧房里。

他又歇了片刻，才有力气缓缓地说："老丈，我睡了几天了，请问这是何处？"

"三天，你都昏睡了三天啦。"老者说，却没有回答他的第二个问题。

"咕——"

原来自己已经昏睡了三天。他正吃惊，一阵令人尴尬的声音从腹中传出。他脸色有些泛红，那老者微微一笑，扭头往外喊——

"丰娘——"

话音刚落，他侧脸看到一个女子端着托盘，快步走了过来，站在老者身后。这个女子十七八岁的样子，腰身纤细窈窕，满脸羞涩，只看了他一眼就扭过头不敢再看。

老者把托盘上的东西端到他面前。是一只青瓷大碗，盛满了粥。粥里放了不少皮蛋、肉丝，热气、香气一起冲到他面前，他肚里又咕咕叫了起来。老者用汤匙喂他，他吃了一阵子，粥吃了大半，就摆手说吃不下了。

老者等那个名叫丰娘的女子把粥碗收拾了退出去，又微笑着问他："公子是如何找到敝处的？"

他看着老者的眼里都是和蔼之意，就说："太平军攻破了苏州，城里百姓四下逃难，我也买了这匹马，逃出城来，只记得最后自己上了一条小船，但不知道如何漂流到了这里。"

老者听他说完，点点头，说："这就对了，三天前，老汉在村外河边垂钓，远远望见河上有条破船漂来，却没看到操船的人。我心里纳闷，就遣人把船弄靠了岸，结果就发现了公子。"

他说："老伯救命之恩，没齿难忘，请问老伯如何称呼？"

老者哈哈一笑，说："老汉姓什么，叫什么，这里是何处，小哥一律不必多问，只消将养好了，老汉自会派人送小哥出去。"

老者说完，给他披了披被子，就转身出去了。等老者的脚步声消了，漂流者仰头躺好，望着屋顶，回想着刚才那个老者的口音。他也曾经和父兄到各处经商游历，各地的口音都知道一些。但这老者的话里，各处的口音似乎都有些，但又听不出他到底是哪里的人。

想了一会儿，没想出什么结果，漂流者感到疲倦得厉害，头一沉，又睡着了。

第二天，他醒来后仍旧是头昏脑涨的。他睁开眼，只见昨天老者正端坐在窗前，握着一部书在看着。老者听到他醒来，朝他这边一望，正要过来，这时，先是一阵混乱杂沓的脚步声从院外传来，接着又是一阵咚咚咚的敲门声。听起来，此时在敲院门的至少七八个人。他的身体一下子在被子里绷紧了，两只手紧紧攥住被角，心想，完了，外面一定是太平军的兵将，他们马上要闯进来杀人了。

老者听到院外这阵声音，皱了皱眉，回头看他在被子里哆嗦着，神色惶恐，马上猜到他的心思，走过来俯身微微一笑，说："公子勿惊，来的都是本村的乡亲。本村地处偏僻，路又不好找，外人想进来，恐怕没那么容易。"

他点点头，这时，外面乱糟糟的人声又传了进来。

"丰娘，你让我们进去看看——"

"丰娘，这只母鸡我熬了一夜，最滋补了——你赶快把汤锅盖子打开，闻闻香不香。"

他细细一听，眼中的惧意这才散去。老者明白他心里想的，说："本村民风还算淳朴，听说有外人受了伤，都来送些食物。"

见无人去开门，外面的吵闹声越来越大了。老者坐在床边，朝门口低声说："丰娘，你去看看怎么回事。"

"哎——"丰娘答应着出去了，不知道她给外面的人说了些什么，外面很快安静了下来。

丰娘回到房中，漂流者隐约看到，她双手在捧着什么。老者说："公子，你几天没吃饭了，加上重伤未愈，肠胃虚弱，这锅鸡汤倒送来的正是时候。"

老者说完，就舀起汤锅中的鸡汤喂他。鸡汤味道极为鲜美，他连喝了不少。

"待我的伤好了，烦请老丈带我去拜谢各位乡亲。"漂流者感激地说。

老者点头答应着，他看着帐老者身后的女子侧影，说多谢这位姑娘的照料。

那女子微微一颤，并未答话，似乎对他忽然向自己道谢颇为意外，接着才敛衽回礼，说公子言重了。那老者呵呵一笑，说自己姓田，这女子是自己的亲生女儿，乳名叫丰娘。

漂流者也把自己的姓名家世，为何漂流到此说了。田老丈听到外面兵荒马乱的惨状，一个劲儿地摇头叹气。

接下来，每天都有村民送来各式吃食，漂流者自然感激不尽。他又休养了几天，虽然伤口还是疼得厉害，但他实在不愿一直躺下去。这天，他午睡醒来，田老丈和丰娘都不在。他透过窗子，看到外面风和日丽，又开始动心了，就渐渐移动身子，慢慢下地了。

他出了这间卧房，又穿过堂屋到了院里。只见院子里种着几棵果树，还有鱼缸、葡萄架等，四下异常整洁。他一步步踱出了院子，外面却是个不大的村子，不过三十来户人家，每家的房舍都很精致周正。整个村里安静异常，各处街巷都不见行人走动。他绕过几栋房子，面前出现了一条河，正在村边安安静静地流着。

他想，这大概就是自己一路漂流而来的那条河了。河边有一群小孩在戏水，还有老人在河边柳树下或坐或站，似乎是在下棋。一阵微风传来，风里满是河边庄稼的清香。

他慢慢看着，心想怪不得村里看不到人，人都在此处。这里好生安逸，眼前这一切，和苏州城里尸横遍野的样子简直是两个世界。纵然是陶渊明笔下的那处桃花源，大概也不过如此。

"我们这里是小地方，荒山野岭的，比不得苏州城那样繁华，一点乡野景致，老朽带公子慢慢看看吧。"

他正看得出神，田老丈不知何时到了身后。他慌忙拱手道谢，田老丈领着他，到了那些正下棋的老人跟前。

"这位是孙伯，你吃过的炖鸡，就是他送来的。那可是每天都能下个蛋的鸡啊，一向是他的宝贝。""你喝的参汤，都是沈伯他们老两口用珍藏了几十年的老山参，足足熬了一夜才熬成的。"

田老丈给他介绍着，他连忙一个个行礼道谢。他看到，这些老人孩童，个个都结着长发，没有一个像自己这样，留着清朝人的发式。他猜来猜去不得要领，其实，那天他刚醒过来，看到田老丈的发髻时，就暗想，这人为何未曾剃发？难道这是一个太平军治下的村子？

　　当时，这个念头刚刚冒出，他就知道不会是这样。太平军在广西起事，不过几年的光景，看这些老者，长发总有几十年未曾剪过。这田老丈更是面慈心善，和自己在逃出城前看到的那些太平军完全不一样。

　　给下棋的老人们一一行过了礼，他觉得又有些疲倦了。田老丈见他脸色有些发白，说："公子，你的伤势还没痊愈，早些回去休息吧。"

　　漂流者点点头，转身向回走。他走出十几步，身后的那些老人又呵呵笑了起来，中间夹着"老孙，我看你真是老糊涂了，这棋下得一年比一年臭喽"之类打趣的话，那些孩童嬉水打闹的声音也不断传来。他慢慢踱着步，朝田老丈家走去。

　　他走着走着，不知怎的，心里竟然慢慢泛起了些恐惧，整个人有些发慌，脚步也更虚浮了。他纳闷自己为何会有这种感觉，忍不住停脚回头看看那群老者。他看到老人们仍然大声说笑着，孩子们也闹得越来越欢了，但他仍然觉得他们的说笑玩闹声并不真切，有些混混沌沌的。他脑中一阵眩晕，身上也渐渐发冷了。

他回到房中，和衣钻进被中。躺了一阵，他身上的寒意还是丝毫未退，总觉得脑子里有团迷雾在绕来绕去。

他心烦意乱，在床上连翻了几次身。突然，仿佛一道阳光射进迷雾，他知道自己为何惊慌了。他发现，在这个村子里，还有村外河边的田地里，只有老人、小孩，没有一个青壮年！

这是什么原因呢？他瞪大眼睛望着房顶，正在苦想着，外面有一阵犬吠声传来。他想起这几天清早被村里的鸡鸣声叫醒，想，我在城里住得久了，这种鸡犬之声已经多年没听到了。他刚想到这里，几句古文不知从何处，跳进了他的脑海——

阡陌交通，鸡犬相闻。其中往来种作，男女衣着，悉如外人；黄发垂髫，并怡然自乐——

他诵念着古文，嘴唇却不停哆嗦起来。这时，一个惊雷般的念头在他脑中炸响——这里就是桃花源！

想到这里，他再也躺不下去，翻身起床，在书架上找出一本《靖节先生文集》翻看起来。他刚刚读到《桃花源记诗并序》最后那句"欣然规往，未果，寻病终。后遂无问津者"，那田老丈走了进来。他来不及把书放回去，只得愣愣站在书案前。田老丈走到他身前，看到那册书，轻声叹了口气。

田老丈说，公子果然是聪明之极啊，这么快就看破了我们这小地方的来历。

漂流者有些不好意思，退了一步，讪讪一笑，说："我还以为，那篇《桃花源记》里写的，不过是陶渊明假想出来的，想不到竟然确有其事。唉，这一千多年来，不知道有多少文人墨客苦苦寻找桃花源，却无人找到。结果，我误打误撞，竟然真的到了桃花源，真是幸运之至。我也真是糊涂到家了，身在桃花源却不知，可笑啊。"

田老丈请他坐了，自己也坐了下来，说："公子，实不相瞒，我们这个村子，自暴秦时远避战乱以来，只有两个外人来过，一个是陶渊明，一个就是你啦。"

漂流者说："晚辈有件事不太明白，为什么这偌大的村子，没有一个正值壮年的？"

"唉，这件事，还得从那位陶渊明说起——"

田老丈说："当年这个村子里的人，为了躲避秦朝暴政而躲进深山，在陶渊明四处云游偶然到访时，已经安居乐业了六百多年。这种日子本来还能逍遥自在地一直过下去，但是，陶渊明写了《桃花源记诗并序》后，不停有人沿着陶渊明当初的路，打算找到这个村子。村里有几次已经险些被外人闯入。村里的人知道，但凡再有一个外人知道村子位于何处，村里都将不得安宁。迫不得已，村里的人只得撇下祖屋、田地，从村中搬走，重新找了一处隐蔽的地方。安顿下来后，村人聚集起来商议，决定老人和儿童在村子过活，青壮年便外出务工。这样留在村里的人，衣食就有了着落。外出的人里，有人贩盐贩粮，有人开客栈钱庄，总之各行各业都有。他们只有到了逢年过节时，才会回到村子。等外出者年老力衰，就不再外出，在村里颐养天年。"

田老丈说到这里，看了漂流者一眼，眼神变得锐利异常，这才继续说："村里的青壮年，不光要外出谋食，至关重要的是，对于关于村子的实情，他们绝不能泄露半句，否则，外人必定蜂拥而入，全村人不但安乐难保，还会有性命之忧。"

漂流者赶紧点头说："老丈，村里对我有救命之恩，如果我哪天出去了，绝不把村里的事泄露半句。"田老丈点点头，漂流者低头琢磨了一阵，又说："老丈，难道你们在这里已经过了一千多年？"

田老丈摇摇头，说："当初陶渊明走后，村里人的祖上很快烧了房屋，只携带了随身衣物细软，匆匆离开了。公子，这一千多年来，我们这一村子人，就这样始终四处漂泊。我们定下规矩，每处最多只住十年，十年一满，无论是否被外人得知，整个村子都要搬离。我们选的地方，都异常隐秘，绝不会被外人发现。"

漂流者听着听着，双眼越睁越大，田老丈看了看他的神情，笑笑说："这样四处漂泊，当然辛苦。可是，公子熟读史书，自然知道生活在外面，如果赶上乱世，生灵涂炭，老百姓的性命就如同草芥一般，说死就死了。所以，我们再怎么苦，总好过死于乱世啊。"

漂流者说："这偌大的村子，每十年就要举村搬迁，到全然陌生的地方，这滋味——"

田老丈又微微一笑，说："要说每次都搬到全然陌生的地方，那倒也不是。有时我们还会返回曾经住过的地方。就连那个被陶渊明找到过的桃花源，我们也回去过好多次。据我所知，仅清朝入主中原以来，我们就回去过两次。康熙年间曾回去过，嘉庆年间也回去过。"

漂流者说，这一千多年来，外出谋生的人，就没有一人泄露村里的情况？

田老丈笑容更密了，满脸的皱纹得意地抖动起来。他说："没有，一个都没有。他们的父母儿女都在村里，如果在外面对旁人吐露了村里的事情，岂不是连父母儿女都给害了？"

"那——"漂流者琢磨着田老丈的话，心里有些犯疑。

田老丈察言观色，说："公子是要问我们为何要从河里救出公子吗？"

漂流者点点头，说："我昏死在那只破船中，老丈又不知道我的底细，为何冒险救起？只消让我顺河而下，没几天就伤重而死了。"

田老丈的脸色严峻了些，说："村里人虽然不想让外人知道村里的情形，可不会因此而见死不救啊。"

漂流者赶紧说："老丈，你尽管放心，我伤好后就离开，等我到了外面，绝不会把村里的情形给人说半个字。"

田老丈慢慢地点点头。

这几天，漂流者只要一出门，在村里遇到老人，总会被问到外面的情形。村里人家都有人在外谋生，但这些人并非居于一处，有的在较近的江浙一带，也有人远在京城、两广。漂流者每年都要到各处州府照看生意，买卖粮食，对这些地方还算熟悉。他念着村里人对他的好，说起这些地方来，自然是知无不言言无不尽。每次听他说完，村里老人都是千恩万谢的。

又过了半月，他的伤即将痊愈了。他回想着那天和那田老丈的对谈，知道只要自己的伤完全好了，就不能继续在村里待下去的。他每天都想起那天逃出苏州城时看到的惨状，几乎每晚都会梦见那些满街的尸首，挥舞着刀剑，凶神恶煞一般的乱兵。每次从噩梦中醒来，他都恨不能在自己身上再划出几道伤口。他知道，这个村子的祥和安乐，别说刚遭了兵灾的苏州，就算是那些未遭战乱的地方，也远远不及。

这天他睡过了午觉，在床边坐了，撩开衣衫，细细看自己的伤势。那道刀口早就不疼了，痂也掉得差不多了。虽然会留下一条伤疤，但终究比伤重而死好多了。他慢慢放下衣衫，心想，等刀伤痊愈后，纵然田老丈不赶他走，自己也不好意思在村里赖下去。就怕外面想必仍是兵匪横行，说不定自己刚出了村子，就死于乱刀之下。

到了晚上，他和田老丈、丰娘吃完了晚饭，田老丈又和他聊了一会儿天。这田老丈似乎饱读诗书，古今帝王的施政得失说得头头是道。他正不住点头，田老丈又说："如今各处督抚，公子觉得谁更贤明，治下更安靖些？眼下太平军势头极盛，公子觉得他们真的能从满人手里夺来这花花世界吗？"

漂流者摇摇头，说："眼下太平军看起来所向披靡，几年内大概胜多负少，但据说太平军的几个头领相互并不和睦，而且个个贪财好色，这仗若是天长地久地打下去，他们终究不是朝廷的对手。"

田老丈微笑一下，说："公子见识不凡，老朽佩服。"

此时，漂流者满脑子在想如何告诉田老丈自己有意留在此村，正琢磨着话该怎么说，忽听田老丈说："公子，老朽有一事相商，不知公子意下如何。"

他赶紧说："自己的命是老丈所救，老丈如有驱驰，自然不敢推脱。"田老丈说："眼下这个村子里，已经有十多个孩子到了开蒙之年。但村子里老人，都识字不多，实在没法去教孩子。"

"公子，反正外面世道也不太平，你不如屈就一下，就在村里盘桓个一年半载如何？"

漂流者又惊又喜，简直不相信自己的耳朵，赶紧点头答应了。

"村塾设在何处？"他问。

田老丈说："今天他就派人把祠堂打扫干净了，待选个良辰吉日，就可以在那里授课了。"

漂流者想了想，说："我先教《百家姓》《千字文》，慢慢再带着孩子们修习圣人留下的学问。我才疏学浅，但一定全力以赴，一定要给本村教导出几个秀才、举人不可——"

他正说着，却看到田老丈在不以为然地摆着手，就停了下来。

田老丈微笑一下，说："公子，本村的孩子，都没法子去赶考，他们上学，只求日后能识字记账就够了。"

他先是一愣，接着也就明白了。

过了几天，到了他和田老丈商定的良辰吉日，他带着那十五六个学童朝圣人像行过了开蒙之礼，就开始授课了。

他在村里有了事情，知道自己暂时不用担心被赶出村子，重回外面那杀得天昏地暗的乱世，心里渐渐安定下来了。

有一天，课业完了，他回到自己房中，一看时间尚早，就走出了院子，在河边散步解闷。

此时夕阳余晖洒在河面上，满河的荷花大半都闭拢着，比白天里绽开时更加别有韵味。他看着荷花，忽然有些尿急，就转到柳树下方便。这时，一艘小船从荷花深处游出，他远远看去，船上摇桨的是两个老婆婆。两人他都认识，一个是孙婆，一个是方婆。他手忙脚乱，赶紧系着裤带，往树后藏去，一动也不敢动。

这个时候，村里人都在自己家里烧饭，河边很清静，孙婆和方婆的对话，夹着桨声传了过来。

"方姊，听说你家满仔就要回来了。"

"他忒心急了些，出去不过三个来月，就要匆匆返家。"

"外面兵荒马乱，早些回来好。"

"越是兵荒马乱，就越是要小心！绝不能让外人知道这个地方！否则，满村老幼，都成村北大庙里那些短命鬼了！"

两人一边说着，一边把船在河边系好，然后各自背着装满莲蓬的竹篓上岸走了。"村北大庙里的短命鬼？"漂流者望着他们的背影，心里一阵犯疑。

这天晚上，吃过晚饭，田老丈要丰娘去烧水沏茶，对漂流者说要好好下几盘棋。漂流者连忙说自己昨夜没睡好，今天一天都困倦得很，想早些休息。田老丈扫了他一眼，也没再多说什么，淡淡嘱咐他好好休息，就离开了。

漂流者早早上床睡了。果然，到了夜半时分，他醒了过来。

他仰面躺着，直愣愣向上望着，翻来覆去地想，孙婆和方婆说的短命鬼是怎么回事，到底要不要去村北看看？自己已经在村里当上了塾师，一年之内，不用担心会被赶走，说不定到了这拨学童的课业完成，自己从村里离开时，外面也已经安靖了，眼下何必为了两个老妇的闲言碎语，再去多事？

琢磨了不知多久，他还是一咬牙，翻身下床，轻手轻脚换好衣服就走了出去。

这时，村子里一片沉寂，四下里没有半分声息，天上积满了黑云，看不到半点星光。他不敢点上灯笼，只是摸黑一路向北慢慢走去。

走了一阵子，回头已经看不到村里屋舍，他这才拿出火石火绳，点亮了灯笼，在周围照了几照。他隐隐看到前方有处黑黢黢的房子，比普通房屋足足高了数倍，大概就是方婆孙婆所说的大庙了。他把脚步放得更轻了，慢慢走了过去。

他到了寺庙殿门前，侧耳细听，没听到半分木鱼声，门缝里更是没有一丝灯光露出。他从小到大，苏州城内外的寺庙，去过至少十几个，这些寺庙无论大小，总会有僧人值夜，但眼前这座寺庙，看起来规模不小，却无人在殿中值守。

他抬头望望，黑云刚吞没了一弯细月，一只野猫悄没声地在飞檐上跳下，跃入黑暗之中，没了踪迹。他只觉得这座庙宇有一番说不出的诡异，心里的惧意越来越浓了。

此时，他的耳边，只有村外那条河水的哗哗流淌声。

他又在殿门外站了片刻，确信里面无人，一咬牙，向前踏上一步，用力一推殿门。没承想，这道看起来异常沉重厚实的大门竟然应声而开。他举起灯笼往里探了探，只见殿中漆黑一片，身前数尺之外就什么也看不到了。

他正犹豫着要不要进去看个究竟，忽然，殿外传来一声咕呱咕呱的怪叫。这叫声既尖又高，好不瘆人，他吓得手一抖，灯笼竟脱手而落，滚了几滚，就熄灭了。

他浑身战栗着，慢慢扭头去看，看明白原来是庙外的一棵老树上，有一只老鸹正突然飞起，扔下了一串怪叫。

他舒口气，弯腰就去捡拾灯笼。他以为灯笼一定是落在砖地上，但是，他把手往下一捞，触手处竟然颇为柔软，既不是砖地，更不是灯笼。他纳着闷，双手在四周摸索着，终于捡起了灯笼。他又把灯笼点亮，朝刚才摸到的柔软物照去。

"啊——"

他吓得惨叫一声，扔掉灯笼，接连退了几步，又被门槛绊倒，扑通坐在地上。他张大了嘴巴，双眼瞪得大大的，一句话也说不出来。

在灯笼下，他看到了一张死人的脸！他喘息了片刻后，心里没那么惊恐万分了，才慢慢坐直了，又摸到灯笼点亮了，又回到殿中。他胳膊抖个不停，一只手捂着心口，一只手高高举起灯笼，朝四周照去。

大殿里，竟然满地横七竖八堆满了尸首。

他细细一看，每具尸首都是衣衫褴褛，男女老幼都有。每人脸上神情恐怖，肌肉都抽搐堆挤在一起，一看就是死得痛苦无比。

他连看了几句尸首，都没有任何外伤。

他心神稍稍有些安定了，又看了看，才发现脚下的这堆尸首，竟然有些似曾相识的感觉。这时，他心里又是一阵惊异，往前挪到了几步，缓缓弯下腰，把灯笼凑到一具尸体近前。

他认了出来，这堆尸体，就是他在逃出苏州城前见过的那群人。不错，那群人十之七八都在这里了，没有死在这里的，大概也在逃难的路上死在乱兵刀下。

这是一群手无缚鸡之力的老幼，为什么会死在这里？

他愣愣地呆立着，左思右想，也想不出到底是何原因。

第二天，他一觉醒来后，走到院里。这天风和日丽，在轻风当中，一阵孩子的嬉笑打闹声从河上传来，他觉得昨晚看到的恐怖一幕，仿佛不过是一场噩梦。

丰娘正在一件件地晾晒衣物，见他出来，朝他莞尔一笑。两人都想说些什么，可一时又无从开口，院里气氛就有些尴尬。过了片刻，丰娘这才轻声说："公子，你当初逃出苏州城到这里，一路上一定遇到了不少危险吧？"

漂流者说："是啊，有好多次都险些丧了性命。"

"那些造反的兵，是不是见人就杀啊？"

"太平军的兵在杀人，朝廷的官军也在杀人，从城里到城外，一路上到处是尸体，也不知道是乱兵杀的，还是朝廷的兵将杀的。总之，一到乱世，百姓就是鱼肉啊。"

说完，他重重地叹了口气。丰娘听他说得惨烈，双眉紧蹙，脸上先是一阵害怕，接着又露出一丝庆幸。漂流者想了想，轻声说："丰娘，你们这里，真的没来过别的外人吗？"

丰娘说："从没有外人来过，公子，你就是我这么多年见过的第一个村外的人呢。公子，听说外面的女子，个个都要把脚用布裹紧，当真如此吗？那，要是这样，可怎么干活呢？"

漂流者说："女子裹了脚，当然有诸多不便。但是，要女子裹脚的，都是有钱的人家。穷人家的女儿，都要做家务事的，哪里能裹脚呢？"

丰娘说："那，到底为何要裹脚呢？"

漂流者有些不知该如何回答。他记得，自己母亲是裹了脚的，自己奶妈七婶却没有裹。自己小时候，问过母亲为何要裹脚，记得当时父亲在旁边说，三寸金莲，娉娉婷婷，如风摆荷叶，何其美哉——

想到这里，他说："不是女人要裹，是因为男人觉得女人裹了脚，走起路来样子很美。"

丰娘说："女人自然个个爱美，但是，为了爱美，把脚裹得那么小，一定很难受，这样一辈子受苦，女人也不会情愿的。"

听丰娘这么说，他想起自己的表妹连胜。连胜小时候，天天和自己玩耍。后来，忽然有很多天看不见她。等再见到她，她走起路来歪歪斜斜，双眼哭得又红又肿。一问她才知道，她这几天刚裹了脚，每走一步，都疼得厉害。

漂流者不愿再说这件事，就说："丰娘，你知道《桃花源记》这篇文章吗？"

丰娘"扑哧"一笑，没回答他。

他有些愣了，不知自己哪里说错了。没等他回过神，丰娘说："当然知道，要不是这篇文章，你们外面的人还不知道有我们这个地方。"

"是啊，因为靖节先生的这篇文章，历朝历代都有人在武陵一带找你们这个地方。想不到，你们却早搬到别处了。不过——"

"不过什么——"

"不过，这个道理想明白了，其实很简单，为何就一直没人看破呢？世上人迹罕至、荒僻难寻的小村子多得是，为何这些村子都成不了桃花源？可见，桃花源在哪里无关紧要，要紧的是你们这一村子的人，个个心地仁厚，与世无争，这才是最难得的。"

丰娘有些得意，说："公子，你说说看，我们这一村子人和别处有什么不一样？"

"你们啊，满村子都是好人。如今天下大乱，哪里还会收留像我这样来历不明的人？我在你们这里待了这一阵子，满村人个个对我好。所以，你们搬到哪里，哪里就是桃花源。那些到处寻找桃花源的，其实都是些没见识的愚人啊。"

丰娘听漂流者说完，用手掩着口鼻，"咯咯"笑了起来。笑了一阵，她才说："公子真有学问，说出话来让人这么爱听。"

其实，就在一天前，这些话还是漂流者的肺腑之言，可有了昨晚那番经历，他再说这些，心里一直在打鼓。

他怕丰娘看出他神情异样，赶紧走出院子，到了河边。他没走几步，竟又看到一条小船从远处驶来。他慌忙藏到树后，只见一对中年夫妇正摇着船驶过。他远远看去，这二人相互低声说着什么，神色非常郑重。他隐约看到，这个男人竟然非常面善，但实在想不起在哪里见过此人。

漂流者回到田家，刚伸手推开院门，就听到传出来一阵喧哗说笑声。他走进去，只见院子当中摆着一只小圆桌，桌上摆着各种干鲜果品，刚才那一对男女和田老伯、丰娘、方婆坐在桌边，几个人正春风满面地聊着。

丰娘见他回来，高高兴兴地给他介绍，说这个中年男人是方婆的儿子，小名满仔，自己从小就叫他满仔哥，他身边的女子是他妻子，当然也是本村人。村里有多年的惯例，凡是有人外出归来，都要到田老伯这里来说说在外的经历见闻。

"公子，你随我叫吧，这是满仔哥，这是满嫂吧。"丰娘亲亲热热地拉着那中年女子的手，一扬脸对漂流者说，接着又把他介绍给这对夫妇。

他们站起身笑容满面地施礼，他也连忙还礼。

"好了，都是一家人，赶紧坐下吃饭吧。"田老伯说。

满嫂和丰娘进厨房端出饭菜，几人边吃边聊，谈起外面的情形，那自己觉得面善的满仔说，自己一向在福建一带做茶叶生意，那边还算安靖，太平军还没打过去，自己也不知道北边的战事。但是这次回来的路上，的确看到不少村子都被烧成了白地，路上也时常见到尸体，个个都带着刀伤，身边行李散落了一地，一看就知道是逃难的百姓。越是靠近常州、苏州这边，路边的尸体就越多。

满仔正说着，漂流者越听越怕，脸色暗了下来，田老伯则不断摇头叹气，谁都没心思吃喝。满嫂见气氛不对，朝满仔使了个眼色，他这才停住话头，几个人聊起村里的琐碎事情，这才渐渐动起了筷子。

饭罢，方婆、满仔夫妇告辞了，漂流者坐在树下休息，满脑子想自己究竟在何处见过这个满仔。

这天晚上，他还是一直想着这突然现身的满家夫妇，在床上翻来覆去睡不着。忽然，他看到一个人影从院中映在窗上，接着窗棂被人轻轻敲了几声。

他心里一阵惊慌，颤着声音问——

"谁？"

是我，你快些把门开了，这是丰娘的声音。他长出一口气，赶紧跳下床，打开了房门，说："丰娘，这么晚了，你有何事？"

只见丰娘手里提着一只鼓鼓的包袱站在院里，笑吟吟地说："公子，听说你们读书人个个风雅，我这没见识的小女子也想效法一下，不如今晚我们去外面河上泛舟赏月如何？"

他心里正乱糟糟的，本要一口回绝，看到丰娘跃跃欲试的事情，就笑了笑，答应了。两人到了河边，丰娘早在柳树下系好了一只小船。两人上了船，一人一桨，很快把船摇到了江心。两人停住桨，各自在船头船尾坐下，这时一阵阵江风吹来，两人都有些尴尬，不知该说些什么。他想，这丰娘终年见不到年轻男子，村里来了我这么个人，又是朝夕相处，莫非对我有了情意？丰娘见他不言不语，只是皱着眉愣愣坐着，"哼"了一声，白他一眼，扭过头去。

他正要张嘴说些什么，忽然看到月光底下，丰娘头上的一支玉簪在熠熠生辉，整个人愣住了，一动不动地呆望着丰娘的头上。

这玉簪，他实在熟悉不过了，这是他母亲三年前去世时留给他的遗物。

一年前，他那家米行生意周转不灵，他就拿这支玉簪，还有另外几件珠宝到城里的大当铺裕顺号去当掉了。后来，还没等他去赎当，裕顺号竟然被歹人洗劫，一家五口连几个伙计，都被人用尖刀杀死，店铺的地上厚厚积了一层血。这件案子轰动一时，后来官府查明了凶徒共有三人，就在城里和周围的州府到处张贴了海捕文书。

今天这个满仔，怪不得自己觉得在哪里见过，原来，他的相貌就和海捕文书上一名凶犯的画像一模一样。难道，他就是劫杀裕顺号的凶犯！

漂流者想到这里，心脏一阵狂跳不止，丰娘自然不知道他心里掀起万丈波澜，又歪过头瞟了他一眼。看着丰娘的神色，他觉得除了冒一冒险，再也没有别的办法了。

他说："丰娘，你眼下头上戴着的这支簪子，我从前见过，不知你是从何处得来的。"

"你见过？"丰娘愣住了，不知道他为何突然提起这只簪子。他望着丰娘双眼，慢慢地说："正是，其实，这就是我家的东西——"

"你家的东西？"丰娘一蹙眉，神色纳闷。

漂流者说："你细看一下簪头内沿，是不是刻着'姑苏吴谦'这四个字？"丰娘愣愣地看着他，看了一阵子，伸手取下那只簪子，一歪头朝着簪头看去。

"刻着这几个字又怎样？你不是叫作卢殿臣吗！"片刻，她把簪子握在掌心，眉毛一挑说。

他说："吴谦是玉匠的名字，天下玉匠成千上万，如果不是我家的东西，我怎么知道这支簪子是吴谦所制？"

丰娘还是歪着头看他，眉头越皱越紧。他无暇多想，向前一把攥住丰娘手腕，说："丰娘，我不是要你还给我这支簪子，我要你告诉我，你们这个村子的人，究竟是怎么回事？还有，村北那座荒庙里，为何会有一大堆尸首？"

丰娘被他攥得动弹不得，又急又气，咬着嘴唇，一副欲言又止的神情。两人就这么僵持着，半天都没人言语。过了一阵，他放开丰娘，神色颓然地坐在船舷上，说："唉，算了，你不用说了，我猜得出，他们一定给你说过，不能把这些事情告诉我。"

丰娘低头看着他，过了片刻，终于说——

"他们，就快要动手杀你了！你赶快走吧！"

对于这个答案，漂流者似乎早有预感，此刻听丰娘说出来，他并不觉得特别惊骇。他仍然只是低头坐着，过了许久，才叹了口气。

河水拍击着船舷，水声一阵阵传来，两人谁都不说话。

丰娘走到他旁边，说："好，既然你已经起了疑心，我就把你想知道事情都告诉你。我们这个村子，秦朝时为了躲避战乱就藏进了深山，但是，满村人总要穿衣吃饭。于是，村里就定了规矩，除了老人小孩，十八岁以上的男女都要出外谋生，再为村里带进衣食。那些外出的人为了多挣钱，干的都是杀人越货的事情。"

漂流者说："田老丈不是说，他们到了村外的花花世界，都是做生意吗？"

丰娘说："是啊，他们是做生意啊，是拿命做生意。"

漂流者说："如果他们被官府抓了——"

丰娘说："村里有规矩，如果谁在外面死了，村里自然会好好善待他全家老小。如果有谁敢说出村里的事儿，他一家都性命不保。"

漂流者听到这里，冷笑一声，说："所以，何时我把村里的孩子教得识文断字了，何时就是我的死期，对吧？村北荒庙里那几十个死人，也是你们杀的吧？"

丰娘说："村里和外面，除了这条水路，根本无路可通。想不到他们这些外乡人，误打误撞，竟然撞进了村子里。村里人对付这样的事早就有防备，开始给他们说请他们暂且在庙里安顿，后来就在给他们的水里下了毒——"

漂流者恨恨地盯着她，说："那些不过是些老人孩子，无非想活命，才流落到了这里，对你们绝无半分威胁，你们也真下得了手。"

丰娘看着他的神情，也有些怕了，一时说不出话来。过了片刻，她才说："村里一向这样，这些不知底细的外人，不能养在村里，放他们走的话，说不定又会泄露这里的情形。按村里规矩，这样误闯进来的外人，绝不能留下活口。"

他琢磨着丰娘的话，说："那你们为何要救我，为何不把我也杀了？还对我这么好，好吃好喝地养着我，如今又留我在村里当塾师？"

丰娘的声音小了下来，说："当初村里人对你好，是因为这里每家每户都有人在外谋生，如今外面兵荒马乱，他们想从你嘴里知道外面的事情。而且，我们总要找人来教村里的男孩子，只是，你们这些村塾先生，一旦把孩子们教得识文断字了，就会被一刀杀掉。总之，村里是绝不准一个外人活着出去的。"

"那，你为什么说村里就要下手杀我了？我当上村里的塾师，这也没几天啊。"

丰娘说："满仔哥回到了村里，一听方婆说你是从苏州来的，马上就找到我爹，说苏州城里到处贴着他的图像，你恐怕记得他的相貌，所以，村里这才不能容你再活下去。"

"他和你说从没有人能从村里逃走，当初陶渊明为何能逃出去？"

丰娘说："逃出去？哼，那个书呆子，哪里有本事逃出去？他至死都不知道，他写出来的这个桃花源，究竟是个什么地方！他当初也是因为村里要找人教男孩子读书认字，才留他在村里。那年，村里孩子的课业已完，本来村里人打算当晚就杀了他的，可他有个学生，不忍眼看他死得糊里糊涂，趁他喝得酩酊大醉，把他连夜背出了村子。你想想，他如果真的有谁进出过村子，又怎么会再也找不到进村的道路？"

漂流者听她说完，摇摇头，说："陶渊明那篇文章，从晋到今，不知道坑骗过多少读书人啊！"

丰娘冷笑起来，她说："你们这些读书人，恐怕是心甘情愿上他的当，受他的坑骗！你们手无缚鸡之力，觉得什么地方不如意了，又不敢当真造反，就只有一头扎进这没影子的桃花源里，求一个片刻心安罢了！这不是掩耳盗铃，闭目塞听，又是什么！"

丰娘这几句话，他听起来就像五雷轰顶一样。他心想，文人墨客为何个个向往桃花源，仔细一想，还真的是这个道理。古往今来的读书人这样自欺欺人，说起见识，他们竟然还不如一个没读过书的女子。想到这里，他叹口气，说："算了，我不跑了，到了外面也是死，死在这里，好歹还能留给全尸。"

丰娘也不理他，弯腰解开包袱，只见里面是一把散碎银两和几件衣物。她把包袱往漂流者面前一推，说："你走吧，顺着这条河一路漂下去，每次遇到河道分汊，只需沿着较窄的汊口走，过了五个河汊后就能到外面，村里的人就追赶不上你了。到了外面后能不能活命，就看你自己的造化了。村里人虽然眼下要杀你，但从前也算救过你，我不求你报答，只求你别把村里的事告诉外人就行了。"

丰娘说完，侧身站在船头，眼含薄薄一层泪水，似嗔似怪地看着他。此时，天上月牙从一层黑云中显现出来，月光淡淡洒在河面上，把丰娘笼罩在淡淡的光晕里。

他心里一动，向前走了一步，说："丰娘，不如你随我一起走吧，我知道，你对我也有些情意。我家虽然不是大富大贵，也算小康人家了，我一定不会让你受苦的。"

丰娘听他说完，微笑了一下，仍然一动不动地看着他。河风"哗哗"吹着岸边的柳树，他眼望着远处天边有了些曙色，心里有些焦急了。

丰娘看他的神情，明白他的心思，说："公子，你说得不错，这一阵子和你朝夕相处，我见你知书达理，温文尔雅，的确有些倾心于你。只是你想想看，如果今晚我真的和你走了，我爹爹也好，村里的别人也好，会让一个人本村人就这么流落在外吗？他们一定会想方设法把我抓回来，到时，恐怕连你也性命不保。公子，你若是想到这一层，还愿意带我走吗？"

漂流者听他说了前几句，就愣住了，心想自己的确有些莽撞了。等丰娘说完，他局促地搓着手，嘴里嗫嚅着，不知该说些什么。丰娘瞅他一眼，脸上掠过一道不屑的神情，又说："公子，时间不早了，我看你还是尽早动身吧。"

她说完，就摇桨靠岸，又抬脚下了船，一声不响地向村里走去。漂流者愣愣地站着，望着她的背影在黑暗里隐没了，这才叹口气，摇桨把船从岸边荡开了。

"桃花源，桃花源，嘿嘿——"

他嘴里念叨着，借着水流，把船往下游摇去。此时在远处，曙色渐浓，天光已经越来越亮了。